有爱的青春陪伴者

图书在版编目（CIP）数据

喜欢我，请回答 / 十桑著. -- 石家庄：花山文艺出版社，2021.1
 ISBN 978-7-5511-5371-3

Ⅰ. ①喜… Ⅱ. ①十… Ⅲ. ①长篇小说-中国-当代 Ⅳ. ①I247.5

中国版本图书馆CIP数据核字(2020)第207194号

书　　名：	喜欢我，请回答
	XIHUAN WO, QING HUIDA
著　　者：	十　桑
统筹策划：	张采鑫
特约编辑：	周丽萍
责任编辑：	卢水淹
美术编辑：	胡彤亮
责任校对：	董　舸
装帧设计：	Cain酱　西　楼
封面绘制：	Rongamote
出版发行：	花山文艺出版社（邮政编码：050061）
	（河北省石家庄市友谊北大街330号）
销售热线：	0311-88643221/29/35/26
传　　真：	0311-88643225
印　　刷：	长沙鸿发印务实业有限公司
经　　销：	新华书店
开　　本：	880×1230　1/32
印　　张：	9
字　　数：	258千字
版　　次：	2021年1月第1版
	2021年1月第1次印刷
书　　号：	ISBN 978-7-5511-5371-3
定　　价：	36.80元

（版权所有　翻印必究·印装有误　负责调换）

目录
CONTENTS

第一章 ⋯ 001
一颗萌动的少女心

第二章 ⋯ 007
我每天等啊等，就是等不到你的消息

第三章 ⋯ 013
她是唐泽的初恋，光是想想都有些上头

第四章 ⋯ 019
我是因为抵挡不住对你的思念

第五章 ⋯ 025
男人聒噪得如此⋯⋯可爱

第六章 ⋯ 032
你看到的星星，也许是别的星系的太阳

第七章 ⋯ 038
没大没小，我是你师母

第八章 ⋯ 045
请享受桃桃对泽泽爱的供养

第九章 ⋯ 052
怎么看都很适合二人"私会"

第十章 ⋯ 058
"地主家"的傻儿子

第十一章 ⋯ 064
要来旁听我的课吗？

第十二章 ⋯ 070
这是要公开的节奏？

第十三章 ⋯ 077
你是不是已经喜欢我了？

第十四章 ⋯ 084
还有一个她朝思暮想的人

第十五章 ⋯ 090
他字里行间竟然透着⋯⋯宠溺？

第十六章 ⋯ 097
你晚上一定要看我表演

第十七章 ⋯ 103
你就当从来没有遇见过我吧

第十八章 ⋯ 110
闷骚又含蓄的男人

第十九章 ⋯ 116
这小哥哥好浪漫

第二十章 ⋯ 122
肯定是宣示主权去了

第二十一章 ⋯ 128
他很像我

目录
CONTENTS

第二十二章 ♡ ⋯ ♡ 134
你才是最独特的那一个啊

第二十三章 ♡ ⋯ ♡ 142
他是在意的，用着他自己的方式

第二十四章 ♡ ⋯ ♡ 150
除了那些我还有"好脾气"

第二十五章 ♡ ⋯ ♡ 158
醒醒，孔桃桃

第二十六章 ♡ ⋯ ♡ 164
你是我星系里，唯一的太阳

第二十七章 ♡ ⋯ ♡ 173
因为是她，所以可爱

第二十八章 ♡ ⋯ ♡ 179
往后余生？

第二十九章 ♡ ⋯ ♡ 186
亲亲抱抱举高高

第三十章 ♡ ⋯ ♡ 195
可以哄我睡觉吗？

第三十一章 ♡ ⋯ ♡ 202
一座又一座的高峰

第三十二章 ♡ ⋯ ♡ 208
这样完美的男朋友，太让人上头了

第三十三章 ♡ ⋯ ♡ 214
桃桃要出击了

第三十四章 ♡ ⋯ ♡ 220
果然每个女生心里都住着个霸道总裁

第三十五章 ♡ ⋯ ♡ 232
最好的安慰

第三十六章 ♡ ⋯ ♡ 240
你永远不要觉得挫败

第三十七章 ♡ ⋯ ♡ 246
保护家人也是我的原则

第三十八章 ♡ ⋯ ♡ 252
嗯，想把她占为己有

第三十九章 ♡ ⋯ ♡ 259
正义也许会迟到，但绝不缺席

第四十章 ♡ ⋯ ♡ 271
恭喜唐泽，喜提娇妻

后记 ♡ ⋯ ♡ 280
他可以看穿你的逞强和脆弱，
并细心地守护

·第一章·
一颗萌动的少女心

阳春四月，城南咖啡店，下午三点。

孔桃桃对唐泽一见钟情。

细框眼镜架在高挺的鼻梁上，镜片下褐色的双眸隐隐含笑，看人时总是分外专注，薄唇习惯性地上扬，皮肤比女生更细腻白皙，却又不失阳刚。

精致的五官组合成了张堪称完美的脸。

见到唐泽的第一眼，"颜值即正义"的孔桃桃立刻臣服在他的颜值之下。

"孔小姐吗？"坐在单人沙发上的唐泽抬头，朝她浅浅笑了笑，"辛苦了，请坐。"

他这一开口，她仿佛听到了音色浑厚丰满的大提琴声，煞是好听。

孔桃桃晃了下身子，觉得爱神的箭已然射中了她。

一切都很完美，无论是从玻璃窗投射进来的阳光，还是店里此刻放着的俏皮却有些慵懒的小语种歌曲。

更完美的是，眼前这个早就抵达咖啡厅可等待自己，可以满足所有"颜控"和"声控"的叫作唐泽的二十七岁男人，是她的相亲对象。

唯一的遗憾是，她此刻两个眼皮还裹着纱布，只能眯缝着眼看他。

在从事医学美容的孔桃桃的专业评测下，即便只能用一条细缝看着，他的脸也无可挑剔。

孔桃桃行事作风说好听点是随性，说难听点是想一出是一出。

今天上午，在家宅了一个礼拜的她忽然跑去了维美医美市场部办理了入职手术，办完后为了让自己迅速地融入工作的氛围，了解以后工作的性质，她和主任医生聊着聊着，就去把双眼皮给割了。

这割了双眼皮也不要紧，孔桃桃刚缓了一口气，就接到自己小姨的电话。

"桃桃啊，上次我跟你说的那个大学教授啊，今天终于得空了，我已经帮你约好了，下午三点在那'城南'咖啡店，你可别迟到啊。人家可真是青年才俊，追他的人可一大把，你千万要把握好这次机会啊。"

孔桃桃把手机拿得老远，直到那头的声音消停了些，才收回来，甜声应着："好嘞好嘞，我一定准时到，小姨你就放心吧！"

二十三岁的孔桃桃其实还真不到要相亲的年龄，奈何无论是爸爸那边还是妈妈那边，这一辈她是最小且还单身的，所有的"关心"全部涌向了她。

而孔桃桃呢，从小就是对长辈的话，嘴上都甜甜地应着，背地里怎么做就是另外一回事了。

主任显然是听到了她的电话，难以置信地看着此刻面目瘆人的孔桃桃，道："你要顶着两个还能看见血的纱布去见你的相亲对象？"

孔桃桃耸肩，撇嘴用下半张脸展示了无谓的表情。

"你听我的，还是等半个月后差不多恢复了，实在不行，至少一个星期后，拆了线你再去见，不然你这相亲肯定不能成，一定会吹。"

哪个男人有这么好的心理承受能力啊？

"谁说要成了？"孔桃桃微微扬唇，"吹了就吹了呗，我压根儿就没想跟他成，要是他见了我就跑了，那我小姨可不能赖我啊。"

要让相亲对象主动拒绝，她才能耳根清净。

孔桃桃并不是抗拒谈恋爱，只是从小姨嘴里听到的这个相亲对象，简直优秀完美到只存在于想象里。

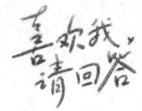

她听的时候非常捧她小姨的场,一口一个"哇,真的吗""那一定要认识认识了",心里想的却是:哼,真这么优秀,怎么二十七岁还单身呢?

此时此刻在唐泽对面沙发落座的孔桃桃,很想掐死自己。

如果时间可以倒流,她一定会让小姨把这场见面再往后挪一挪。

哦不,那她遇见他的时间就推迟了,她应该在一个月前就去办理入职和做双眼皮手术!

她从未对"打脸"两个字有如此深刻的体会。

"等很久了吗?"孔桃桃眯着眼看他,嘴角微扬,努力展示个"迷人"的笑,"路上有点堵,不好意思哦。"

唐泽摇头,抬手推了推眼镜:"没有,我也刚到。"随后扬手,示意服务员过来点单。

孔桃桃自走出了医美,就频频有路人投来好奇的目光,哪怕是坐在咖啡厅里,其他桌的客人也状似不经意地打量她。

但唐泽完全没有,他没有露出任何的诧异或震惊,仿佛看不到她脸上硕大的纱布,他的言行举止完美地诠释了"修养"二字。

服务员将菜单递到了木桌中间,唐泽绅士地将菜单缓缓朝前推到孔桃桃面前。

孔桃桃被他骨节分明的手吸引,根本不想看菜单,按照自己往常的喜好点道:"一杯冰拿铁,少冰,全脂奶麻烦换成脱脂奶,谢谢。"点完后,她把菜单轻轻推向唐泽。

"乌龙茶。"点完饮品,他翻动着菜单,随即抬头询问,"再点份水果沙拉吧,没有糕点甜腻,热量也不高。"

眼睛这扇情绪的窗户暂时关闭,孔桃桃只能用微张的唇来表示自己的惊讶:"你怎么知道我不喜欢甜食?"

而且还强调了水果热量不高。

唐泽把菜单递给服务员,才笑着答道:"因为拿铁不含糖,而你把全脂奶也换成了脱脂奶,看来孔小姐很注重对自己的身材管理,这是非常棒的理念。"

"不愧是心理学教授，你好厉害呀。"孔桃桃崇拜得不行，身体下意识地前倾，"是不是不用我开口说话，你也会知道我心里在想什么啊？"

"孔小姐误会了，心理学是门科学学科不是玄学。"

"听上去非常有趣呢。我大学的时候去上过几节心理学的公开课，觉得很好玩，好遗憾我大学专业选的不是心理学啊。"不然现在应该跟他更有共同话题。

"没关系，只要想学，任何时候都不晚。"

"我也觉得。"孔桃桃立刻接话，"你方便把你上课的课表给我吗？我能不能有空的时候去旁听？"

孔桃桃话音刚落，服务员把他们刚刚点的东西递了上来。

唐泽体贴地将水果沙拉推得离孔桃桃更近一点儿："课什么时候都能听的，现在先等你眼睛恢复是最重要的。"

三言两语，他轻松地回绝了她要课表的要求。

孔桃桃的注意力已经被他带到了眼睛上，于是问道："唐教授对整容这件事怎么看？"

"这只是一个个人的选择，追求美并没有什么不对，只要自己不后悔自己的选择，并且能够接受其带来的所有后果，就不需要在意其他人怎么说。"

这一番话简直就说到了孔桃桃的心坎里。

什么叫作"三观吻合"？她和唐泽就是啊！

孔桃桃："所以……唐教授能接受我刚做了双眼皮手术吗？"

虽然她脸上的纱布挺明显的，但也不能确定唐泽就能知道她裹纱布的原因。

唐泽再次推了推镜框，眸光毫无波澜："当然能接受。"

这个回答让孔桃桃脑海里响起了电视里的相亲节目嘉宾配对成功的声音：恭喜孔小姐和唐先生牵手成功！

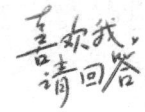

接下来的两个小时,孔桃桃觉得自己和唐泽聊得十分开心,无论她说哪方面的话题,他都能接住,没有一刻露出过不耐烦的神色。

既然相谈甚欢,孔桃桃就想着矜持一下,等着唐泽主动提出接下来的安排。

于是结完账走出咖啡店时,她一直迈着不紧不慢的步伐。像是为了迎合她,唐泽的步子也迈得很小。

无论从哪一方面分析,孔桃桃都觉得自己跟唐泽是有戏的。

"孔小姐,认识你很开心,我的车停在那边,需要我送你回去吗?"

"回去?现在回去太早了点吧?"

"好的,那我就不耽误你时间了,再会。"语罢,唐泽欠了欠身,转身离开。

这跟她想象中的剧情走向不一样。

孔桃桃满脑子都是不能让他就这样走了,于是出声唤住了他:"唐教授!"

唐泽驻足回头:"嗯?"

孔桃桃莞尔:"你落了东西没带走啊。"

"什么?"

孔桃桃指了指自己,土味情话张嘴就来:"贵重物品应该随身携带的。"

一整个下午都一脸淡然面对裹着纱布看不清全脸长相的孔桃桃的唐泽,这一秒终于露出了愕然的表情。

孔桃桃忍不住反思自己玩笑是不是太过了,补充道:"我的意思是……时间还早,不如我们一起吃个晚饭再去看个电影?"

既然唐泽含蓄,就只能她主动了。

片刻后,唐泽柔声道:"孔小姐,我学校那边还有些事情,不如我先送你回去吧,你的眼睛需要休息,晚饭和电影我们可以改日再约。"

这句话听在孔桃桃的耳朵里,完全不是婉拒,她既听出了唐泽对她眼睛的体贴关心,又听到了他给两人下次约会做了铺垫。

他还提出了送她回家,完完全全就是个修养极好的绅士。

普通人听到相亲对象这样说，通常都会回答："好的，那你先去忙吧，下次再见。"

但孔桃桃捂着一颗萌动的少女心，小跑着走到唐泽面前，笑得格外灿烂："那就辛苦唐教授啦。"

唐泽的表情有一瞬间的凝固。

· 第二章 ·
我每天等啊等，就是等不到你的消息

孔桃桃非常开心地回了家。

她走到客厅的时候，孔妈妈正在吃樱桃，看到孔桃桃时，吓得樱桃都没拿稳，从沙发上弹了起来，惊道："你眼睛怎么了？"

孔桃桃淡然作答："哦，办理完入职后顺便割了个双眼皮。"

"什么？"孔妈妈已经破音，捂住胸口，"孔桃桃，你就不能让我省点心吗？好好的你突然割什么双眼皮？"

"对以后的工作加深了解呗。"

"歪理！"

孔桃桃咧嘴笑得没心没肺。

孔妈妈又想起什么似的，问道："今天你小姨不是给你约了那教授见面吗？你没去？"

"我去了呀。"

"割了双眼皮以后去的？"

孔桃桃颔首。

"我高血压都要被你气到发作了！"看着孔桃桃脸上的纱布，那露在外面的小嘴还无所谓地上扬着，孔妈妈气不打一处来，伸手就把樱桃塞她嘴里，"你小姨多关心你啊，你就是这么回报她对你的关心的吗？你就是不喜欢那教授，你也没必要整这么一出啊。你把人教授吓了一跳，回头你小姨怎么好做人？你真是不懂人情世故！"

孔桃桃顺势吃起了樱桃，挽住孔妈妈的手臂，口齿不清地撒娇："不气，不气，我对这次相亲很满意。唐教授颜值爆表，气质出众，内外兼修，我已经被他深深迷住了。"

"没个正经！"孔妈妈漠然戳开孔桃桃凑过来的脸，"离我远点儿，看到你这个样子我血压升得更快了。"

孔桃桃刚好咽下了樱桃，走到角落的垃圾桶去吐果核。

"你这性格完全是你姐给惯出来的，在为人处世方面你能不能多向你姐姐学习学习？像今天这样的情况，换作你姐姐，肯定……"

"好了，好了，姐姐才去A市学习几天啊，你就这么想她，张嘴闭嘴都是她。"孔桃桃出声打断孔妈妈，"我知道自己错得离谱，我这就回房间反省自己，把自己丑陋的脸藏起来，不刺激你的血压了。"

语罢，她转身上楼。

而转身的瞬间，那原本上扬的嘴角抑制不住地下垂成失落的弧度，几秒后又归于平直。

当天晚上，孔桃桃没有收到唐泽的信息。

因为眼睛的问题，孔桃桃被强制在家休息了一个星期。

这一个星期，唐泽依旧没有主动给孔桃桃发过只言片语，而孔桃桃在把他全部都是各种专业知识分享链接的朋友圈看了个遍以后，选择主动出击。

心理学知识链接啊……

于是，孔桃桃开始把在微博刷到的一些心理学的趣味测试，转发给唐泽，附言道：哈哈哈，唐教授，你看这个测试准不准？

唐泽回复的时间在上午九点出头或者是晚上七点左右，一般不会对孔桃桃发过来的内容多做评价，而是有礼地回上一句：孔小姐注意用眼时间，有益伤口恢复。

这话看在孔桃桃眼里，那就是贴心的关怀。

于是一个星期后，拆线那天，孔桃桃主动给唐泽发了条信息："唐

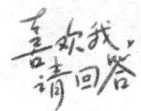

教授,之前不是说有空一起吃饭看电影吗,我今晚有空。"

五分钟过后,唐泽一如既往地没有回复。

两个小时后,唐泽还是没有回复。

眼看就快要五点,孔桃桃按捺不住又给唐泽发了微信:"餐厅地址我来选没关系吧?"

孔桃桃:"唐教授?"

顺手发过去一个"乖巧等回复"的表情包。

就在她打算直接给唐泽打个电话时,终于收到了他的回复。

非常难得的,这是一条语音。

回忆起唐泽低沉悦耳的声音,孔桃桃抿嘴笑了笑,然后期待地把手机贴到耳侧。

唐泽:"不好意思,孔小姐,我刚下课,才看到你的信息。今晚不能和你一起吃饭看电影了,非常抱歉。"

他的声音混在嘈杂的背景音里,隔着手机她都能想象他身边应该是三五成群地涌出教室的学生。

或许是他的声音太好听又或者是语气太过于诚恳,孔桃桃没有半分被拒的愤然,体贴地回道:"没事,没打扰到你上课吧?"

孔桃桃:"那约明晚?"

发完后,孔桃桃目不转睛地盯着手机屏幕,和唐泽的对话框上显示的"对方正在输入……"。

他不打算发语音了吗?

孔桃桃有些许的失落。

片刻后,屏幕上跳出唐泽的回复:"抱歉,明晚有一节公开课。"

似乎是料到了孔桃桃接下来会回什么,下一秒又多了条唐泽的消息:"等我有空了,一定告知孔小姐。"

这句话一下子就把孔桃桃接下来所有的"后天""大后天"诸如此类所有的问话堵住了。

孔桃桃回了个卖萌的表情,外加一句"好哒",随后叹了口气,把手机收回口袋。

二十三岁的孔桃桃，顶着刚割的双眼皮，在医美开始了自己的职业生涯。

而唐泽这一忙，就再也没有有空过。

不是有课就是需要在医院坐诊，一来二去，即便他语气再诚恳，孔桃桃也认识到了，他在婉拒自己。

果然他还是被自己那天渗血的纱布吓到了。

男神可真难约。

那就再等等呗，反正，他值得。

四月二十九日，星期五，孔桃桃术后第二十一天，工作后第一次休假。

孔桃桃穿着系带白衬衫，黄色格子短裙，黑色短靴，加上精致的淡妆，出现在中心医院心理科。

她抬头看了一眼诊室门口挂着的电子屏，上面清楚地写着"坐诊医生：唐泽"。

眼看着马上就要排到她的号了，孔桃桃掏出手机，又整理了一遍妆容。

或许是年轻，皮肤底子本来就不错，她的双眼恢复得挺好，加上化了眼妆，不贴近看，几乎已经看不出什么痕迹。

这一次，她要刷新唐泽对自己的印象。

孔桃桃抬脚进了房间。

鉴于此情此景已经在脑海里演练过了无数遍，从进门到落座递过诊疗卡的动作，孔桃桃都展现得十分自然。

唐泽接过诊疗卡，随着电脑屏幕读出就诊人的信息，敲着键盘的手微顿，随后侧头看过来，对上一张浅笑的脸。

面前坐着的"病人"，有着焦糖色的及肩短发，蓬松的空气刘海，在午后阳光明媚的光线下，肤色越发细腻白皙，粉嫩的唇微扬，笑意顺势蔓延到眼角眉梢，一双眸像是染了光，亮闪闪的。

真是精致又元气满满到……完全看不出有任何精神上困扰的样子。

孔桃桃目不转睛地盯着唐泽，率先开了口："唐教授。"

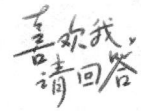

他能认出自己吗?

她既期待又忐忑。

这熟悉的声音一入耳,唐泽就没有半分疑虑了,眼前的人是孔桃桃,他的相亲对象。

孔桃桃行事作风并不含蓄,从之前她好几次邀约他,到现在她精神状态极佳地来挂他的诊,她此刻出现在这儿的目的不言而喻。

于是,唐泽惯性地轻推了眼镜,开口道:"孔小姐。"

他认出她了!

兴奋之余,孔桃桃也听出了他语气里的无奈,率先开口:"唐教……医生,我不是来打扰你工作的,我是来看病的。"

"……"

孔桃桃微微放松原本挺直的背,叹了口气,道:"唐医生,我觉得我有抑郁症。"

"抑郁症?"秉承着对患者负责的态度,唐泽引领她接着说下去。

"嗯,我最近睡得很差,总是失眠,我上网查了下,一般抑郁症都失眠。"孔桃桃稍顿,又接着道,"我知道唐医生是这方面的权威专家,治疗抑郁症的方式很多,我觉得比起药物治疗我更适合心理咨询和访谈一些。我工作时间弹性挺大,而且我也很重视自己的心理健康,所以一周三到五次咨询我都可以接受。"

作为一个"患者",她不仅给自己确诊了,还给自己制订了治疗方案。

纵然内心再多想法,唐泽面上也依旧是温和淡定的样子,答道:"抑郁症患者确实有失眠的症状,但并非失眠就是患有抑郁症。"

"嗯?"

"我建议你去神经内科做个检查,先查出失眠的原因。"

"神经内科?"孔桃桃立即坐直了身子,收敛起之前颓丧的神情,"其实也没那么严重,就是入睡比较困难,大概是最近比较焦虑。"

她身上确实带有些许的焦虑。

隔着薄薄的镜片,唐泽用自己的专业知识注意着孔桃桃每一个微表情,闻声询问:"这种情绪持续多久了呢?"

"十来天了。"

"你是否清楚焦虑的具体原因呢?"

喜欢着一个人时,双眼便是最好的滤镜。

孔桃桃对上他专注的眸,听着他悦耳的嗓音,只觉得穿着白大褂的唐泽,比那日在咖啡厅的他更加迷人。

"扑通——扑通——"

心里的小鹿胡乱地撞着。

"清楚的。"孔桃桃莫名羞涩地垂头。

"嗯,方便和我描述下是什么原因或者说是在怎样一种情形下让你有了这样一种情绪?"

孔桃桃吸了口气,复而抬头,大大方方地看着唐泽,道:"从你说有空了会联系我那天开始,我就开始焦虑了。"

唐泽刚进入工作状态,就这样硬生生被她拉回来了。

"我每天等啊等,就是等不到你的消息,然后我就很焦虑,紧接着就开始失眠。"

"……"

"哎,唐医生。"孔桃桃忽然咧嘴笑了笑,"或许换一个能收到你消息的手机就能治好我的焦虑失眠了。"

唐泽的双手在桌面上交叠,惯性上扬的嘴角终于控制不住地扯了扯:"非常抱歉,孔小姐,我近期一直在忙。据我所知,孔小姐也刚入职,想来事情也多,我不便打扰。"

他看起来总是温和有礼,说话也是滴水不漏。

而她今天既然来了,就不打算让他再这样含混不清地带过去。

孔桃桃:"方便打扰的。"

唐泽:???

"明天就是五一假期了,你不用上课,而你下次来医院坐诊的时间是四天后,所以,今晚你是有空的。"

"……"

"为了治疗我的焦虑和失眠,今晚一起吃饭吧。"

· 第三章 ·
她是唐泽的初恋，光是想想都有些上头

即便孔桃桃头头是道，唐泽短暂地沉默后就以"晚上和家人有约了"拒绝了她的邀约，随后给她开了一系列的焦虑症测试，把她交给了实习医生。

孔桃桃恋恋不舍地起身，眼巴巴地看着唐泽："唐医生，我并不介意和你的家人一起吃饭。"

唐泽只是看向候在一旁的实习医生，温声道："麻烦了。"

实习医生是个即将毕业的小姑娘，和孔桃桃年纪相仿，领着孔桃桃出了门诊室，瞅着四下无人，忍不住八卦地问："你是唐医生的朋友啊？"

她来医院两个月了，唐泽作为医院相貌出众的年轻教授，一直都是实习医生们私下讨论的热点，可惜他每周坐诊时间不过两天，为人又低调，根本挖不到什么料。

孔桃桃快速打量了下面前的女生，回道："不，我是他正在发展的相亲对象。"

这句话意味不明，又暧昧不清。

正在发展……就是女朋友的意思吗？

实习医生睁大了眼。

八卦！大八卦！

一项项测试做下来，孔桃桃的结果自然都在正常范围内。因为唐泽今天坐诊,门诊异常火爆,她做不出扰人上班的行为,只能放弃和实习医生多聊聊的想法。

可上帝既然关上了一道门,就会打开一扇窗。

孔桃桃在长廊碰到了唐泽的表妹,张沁。

实习医生打招呼:"沁沁来找唐医生?"

"嗯啊。"张沁身上还穿着市一中的校服,一脸稚嫩,"我表哥今天能准时下班吧?"

表哥?

联想到之前唐泽说的晚上约了家人,孔桃桃立刻反应了过来,比实习医生更快开口:"还有五个号,应该没有问题。"

张沁瞅了眼陌生好看的孔桃桃,表情疑惑道:"姐姐是新来的医生吗?"

"我在医美上班,不是这儿的医生。"

张沁两眼发光:"姐姐是整容医生?"

孔桃桃还没来得及出声,一旁的实习医生忽然激动道:"医美……孔小姐是在维美医美吗?你就是孔院长是不是?医学世家啊,我们之前老八卦唐医生会找个什么样的女朋友,原来就是像孔院长这样完美优秀的!"

在Z市,孔家是小有名声的,尤其是在医学这个圈子。

孔有成创办的是仁心医院,是Z市赫赫有名的私立综合医院,周边城市皆有分院。

让人羡慕的是,孔有成的女儿孔敏敏青出于蓝而胜于蓝,各种医学奖项拿到手软,活生生的"别人家的孩子"。

就在所有人都觉得孔敏敏会子承父业成为仁心医院的下一任院长时,她自己另立门户,创办了维美医美。

几乎没人知道,孔家还有另外一个"平庸"的孩子——孔桃桃。

这也是为什么孔桃桃能清楚地知道唐泽工作安排的原因。

孔桃桃吸了口气,随即动作自然地从包包里掏出名片递给一脸崇拜的实习医生："你说的是我姐姐。我不是医生,我在市场部。"

实习医生接过名片,讪笑道:"我朋友打算做个眼综合,一直念叨着排不到孔院长的号。不好意思,我记混名字了……"

"没事。"孔桃桃俏皮地眨眼,"喏,名片拿好,你朋友想做的话可以联系我,就算排不到我姐姐的号,也一定安排我们院最权威的医生操刀,给你们打折哦。"

揽客可是孔桃桃的本职工作。

这番举动既化解了尴尬,又拉拢人心。实习医生收好名片,翻了翻手上的结果单,对孔桃桃和张沁道:"谢谢孔小姐,晚点我让我朋友联系你。我这边还有工作,你们先聊哦。"

"姐姐是我表哥的女朋友?"张沁的眸子又亮了几个度。

"我表哥女朋友"这六个字,让人听起来真是神清气爽。

孔桃桃含蓄地笑了笑,看向张沁的目光就像在看自己的亲妹妹。

"唔,还不算,但我是你表哥的相亲对象。沁沁你好,我叫孔桃桃。"

张沁不过是个十八岁的高中生,相亲这种事对她而言,遥远又陌生,但又因为跟她那从没花边绯闻的表哥挂上钩,便显得有趣起来。

"桃桃姐,我表哥相亲那天表现怎么样?"

"挺好的,又绅士又体贴。"

"你们之后约会了吗?"

"我们近期工作都忙。"孔桃桃答得模棱两可。

"他今天约你在医院见面?桃桃姐,你可千万不要嫌弃他不浪漫,我偷偷告诉你,你可是他的初恋。"

即便孔桃桃努力控制,那嘴角的笑容也是控制不住地荡漾:"当然不会。"

她是唐泽的初恋,光是想想都有些上头。

张沁的问题一个接一个,而孔桃桃完全没有露出一点点敷衍和不耐烦,饶有兴趣地听着张沁说着和唐泽有关的信息。

两人聊得热乎,时间眨眼就过。

并没有人发现唐泽已经走出了门诊室。

"那个……"张沁压低声音,"桃桃姐,我还有几个问题想咨询你……"

"嗯?"

"跟整形有关的。"

"好的,你尽管问。"

张沁眸光闪烁,扭捏了半天,酝酿了许久的词汇被一句低沉悦耳的"沁沁"给堵了回去。

孔桃桃闻声侧头。

脱下白大褂的唐泽,穿着简单的白衬衣和浅灰色开衫,清爽干净又魅力十足。

"下班了?"孔桃桃莞尔,语气自然亲昵,"辛苦啦。"

唐泽习惯性地推了推眼镜:"孔小姐……"

"沁沁在等你,我就陪着聊了会儿天。我知道你们要去吃饭了,那我先走了。"

"桃桃姐,我们还没聊完呢!"下一秒,她的手臂就被张沁挽住,"表哥,我跟桃桃姐很投缘,我们一起吃饭吧,你不用担心我会不自在。"

沁沁?我们?桃桃姐?

镜片后唐泽的眼神,多了几分意味深长。

孔桃桃装模作样地拒绝:"你们家庭聚会我去不太合适吧。沁沁你想跟我聊天的话,我们随时都可以约的。"

言下之意:我完全没有死皮赖脸要跟去你家庭聚餐的意思。

"不是什么严肃的家庭聚会啦。明天就是五一小长假了,我爸妈出去旅游啦,所以表哥说带我吃饭,桃桃姐一起啊。"

说着,张沁就挽着孔桃桃往楼梯口走,凑到她耳边,小声道:"桃桃姐,我前面跟你说的整形的事情,你千万不要让我表哥知道哦。"

孔桃桃郑重地点头。

小秘密从来就是拉近女生之间关系的最佳桥梁。

唐泽望着两人亲密无间的背影,在原地愣怔了三秒。

不知怎的,他脑海里倏地浮现初见在咖啡店门口分别的场景,此时

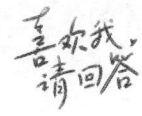

此刻,分外相似的心情。

他清楚地听到了自己内心深处传来一声无力的叹息。

四人座,孔桃桃和张沁坐了一侧的沙发。

一顿饭吃下来,唐泽望着对面热聊的两人,越发觉得她们才是亲姐妹,自己只是一个普通朋友。

不,准确地说,他更像是个来拼桌的路人甲乙丙丁。

唐泽意识到,有些话,他不得不说了。

于是,在张沁中途去厕所时,唐泽坐直了身子,郑重地开口:"孔小姐,很高兴认识你,但如果是我的言行让你产生了误会,在这里我向你道歉。"

唐泽颔首:"对不起,我们不适合。"

唐泽会出现在城南咖啡店和孔桃桃相亲,也不过是因为系主任的劝说,走个过场。

他习惯情绪不外露,对人温和有礼是他的修养。

这是明确地拒绝了。

孔桃桃早就有心理准备,受唐泽感染亦挺直了腰背,直视他褐色的眸:"误会的人是你,唐教授。"

"我?"

"我没觉得你喜欢我,也不认为我们现在是情侣关系。"餐厅的灯光明明暗暗,孔桃桃的双眼却熠熠生辉,她咧唇笑了笑,轻快道,"唐教授,很明显,现在是我对你感兴趣呀。"

"……"

"而且你都没有试着接受我,怎么知道我们不合适?"

"孔小姐,感情的事情不能勉强,我也不希望浪费你的时间,祝你能早日遇到对的人。"

孔桃桃目光锁定唐泽,大胆又直接:"我已经遇到了。"

唐泽一贯微扬的唇终于抿成了一条直线,修长的手指无意识地摩擦着茶杯,再开口时,低沉的嗓音里逸出无可奈何来:"孔小姐,这是我们第二次见面,我们对彼此都不了解,你对我的好感不过是基于对我的一种想象,并不真实。"

"真实的。"孔桃桃笃定地作答,"我现在就是对你的外表感兴趣,你的内在我还没来得及发现。"

她肤浅得坦坦荡荡。

闻言,唐泽的手一颤,差点没握稳茶杯。

孔桃桃却笑得灿烂:"沁沁都跟我说了,我是你的初……嗯,你还没有谈过恋爱,没经验,害羞,我都理解。"

"……"

"你放心,我的观念一直是男女平等,从来不觉得感情里必须要男生主动。"

"……"

"唐教授,我正式通知你,我要追你。"

唐泽松开茶杯,第一次在孔桃桃面前摘下了眼镜,疲惫地捏了捏自己的鼻梁。

孔桃桃:"原来你戴眼镜是为了掩藏自己的颜值啊。"

唐泽抬眸看着脸不红心不跳正歪头瞅着自己笑的孔桃桃,不再陌生的无力感涌上心头。

他自认从事心理学相关行业多年,阅人无数,临床经验丰富,可是不断打破他淡然的孔桃桃,真真是个特殊的存在。

于是这一次,他的叹息,终于逸出了喉咙,有了声音。

·第四章·
我是因为抵挡不住对你的思念

五一小长假对于从事医美的孔桃桃而言正是忙碌的时候，来医院咨询问诊的人流是往常的好几倍。

所以即便才刚刚高调表白完唐泽，孔桃桃却并没有时间去找他。

对于工作，孔桃桃的态度是十分端正的。

而五一过后，整个市场部都在忙着做医院户外广告的投放和新的活动策划，等到孔桃桃稍稍闲下来，已经是一个星期后了。

沐浴后，孔桃桃敷着面膜看着张沁发过来的唐泽的课表，随后又顺手点开了和唐泽的聊天框。

一个星期没有联系，是时候刷一波存在感了。

孔桃桃："睡了吗，唐教授？"

孔桃桃："你的好学生孔桃桃已上线，我能去旁听你的课吗？"

鉴于之前唐泽的聊天习惯，估计收到回复也是第二天的事情了，于是按了发送后，孔桃桃点开他的头像，想看看有没有她落掉的他的动态。

果不其然，又是各种学术论文的转发，分分钟让她怀疑自己是否有阅读障碍。

"嗡——"

手机振了振。这个时间点，孔桃桃只当是订阅号的推送，便没有在意，为了和唐泽有更多的话题，硬着头皮把他的朋友圈看完了。

然而,当她退出唐泽的朋友圈的那一秒,她肠子都要悔青。

刚刚竟然是唐泽回她微信了!

唐泽:"不能。"

孔桃桃下意识地瞅了眼头像和昵称,才确认这真的是和唐泽的对话框。

愣怔了片刻后,孔桃桃不仅没有生气,反而有些想笑,这样的唐泽似乎更鲜活真实了一点。

孔桃桃扯掉面膜,翻身趴在床上,恶趣味上头,回道:"你好转啊,我更想去听你的课了呢!"

可是这一回她盯着屏幕,却没等到唐泽的回复了。

睡着了?

孔桃桃呼了口气,做了个愉快的决定——明天去Z大找唐泽。

唐泽是醒着的。

对于孔桃桃而言忙碌的五一假期,对于他而言是相对轻松的,轻松到……他竟然偶尔会想到她。

这体现在他会不自觉地拿出手机打开微信,下意识地扫一眼她的头像,看是否有未读消息。

然而,在那晚的强势告白后,孔桃桃反而消停了。没有主动邀约,没有找他聊天,甚至连以前会发的网络测试也没有了。

怎么形容这种心情呢?

讶然中带着轻微的……烦闷。

当然,作为喜怒不形于色的心理学教授,他把自己这点小情绪处理得很妥当。

于是今晚收到孔桃桃消息时,他没有像往常同人交流一样,去顾虑别人的心情和感受,而是冷冰冰地回了"不能"两个字。

按了发送后,唐泽半坐在床上,握着手机,眼前已经浮现出孔桃桃神色夸张的眉眼,以及近乎无赖的回答。

然后,一分钟过去了。

五分钟过去了。

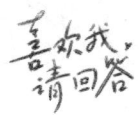

十分钟过去了。

手机那头的孔桃桃竟然毫无音信。

后知后觉自己似乎在等她的消息,唐泽的烦闷加重了些许,于是关机,将手机搁置在床头柜上,随手抽过一本学术杂志。

唐泽从小到大不乏追求者,但他看起来温和儒雅实则总给人距离感,对爱慕者而言更像是天边的云。

那些女生大多都很矜持,被唐泽婉拒后知难而退,唯有孔桃桃,有着一套异于常人的逻辑,无赖得理直气壮。

但唐泽不得不承认,这样的孔桃桃,有着比初见时包扎着的双眼更强烈的存在感。

第二天。

孔桃桃一觉睡到下午一点,脸都没洗,刷了个牙就下楼觅食。

孔妈妈正在客厅里折腾她那些大大小小的盆栽,瞅了孔桃桃一眼,忍不住道:"你都二十五六岁的人了,也不知道爱惜身体……"

"我哪里二十五六岁了?"孔桃桃拉开冰箱门,一边翻找一边打断孔妈妈,"我连二十四岁生日都还没过,我们年轻人可不过虚岁什么的。"

"那是重点吗?"孔妈妈稍稍睁眸,"你爸你姐都是医生,可你呢,早午饭都不吃,迟早把胃饿出毛病来。"

孔桃桃拿出牛奶和昨晚带回来的全麦吐司,懒洋洋地靠着冰箱:"要是妈妈你也是医生,我可能就按时吃饭了。"

"孔桃桃!"

"哇,女神,你大吼的声音也很悦耳哎!"孔桃桃笑得没脸没皮,故作夸张的口吻,"天啦,发火的样子也美炸了。"

上一秒还怒目圆瞪的孔妈妈下一秒就没绷住笑了:"别吃那些冷冰冰的东西了,我给你下碗面吧。你最近早点起,难得你爸你姐这几天都在家,我们一家人都多久没同桌了。"

孔桃桃却没有回应孔妈妈的后半段:"不了,不了,我马上就出门了,随便垫垫肚子就可以了。"

"你要去哪儿？"

"Z大。"

"做什么？"孔妈妈疑惑。

"约会。"

"你和你小姨介绍的那教授真成了？"

孔桃桃把吐司塞到嘴里，含糊地应了声"快了"，继而转身上楼。

孔妈妈只能盯着她的背影干瞪眼，最后也没了收拾盆栽的心情，给孔桃桃小姨打电话去了。

Z大。

孔桃桃虽然作风大胆，但还是有分寸的，因为唐泽昨晚那一句"不能"，她今天虽然来了学校，也没有贸然去旁听他下午的课。

她知道他今天下午只有一节课，下课时间是四点过十分。

三点半，在Z大后街胡吃海喝完后，孔桃桃随手拍了张附近的景色，然后发给了唐泽。

孔桃桃："唐教授，我迷路了。"

这样带有求助的信息，以唐泽的脾性是不可能不管她的，她现在只需要等上完课的唐泽看到信息联系她就好。

而这时有两个抱着传单的女生向着后街的方向朝孔桃桃迎面而来。

"这都第三趟了，盈盈，我觉得我们的任务肯定是完不成了。"

被唤作"盈盈"的女生，深吸了口气，自我鼓励道："说不定这次就成功了。陈学姐都说了，她以前去拉赞助的时候也被拒过。"

"拜托，陈学姐什么相貌什么口才？人和人之间的差距根本不是努力和乐观就能减少的。你也别太较真了，反正公关部也不止我们俩。"

似曾相识的字句落入孔桃桃耳中，她主动停在了两个女生面前。

两个女生微怔驻足，错愕地看着孔桃桃。

孔桃桃直视盈盈浅笑伸手："给什么活动拉的赞助，传单能给我看看吗？"

盈盈下意识地把传单递过去，打量着孔桃桃的妆容和穿着，试探地

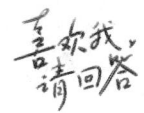

开口:"学姐也是校公关部的?"

"不是。"孔桃桃粗略地扫视了下传单,"夏季才艺秀啊,这个活动,我赞助了。"

"啊?"

孔桃桃从包里翻找出自己的名片:"喏,上面有我的联系方式。"

盈盈实力演绎什么叫作"一脸蒙":"维美医学美容院……学姐好厉害,在校生就能在医院上班,还能有自己的名片,好酷!"

"这么甜的嘴不可能拉不到赞助,我毕业都快一年了。"

受到肯定的盈盈欣喜地捧着名片:"太好了,您现在有空吗?我们给您具体介绍下我们比赛的流程……"

另一个女生拉扯了下盈盈的手臂,小声嘀咕:"不合适啊,赞助了就得宣传,整容医院不好吧?我看还是去后街找找那些餐饮商户比较好。"

"哪儿不合适了?我跟你说,整容是个人选择,每个人都有选择变美的权利,而且嘛,就个人的生理状态而言,越早做恢复越快。"孔桃桃说着倾身凑近,指了指自己的眼皮,"我这双眼皮就是上个月割的。"

"哇,完全看不出,好自然啊!"

在变美这件事上,女生之间的共鸣可以跨越年龄、职业等一切因素。

孔桃桃初初会主动询问,确实是因为听到了两人的对话,折射了她敏感的内心。

从小到大,她听到过很多类似的句子。

——"哎,桃桃,你放弃吧,你做不到你姐姐那样的啦。"

——"桃桃,敏敏姐真是你亲姐啊?你们也差太多了吧。"

可在看完传单后,她越发觉得这是个不错的宣传点。

在医美这一块,大学生本来就很有市场,而会参加才艺表演比赛的,普遍对自己的外在重视程度更高。

最重要的是……赞助了Z大的校园活动,以后她来Z大可就名正言顺了。

唐泽找到孔桃桃的时候,她和两个女生从活动聊到整形项目,可谓是眉飞色舞、热火朝天,哪里有半分迷路的无措和迷茫。

越走近她的声音便越清晰,她的语速很快,夹杂着清脆的笑声,意外的悦耳。

她似乎和谁都能迅速热络熟悉?

就像是上一回在医院的长廊,他推开办公室的门,她和张沁也是聊得火热。

视线里是孔桃桃的窈窕背影,褐色的卷发没像往常披着,而是扎着高高的马尾,露出修长的脖颈线条,随着她说话小弧度地晃动着,满满的朝气。

热闹的烟火。

唐泽脑海里蓦地冒出这五个字。

"唐教授!"两个女生率先发现了靠近的唐泽,热情地打招呼。

孔桃桃闻声侧头,直视他笑弯了眉眼:"哇,不是心理系的学生也能一眼认出你,唐教授是校园名人啊。"

"孔小姐是特意来 Z 大调侃我的吗?"

"不,我是因为抵挡不住对你的思念。"

唐泽:"……"

两个女生捂嘴睁眸。

孔桃桃得寸进尺,又道:"你说不能旁听你课,我就没去。我这么乖,你要不要夸夸我?"

故意放软的语调,上挑的尾音,显而易见的……撒娇。

两个女生被暧昧的气流电起了一身鸡皮疙瘩,连忙含笑撤退。

唐泽的面部表情管理暂时失控,惯性的浅笑僵在嘴角。

来了,又来了。

这种熟悉的无力感。

· 第五章 ·
男人聒噪得如此……可爱

"唐教授今天没有工作要忙了吧?"孔桃桃明知故问。

唐泽摇头。

"其实我高中时家里人都挺想我读Z大的,但那会儿有逆反心理,就想着去外省上学,看看外面的世界,现在想想挺遗憾的,不如你带我逛逛Z大吧?"

孔桃桃一番铺垫,这个建议显得合情合理,唐泽自然不会拒绝。

五月的风不燥不热,徐徐而来,唐泽的步子就着孔桃桃的步伐迈得缓慢。

两人并肩而行,孔桃桃侧头看着唐泽,像是在认真听他介绍一般,嘴角抑制不住地上扬。

路过教学楼的时候,孔桃桃开口问道:"唐教授,我什么时候可以去旁听你的课?"

"孔小姐真的对心理学感兴趣?"唐泽意味深长。

"我跟你说哦,我遇到挺多有趣的咨询者。前两天竟然有人来咨询,看能不能够永久性脱发!"

孔桃桃稍做停顿,唐泽配合地接话:"脱发?"

"是吧,奇怪吧。不是脱毛而是脱发哎,现在多少人有秃头危机为了脱发苦恼啊,他竟然想要自己以后再也长不出头发!"

"……"

"类似的还有很多,我是做市场的嘛,当然要清楚这些咨询者的心理,才能让他们都来我们医院做项目嘛。"孔桃桃眯眯浅笑,"当然如果唐教授愿意单独给我答疑解惑,效果肯定比我去旁听大课要好很多。"

唐泽觉得孔桃桃是非常适合做市场的,她从不含蓄地隐藏自己的目的,却又头头是道。

"饿了吗?"心知肚明的唐泽选择转移话题,"孔小姐难得来趟Z大,我请你吃饭吧。"

"我是不是可以理解为,只要来了Z大,你就会请我吃饭?"

唐泽颔首,他从小到大受到的教育可不是吝啬地对待女性。

孔桃桃小算盘得逞,兀自笑得灿烂:"那我就不客气了,谢谢唐教授请我吃晚饭。"

"想吃什么?"

孔桃桃掏出手机瞅了眼时间:"已经五点多了,Z大的食堂开门了吧,我们去食堂吃饭吧?"

唐泽诧异地重复道:"食堂?"

孔桃桃笑得无害:"对,我想去Z大最热闹的食堂。"

以唐泽的知名度食堂那样密集的地方碰到认识他的学生的概率近乎百分百,是绝佳的制造"绯闻"的地点啊。

果不其然,刚刚迈进食堂的大门,那些八卦的好奇的目光立刻黏在了孔桃桃身上,三五成团小声议论着。

唐泽体贴道:"相对而言食堂会有些吵,需要换地方吗?"

孔桃桃就像是被追光打到的舞台剧女主角,无论是闪烁的眸还是扬成羞涩弧度的嘴角,全部开始了自己的表演。

"不需要,我喜欢热闹。"

"嗨!"随着一声爽朗浑厚的招呼,唐泽的胳膊被人用力地撞了下,"好巧啊,唐老师!"

喜欢我，请回答

孔桃桃循声望过去，视线里是个穿着一身运动服、五官硬朗、留着小寸头的、高高壮壮的年轻男人。

唐泽似是对男人这样的突然闪现习以为常，和男人对视了一眼便跟孔桃桃介绍道："张子恒，这是我们一个办公室的体育老师。"

"体育系和心理系都属于人文学院，我入职那会儿，体育系里少了个办公桌，哎，巧了！隔壁唐老师他们办公室有空的。"张子恒搭着唐泽的肩膀，说着说着就唱起歌来了，"一定是特别的缘分，才能一路走来变成一家人……"

唐泽抬了抬肩，暗示张子恒适可而止。

可张子恒哪里停得下来，站直了身子，打量着面前的孔桃桃，抢在唐泽开口前道："刚进食堂就看见你们俩有说有笑了，关系一看就不一般，你是唐老师的女朋友吧？"

这是孔桃桃第一次觉得一个男人聒噪得如此……可爱。

真是喜闻乐见的误会。

一旁的唐泽惯性地推了推眼镜框，否认的话还未来得及出口，就见孔桃桃先是"羞涩"地垂首，右手撩了下自己的马尾，随后浅笑道："你好，我叫……"

孔桃桃不仅不打算解开这个误会，言行举止中还有加深这个误会的意思。

"我果然猜对了！"张子恒激动得不行，眸光发亮，打断她的自我介绍，"我真是没白和你们这些心理学的老师一个办公室啊，我张子恒不愧是体育系里最会察言观色的！"

张子恒本来就是个大嗓门，这一番话，周边看八卦的学生是听得一清二楚。

唐泽沉声唤道："张老师。"

"哎。"张子恒敷衍地应了声，"唐老师你女朋友这么年轻漂亮干吗要藏着掖着？太不够意思了啊。"

"你先安静会儿，听我说……"

"说什么？你一个大男人不会是不好意思了吧？"张子恒满脸揶

揄的笑容，"难怪王主任给你介绍赫赫有名的孔院长的女儿，你也不情愿。"

"张老师。"唐泽语气更重了些。

唐泽头疼地看向孔桃桃，却见她并无半分尴尬之色，反而饶有兴趣地盯着张子恒。

可张子恒对唐泽的语气有着自己的解读：一定是担心女朋友误会生气。

于是，张子恒不仅没停下自己的"机关嘴"，接着冲孔桃桃解释道："你千万别误会，唐老师对那个孔小姐一点儿意思也没有，也就上个月见面吃了顿饭，之后根本提都没提过这个人。"

提都没提？

孔桃桃觉得这正常得很，唐泽完全不像是会主动提自己私事的人，但还是逮着这个机会给唐泽投过去一个受伤的眼神。

能引起他些许愧疚感也是好的。

这落在张子恒眼里就是事情大条了，他急忙道："其实都是我想认识那个孔小姐，想着唐老师认识了，我也能沾点光，加个微信什么的。现在看个病可不容易，专家号要挂很久呢，人家是孔院长的女儿，以后哪里不舒服说不定能给我开个后门，哈哈哈！"

唐泽："……"

孔桃桃将目光移至张子恒身上，稍稍上前一步，点开手机递过去，眯眸浅笑，甜声道："好哇。"

"哎？"张子恒蒙怔地眨巴眼。

孔桃桃顺手将手机递得更近一些："不是想加微信吗？还愣着做什么？"

张子恒并没有反应过来，为难地看着唐泽，无辜道："唐老师，我没说错话吧？我刚刚说的是想加孔小姐微信吧？"

张子恒满脸都写着：兄弟，我真没要加你女朋友的微信！

唐泽静立着，不言不语，心态已经从阻止变成了看戏。

孔桃桃语气更柔软些："张老师你好，刚刚的自我介绍被你打断了，

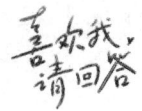

你好,我叫孔桃桃。"

"你好你好,抱歉啊,我前面太激动了,不该打断你的自我介绍,孔小姐你不要……孔……孔小姐?"

渐渐意识到什么的时候,张子恒瞪大双眼,摸着小寸头的右手僵在脑袋上。

"没关系,我不介意。"孔桃桃点亮已经暗下去的手机屏幕,又往张子恒面前递了递,"张老师前面那歌唱得很好,一定是特别有缘分,所以我们才会认识。"

张子恒倏地涨红了脸。

"哦,唐教授肯定没跟你提,我现在在医美工作,以后张老师要是身体啊脸部啊想做个微调什么的,我一定给你安排专家操刀。"

张子恒嘴唇哆嗦了下,硬是没憋出半个字,只能求助唐泽:"唐老师……"

唐泽惯性浅笑:"嗯。"

孔桃桃:"张老师,加我的微信不需要问过唐教授的。"

唐泽颔首:"加吧,我不介意。"

张子恒欲哭无泪,颤抖着从口袋里掏出手机。

加完好友后,孔桃桃笑得好不开心:"好饿啊,我去瞅瞅有什么吃的。"语罢,抬脚走向打菜的窗口。

张子恒此刻的心情已经不单单是"尴尬"两个字可以来形容了。

"唐老师,我们在一个办公室待了快一年,你为什么要这样对我?"

唐泽挑眉。

"你为什么不第一时间介绍她就是你的相亲对象?"

"你没给我开口的机会。"

"我胡言乱语的时候你为什么不阻止我?"

"准确地说,我一共阻止了你三次。"顿了顿,唐泽不疾不徐地补充道,"而且,张老师不是很会'察言观色'吗?"

他说话的语气依旧温和,张子恒只觉得心里堵得慌,又找不到半句反驳的言辞。

"唐教授!"孔桃桃立在宫保鸡丁这道菜的窗口,侧身转头朝他们挥手,"这个,我想吃这个,快过来给我刷卡呀。"

理直气壮的亲昵,没有半分扭捏的羞涩。

她的笑容灿烂,像是渲染力极强的水彩,和身旁懊恼的张子恒形成鲜明的对比。

唐泽好像忽然就能理解为什么之前她把自己"逼"到无话可说时眼睛里会有星星点点,因为此刻他镜片下褐色的双眸隐有笑意,嘴角弧度渐深。

她确实有趣。

这一顿饭吃得最开心的莫过于孔桃桃,既和唐泽一起在众人的围观下吃了饭,还认识了张子恒,这样一来她以后追唐泽就更方便了。

而张子恒作为一个食量碾压众人的体育老师,这顿刚运动完后的晚餐却有些咽不下去,抬头就是孔桃桃笑眯眯的样子,他颤了颤,觉得自己要握不稳筷子。

庆幸的是,这样的"折磨"不过持续了半个小时,孔桃桃放下了筷子:"谢谢唐教授请我吃晚饭,我还有点事,先走了。"

饶是唐泽作为心理学成就不低的教授,也没摸清楚孔桃桃的套路。

孔桃桃补充道:"我决定赞助Z大这届的夏季才艺秀,晚上就去和市场部的同事讨论下活动方案。"

"我送你……"

孔桃桃起身:"不用啦,我看张老师都没吃什么,你好好陪他吃饭。"

语罢,她一边打电话一边抬脚就走了,其间没回头看唐泽一眼。

张子恒忍不住问:"唐老师,原来孔小姐不是来找你约会的啊?"

唐泽有短暂的胸闷,下一秒又觉得有些好笑。

他不该有这样的情绪的。

再开口时,唐泽神色口吻都一如平常:"我们没有在约会。"

"不是约会,难不成是咨询?"还不待唐泽回应,他又激动道,"天啊,唐医生,你那脸多招人喜欢啊,你还想去医美整容啊?我劝你不要,真的。"

"张老师……下午运动了？"

"是啊。"

"运动过度后注意休息，少说话。"

"为什么？我不累啊。"

唐泽笑："因为你会说胡话。"

· 第六章 ·
你看到的星星，也许是别的星系的太阳

因为原本盘算着让唐泽送自己回家的，所以孔桃桃今天并没有开车出门，她打车径直去了医院。

市场部并不大，加上孔桃桃一共也就六个人，等她赶到市场部的办公室，已经只剩下和她差不多大的陈美玲和肖晓了。

孔桃桃一进办公室就招呼道："你们两个怎么还没走？"

陈美玲答道："等你呀，桃桃。"

"等我？"

"经理说你想在Z大做个活动，让我们帮你一起完善下方案。"

在上车之前孔桃桃就给经理打了电话，把她想赞助Z大活动的事情大致提了下。于是，她俯身去开电脑，了然道："太好了，有你们两个在肯定很快就能把方案写完，毕竟你们两个可都超级有经验呢。"

陈美玲和肖晓一个入职九个月一个入职半年。

"没有啦……"肖晓笑了笑，"桃桃你说吧，这个方案你想怎么做？"

孔桃桃立刻切入工作状态，把下午自己考虑到的全都说了一遍，当然，可以名正言顺去Z大"偶遇"唐泽这个理由她不会提。

接下来的一个小时说是讨论其实不过是孔桃桃在不停地说着自己的想法，然后陈美玲和肖晓负责完善她的想法变成简洁有序的方案。

陈美玲敲打着键盘："那就这样写了啊。"

孔桃桃点了点头，余光注意到肖晓一手时不时地摸摸肚子，于是问道："你们俩是不是还没吃晚饭？"

不待她们俩回答，孔桃桃懊恼道："肯定没吃，你们都没下班，怪我才反应过来，你们想吃什么，我马上点外卖。"

肖晓连忙拒绝："不用、不用，最多半个小时就能搞定下班了。"

"就点我们平常吃的那家轻食店怎么样，他们家送餐速度挺快的。"孔桃桃已经打开了外卖APP，按着记忆点了一堆往常办公室人喜欢吃的东西，"他们家出了新的混合果汁，我们尝尝吧？"

闻言，两人对视了一眼，随即不再推托。

"那谢谢桃桃了呀。"

"我谢谢你们才对，愿意陪我加班。"孔桃桃熟练地下了单，然后绕到陈美琳的办公桌后，透着几分期待地问，"你们觉得经理明天看到这个方案会同意吗？"

赞助大学活动这样的宣传，医院以前并没有做过。

陈美玲："应该没问题。桃桃你的想法很好，变美几乎是所有女大学生的需求，只要宣传到位，我觉得市场是很大的。"

肖晓附和："是啊，你就提了下，经理立刻让我们做方案，说明经理也看好你呀，所以明天经理一定会同意的。桃桃，你就放心吧。"

得到认可的孔桃桃笑弯了眉眼，满脸喜悦，藏都藏不住。

方案差不多弄好的时候，孔桃桃的手机响了，她这才回到了自己的桌子。

是外卖员打来的。

孔桃桃挂了电话，发现自己没关电脑，于是顺手把手机搁在桌面上，关掉电脑，转身去接外卖。

走到电梯口，她才回过神手机还在桌子上，犹豫了几秒，她还是选择回办公室拿手机。还未走到门口，她就听到了里面两人的交谈声，却不再是之前的语调。

肖晓："烦死了，要不是因为她，我这会儿都窝在沙发里刷剧了。"

孔桃桃推门的手僵在半空中，透过虚掩着的门，可以看到陈美玲和肖晓的脸。

通亮的灯光下，之前被友好笑容压抑的不耐烦和抱怨全部破皮而出。

陈美玲道："我还和男朋友约了晚上看电影呢，我们都大半个月没好好约会了，莫名其妙就加班了。"

"要不是因为她是院长的亲妹妹，经理怎么会让我们两个留下来，给她打下手？"肖晓环臂，翻了个白眼，接着道，"这方案你随便写写就可以了，她那身份摆在那儿，不管是什么方案，上头都会通过的。"

"哎，人比人气死人，像孔桃桃这种就是出生在人生终点的人，才可以这样随心所欲任性地过日子。"

肖晓不屑地撇嘴："还不是因为她有那么优秀的爸爸和姐姐？她自己有什么能力啊，那么普通的大学毕业，根本没有工作经验。"

孔桃桃收回手，然后面无表情地转身迈向电梯。

不尽相同的字眼，熟悉的言下之意，她从小到大听了太多太多。

孔敏敏是光芒万丈的太阳，不管她多努力多认真，只要太阳出现，她不过就是黯然消失的星星。

愤怒吗？

不甘吗？

是……无从反驳啊。

孔桃桃接了外卖，又在医院门口站了很久，不住地吸气吐气，消化自己的情绪，然后回办公室。

"忘记带手机了，找了好久外卖员，我这记性……"孔桃桃一边说着一边推开办公室的门，随即视线里出现的身影让她接下来的话戛然而止。

是孔敏敏。

她立在陈美玲电脑桌后，穿着深褐色的V领针织衫，下身是同色的高腰阔腿裤，过肩的黑长发束在脑后，知性又干练，闻声抬头看过来。

姐妹俩五官是相似的，不过气质大相径庭，孔敏敏更像是高岭之花，眼角眉梢都染着清冷。

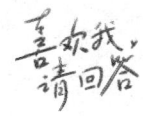

孔敏敏先开口问道:"今天去Z大了?"

看样子她在楼下待着的时候,孔敏敏和陈美玲、肖晓她们聊过了。

孔桃桃点头,把自己点的混合果汁拿出来,再把外卖递给陈美玲和肖晓,看着孔敏敏,扯了扯嘴角:"要试试果汁吗?"

她声音干涩,好在似乎也没人听出来。孔敏敏摇头:"方案我看了,你的想法很好,这个活动就由你负责吧。"

而陈美玲和肖晓又变回了之前的口吻,接过外卖笑呵呵道:

"桃桃真的很适合做市场,每次开会提出来的角度都很新颖呢。"

"是啊,是啊,虽然她工作不到两个月,但负责活动肯定完全没有问题。"

孔桃桃心里的潮水一波又一波地涌来,兀自开口问道:"姐,下班了?"

"嗯。"孔敏敏抬脚走过来,"你忙完了吗?"

孔桃桃都没来得及开口,陈美玲道:"方案这边全部写完了,桃桃你可以回去了,有什么想法随时联系我们。"

孔敏敏走至孔桃桃身边:"走吧,回家。"

许是自己心态不对,姐姐这四个字说得再温和,孔桃桃听起来也像是"命令"。

不得不承认,在作风和性格上面孔敏敏和孔有成如出一辙。

难怪,父亲会更喜欢姐姐啊。

孔桃桃喝了口果汁,鼻子眼睛皱到一起,嘴角却是特意扬起来的:"这个新品不好喝啊。"

随后,她将果汁扔进垃圾桶里。

孔敏敏长孔桃桃六岁,从小到大,两人相处的时间其实并不多。

在孔桃桃的记忆里,孔敏敏总是很忙,在她懵懵懂懂还想黏着姐姐时,总会被孔妈妈拽住,叮嘱她不许打扰孔敏敏学习。

后来啊,孔桃桃长大些了,渐渐明白孔敏敏是怎样耀眼的存在,自卑敏感随着青春期一同到访。

再后来，孔桃桃去了外地上了大学，孔妈妈的台词从"不要打扰姐姐学习"转换成了"不要打扰姐姐工作"。

她从来就没想打扰。

于是即便是此刻坐在了孔敏敏车的副驾驶座上，她也是安静地望着车窗外，一言不发。

孔敏敏余光瞟了孔桃桃好几眼，终于在红灯的路口开口："心情不好？"

孔桃桃几乎是条件反射性地摆出无所谓的样子，眯眯笑得没心没肺："没啦，只是……刚刚的果汁太难喝。"

对话戛然而止。

七分钟后，孔敏敏靠边停车，解开车锁，淡然道："去买好喝的吧。"

孔桃桃侧头，十米处是一家招牌显眼的饮品店。

她的心就像是被泡在加了蜂蜜的柠檬汁里，肿胀酸涩又泛着微甜，复杂难明。

孔敏敏对她很好，近乎长辈的疼爱。

但其实她比谁都希望，孔敏敏对她能糟糕一点。那样她不可名状的委屈、自卑以及讨厌都可以变得理直气壮一点。

陈美玲和肖晓的话一一浮现脑海，孔桃桃垂首摇头，没有下车。

孔家。

孔敏敏刚入了玄关，孔妈妈就迎了上来："饿了没？又忙到这个时候，妈给你做点吃的吧？"随后目光落到孔敏敏身后正在换鞋的孔桃桃身上，音调立刻提高了几个度，"孔桃桃，这都快十点半了，你在Z大玩了一整天？"

"没。"孔敏敏解释，"桃桃晚上在公司做方案，我们一起回来的。"

"方案？什么方案？"

孔敏敏简单地描述了下，而孔桃桃已经换好了鞋子往楼上走。

有太阳在的地方，不需要星星。

孔妈妈听了个大概，立刻朝孔桃桃吼道："你怎么一点不懂事，我

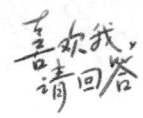

知道你喜欢那个教授,但不能拿你姐姐的医院开玩笑,真是孩子气!"

孔敏敏拉住要追上去的孔妈妈:"教授?"

"你一直忙我还没来得及跟你提。你小姨给桃桃介绍了个相亲对象,是Z大的心理教授。那教授确实优秀,桃桃挺喜欢的,我也不反对,但毕竟女生还是应该矜持点吧,你看看她,老像个没长大的小孩。"

孔桃桃置若罔闻,加快了步子上楼,把两人的声音抛到脑后。

她心里堵得慌,拿出手机点开了和唐泽的对话框:"有了太阳,星星是不是多余的?"

没头没脑的问话,她根本没想要他的回复。

孔桃桃揉乱自己的头发,然后去浴室洗漱。

她泡了个漫长的澡,收拾完毕躺到床上时,意外地收到了唐泽的回复。

唐泽:"不会,你看到的星星,也是别的星系的太阳。"

一股暖流从心底开始蔓延至全身,让她眼眶发热。

所以,她这颗暗淡的小星星,也会是别人的太阳。

谢谢你啊,唐教授。

·第七章·
没大没小,我是你师母

第二天上午市场部简单开了个会,赞助Z大夏季才艺秀的活动就这样确定下来了。经理划分了个三人小组,由孔桃桃担任组长,和陈美玲、肖晓一起负责。

会议结束的时候,经理拍了拍孔桃桃的肩,鼓励道:"不要有压力,大家都很相信你,遇到什么难处就跟大家提。"

这个活动之所以能如此快速地确定下来,并不仅仅是因为提议者孔桃桃是院长的亲妹妹,而是因为确实有可行性。在经理看来,赞助一场校园才艺比赛并不像那些商业活动需要大笔的经费,用来锻炼孔桃桃再合适不过。

有回响不错,但失败了也没关系。

孔桃桃余光依稀可以看见肖晓不屑地撇嘴,她点了点头,回了经理个大大的笑容,一如往常地作答:"保证完成任务,经理你放心吧!"

争辩、翻脸这样的事情是八九岁的孔桃桃才会做的。

她已经二十三岁了,面对司空见惯的偏见,她选择视而不见。她习惯了大大咧咧,笑得没心没肺,仿佛什么都不在意,没有任何的烦恼,做个平庸幸福的孔二小姐。

因为孔敏敏对她,那样好啊。

所以孔桃桃,仿佛从未知晓陈美玲和肖晓内心的想法,热切又积极

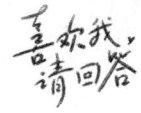

地和她们展开接下来的工作。

除了活动现场的宣传广告,孔桃桃打算把一些医美的项目放到比赛的奖励里。

然后,问题来了,什么项目比较有噱头和吸引力呢?

现在的学生们喜欢什么,想要什么?

孔桃桃虽然也就毕业一年,但做市场最忌讳的是,代入个人喜好去揣测消费者的喜好。

一直盲目揣测不如身体力行地去做个调查,于是午饭过后,孔桃桃给盈盈打了个电话,就去Z大了。

盈盈下午第一节课没课,接到孔桃桃电话时原本是打算午睡的,挂了电话后连忙从床上爬起来整理资料,然后去校门口等孔桃桃,态度端正谨慎得像是要迎接领导视察。

这可是她进入校公关部以后拉到的第一个赞助呢。

而且从昨晚开始,学校都传疯了,说孔桃桃可是"神仙"教授唐泽的女朋友呢。

那可不就是老师级别了,她一个大一的学生,对老师的感觉停留在高中,半点不敢懈怠。

于是,盈盈立在校门口,对驶过来的每辆车都投去期盼的目光,时时刻刻准备着展露乖巧的笑脸。

黑色的奥迪开过去了。

白色的宝马开过去了。

深蓝色的奔驰开过去了。

大红色的玛莎拉蒂在她身旁停下来了,副驾驶座的窗户缓缓降下,孔桃桃侧身探过来,左手随意地搁在方向盘上,右手漫不经心地把墨镜顺着高挺的鼻梁往下压,露出清亮的双眼,咧唇笑道:"没等很久吧?"

万万没想到被自己放到长辈位置的孔桃桃会这样高调出场,盈盈好半响才回过神,连连摇头:"没、没有。"

孔桃桃开了车锁利落地偏了偏头,道:"上车,先带我找个停车位。"

好……好拉风。

少女的雀跃都写在脸上,盈盈赶紧上了车,望了望孔桃桃的侧脸,又有些疑惑的样子。

Z市五月的下午,阳光已经有些刺眼,孔桃桃把墨镜推上去,启动了汽车。

"怎么了?"

盈盈系好安全带,小心翼翼地回答:"就是觉得孔小姐的画风和不食人间烟火的唐教授有点……"话没说完,她立刻解释,"您别误会,我不是说你们两个不搭,我的意思是……是……"

"噗——"孔桃桃笑出声来,安抚道,"没事,我知道你的意思,别'您'啊、'孔小姐'了,叫我名字就可以了。"

孔桃桃当然清楚,自己的车并不低调。

尤其和孔敏敏一对比,她就像个败家的二世祖。

这是她二十岁时,孔有成送她的生日礼物。

她当时是故意提的,期待在孔有成脸上看到不赞同的神色,可他连眉头都没皱,就点头说好。

那么优秀完美的孔敏敏,孔有成不时也会说上两句,而对于看起来一无是处的孔桃桃,他却从来没有提过半点要求,无条件地应允。

孔桃桃不知道该如何去描述自己的挫败感。

"好的,桃桃姐。"盈盈做不到直呼她的名字,一边指路一边道,"一会儿唐教授会过来吗?昨天你们在食堂吃饭的照片朋友圈好多哎,你们真的很配。"

"不会,他今天要坐诊,不会来学校。"孔桃桃嘴角带笑,"我今天可是专门为了工作来的。"

唐泽的行踪,她可是摸得清清楚楚。

为了更了解Z大的夏季才艺秀,孔桃桃让盈盈给自己找了近几届的比赛资料。

孔桃桃问:"这届的参赛名单出来了吗?男女比例怎么样?"

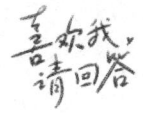

虽然现在男生整容也不是什么稀奇事,但就比例而言,还是女生占比较高。

"这个还不知道,报名明天才截止,我明天晚上整理好立刻给你发过去。"

孔桃桃点头:"盈盈,假设你参赛了,最想得到什么奖品?对医美的什么项目感兴趣?"

盈盈认真思索了片刻,随即摇头,道:"我不知道……我没有想过这方面的问题。"

孔桃桃若有所思。

盈盈忙道:"但这只是我的想法,不代表其他人也这样想。桃桃姐,之前赞助的都是后街饭店的老板,奖品也就是几百块的消费券,但大家拿到了就会很开心。所以不管奖品是什么,拿奖的人都会很开心的。"

其实他们所谓的拉赞助,不过就是找人提供一点儿印传单拉横幅的广告费,让这场活动看起来有模有样而已。

"我懂了,可以给前三名量身定制变美的方案,不固定项目。"

"量……量身定制?"盈盈震惊睁眸,"桃桃姐,不用这么高大上的……"

"那必须要。对于其他参赛的,还有来看比赛的人可以设一些体验券。你放心,经费很足,只要你们宣传到位。"

不愧是开玛莎拉蒂的女人啊,盈盈觉得此刻的孔桃桃将"财大气粗"四个字体现得淋漓尽致。

孔桃桃接着问:"你们学生部的宣传栏在哪儿?到时候比赛场地在哪儿?"

"要不我现在带桃桃姐过去看?"

"好的。"

比赛场地就在Z大的大礼堂,而宣传栏就在大礼堂不远处的广场,走过去需要经过两栋教学楼以及操场、田径场。

学校的操场向来热闹,多的是朝气蓬勃的少年,路过的孔桃桃真切地体会到了比阳光还要炙热的青春气息。

响亮的口哨声让十八岁的盈盈不好意思地驻足红脸，下意识地往孔桃桃身后躲，无所适从的害羞样子。

耳畔传来男生们响亮的声音："一，二，三——学姐好漂亮！"

下一秒，有篮球准确无误地朝两人飞来，在水泥地上蹦跶了几下，滚到了孔桃桃前方不远的位置。

孔桃桃今天上班，穿着稍显成熟。

意识到被喊的人不是自己而是孔桃桃，盈盈已经从害羞变成了窘迫，看着淡然的孔桃桃，也不知道该不该去捡那篮球。

"嘿——"有男声由远及近，"学姐！"

孔桃桃一侧头就对上一张灿烂的笑脸，有着小麦色肤色的高大男生穿着球服，阳光下，他身上每滴汗都在闪烁。

嗯，是好看的皮囊和年轻的肉体啊。

可惜，不是她喜欢的类型。

于是，孔桃桃大大方方地看了他好一会儿，随后朝篮球伸腿，鞋尖将篮球往男生的方向一带。

男生抬脚轻轻踩住滚动的篮球，随后朝孔桃桃递过手机，道："大二体育系蒋盛凯，学姐哪个院的？加个微信吧？"

话音一落，操场上又传来男生们的口哨起哄声。

"谁是你学姐？"孔桃桃下巴微扬，轻笑道，"没大没小，我是你师母。"

蒋盛凯错愕地重复道："师母？"

"老师的老婆，不理解吗？"

蒋盛凯一脸难以置信，刚刚她都盯着自己看了，难道不是有戏的意思吗？

"蒋盛凯！"一道熟悉的怒吼声传来，"你穿着球服拿着篮球不待在球场，待在那儿做什么？"

孔桃桃循声看向操场，竟然看到了张子恒。

张子恒也不知道是有意还是无意，仿佛根本没看见孔桃桃一般。

喜欢我，请回答

蒋盛凯脸上没半分惧意，抱怨道："不是吧，张老师，现在不是上课时间，我休息时间您也管啊？"

"你现在立刻给我滚过来！"

蒋盛凯抹了把额头的汗，弯腰把篮球抱起来，略有些遗憾地望了孔桃桃一眼，然后笑着告别："打扰啦，师母，我挨骂去了。"

看着蒋盛凯往回跑了，张子恒这才看向孔桃桃，夸张地睁眼挑眉，十分热情地挥手，喊道："啊，孔小姐是你啊，刚认出来。"

孔桃桃可不想扯着嗓子和他"对山歌"般交谈，于是唤住了蒋盛凯："蒋同学。"

蒋盛凯抱球回头："嗯啊。"

"帮我转告你们张老师，他不仅很会察言观色，演技也很自然。哦，还有，我忙完了请他吃晚饭。"

不到一个礼拜就是五月二十号了，这样充斥着粉红色的日子，她当然要做点什么才对得起自己和唐泽说的"我要追你"。

择日不如撞日，就今天和张子恒商量商量好了。

听到蒋盛凯的转述，张子恒颤了颤，绷着脸骂了几句，转背就掏出手机给唐泽发微信。

张子恒："唐老师，我觉得你应该好好感谢我。"

张子恒："刚刚有学生跟你女朋友搭讪，被我阻止了。"

张子恒："我觉得于情于理你都该请我吃饭，就今晚吧！"

只要唐泽请自己吃饭，他就不用单独和孔桃桃吃饭了，回忆起昨天的种种，他浑身每个细胞都在抵触。

唐泽一直忙到下午六点才看到张子恒发过来的消息。

孔桃桃去Z大了？

找自己吗？

唐泽滑动屏幕，找到了和孔桃桃的聊天框。对话还停留在昨晚他给她的回复上，并没有任何未读信息。

下一秒，他动作微顿，因为他后知后觉地发现，张子恒的信息从头到尾都没提过"孔桃桃"三个字,他却下意识地把她代入到了"女朋友"三个字里。

唐泽没有回复,锁屏把手机放回口袋里。

这个消息说不定就是孔桃桃让张子恒发的,骗他过去一起吃饭?

唔,那他就晚点再回复吧。

·第八章·
请享受桃桃对泽泽爱的供养

晚饭选在Z大后街一家装修不错的家常菜馆,落了座,孔桃桃开门见山:"张老师你好,我很喜欢唐泽。"

闻言,为了缓解昨晚乌龙事件带来的尴尬而假装忙碌倒茶的张子恒动作一顿,愣怔地看着孔桃桃,为难地努了努唇:"你……你误会了……"

"嗯?"

"我跟唐老师就是普通朋友,不是你想的那样。"

孔桃桃:???

张子恒放下水壶,小心翼翼地瞅着孔桃桃:"唐老师是不是,我不能保证,但是我——"为了加大话语的力度,他用力拍了拍自己的胸口,"我可直了,钢铁般的直!"

孔桃桃歪头眯眯:"为什么唐教授是不是你不能保证?"

"我在Z大任职快一年了,也没见过他跟哪个女的走得特别近。而且你突然找我吃饭又是这种表情语气跟我说话,不会……不会是唐老师跟你说了些什么吧?他……他该不会对我……"

张子恒眉眼连同嘴角都是戏——我把他当兄弟,他却……

"张老师,你清醒一点。"听不下去的孔桃桃打断他,"你们办公室是不是还有什么教编导的老师?"

"没有啊。"

"可我觉得比起察言观色你更会脑补哇。"要是唐泽听到的话也不知道还能不能维持淡然优雅,想到这里,孔桃桃就觉得好笑,"张老师,你以后还是先听人把话说完再脑补啊,良心建议。"

张子恒全然不在乎孔桃桃的挖苦,摸了摸自己的后脑勺,满脸都是"劫后余生"般的庆幸:"好的,你说你说。"

"我在追他。"孔桃桃大大方方,"请你吃饭就是想拉拢你,曲线救国嘛,以后张老师要多多助攻哦。"

孔桃桃把菜单递过去:"想吃什么随便点,微信加了,饭也吃了,现在开始,我们就是好朋友了,叫我'桃桃'就可以了。"

张子恒听得一愣一愣的,喜欢唐泽的人他见过不少,但都矜持,他很欣赏孔桃桃这种坦荡直接。

"咳——"

何况"孔千金的好朋友"这七个字如此有吸引力。

于是,张子恒立刻给一直未回复的唐泽发了条信息:"唐老师,我吃过饭了,你改天再请我吧!"

而琢磨着是时候该回复张子恒微信的唐泽一拿起手机最先看到的却是同办公室刘欣的信息,连着好几条。

刘欣:"唐老师,昨晚跟你一起在食堂吃饭的到底是你女朋友还是张老师女朋友啊?"

刘欣:"我晚上碰到他们一起吃饭,很开心的样子,也就没好意思去打招呼了。"

刘欣:"还是说是我认错人了?"

紧接着,就传过来一张照片。

即便是只能看到模糊的轮廓,唐泽也一眼认出来了,确实是孔桃桃。

不知怎的脑海里蓦地浮现起之前她对自己说的话——"我现在就是对你的外表感兴趣。"

她今天去Z大没有告知他,而张子恒最新的微信显然也是不想他今晚过去的意思。

所以,她对张子恒的外貌满意吗?

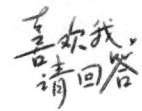

下一瞬,他又觉得这完全不是自己应该去思虑的问题,点开对话框,回复道:"我没有女朋友。"

第二天唐泽一到办公室,刘欣手捧着咖啡,滑动转椅,笑道:"唐老师,这周五晚上有安排吗?"

唐泽放下包,温声询问:"有什么事情吗?"

"就之前我跟你说的我读研时的师妹,有点专业上的事情要请教你,我已经应承了,你就当卖欣姐我一个面子吧。"说到这里,刘欣还若有似无地瞟了眼隔壁桌的张子恒,"反正你也没女朋友,一起吃顿晚饭应该不碍事?"

张子恒抢先回答:"他有事,他不去!"

唐泽:"我有事?"

"桃桃……"张子恒吐出两个字,随后又意识到了什么似的立刻闭嘴。

桃桃?

他还唤她一声"孔小姐"呢。

镜框下唐泽褐色的眸微深,他薄唇微扬,笑道:"我周五没有安排,张老师也有空的话不如一起?"

张子恒的内心戏全写在脸上,纠结万分地瞅着唐泽,欲言又止。

而五分钟后收到张子恒转述信息的孔桃桃,反而要淡定得多,自信满满地回道:"放心,我能搞定。"

说着自己能搞定的孔桃桃在接下来的几天并没有什么特别的举动,她研究过唐泽的课表以及坐诊的时间表,一直到周五他都挺忙的,她不想打扰他。

孔桃桃也在全心全意地工作。

转眼,就是周五,五月二十号,一个单身狗们呼吸着恋爱的酸臭味怼天怼地,而情侣们花样秀恩爱的日子。

就在大家都在炫耀或等待着男朋友和追求者给的礼物时,孔桃桃在按照计划给唐泽制造惊喜浪漫。

男女平等嘛,她可是新时代的女性,唐泽还没谈过恋爱,她主动点是应该的。

孔桃桃提前联系了唐泽最喜欢吃的那家私房菜饭店,花大价钱让人连同餐具在中午十二点前一并送到唐泽的办公室。

大气的孔桃桃准备的不只是唐泽一个人的份,而是一整个办公室的人的份。

那排场想想就壮观,今天她决定扮演"霸道总裁",让她家唐泽当一回"小公主"。

孔桃桃想着想着,又想到了在这样的日子唐泽竟然答应和别的女人吃饭,于是又冲饭店的工作人员道:"我可以提个要求吗?"

"您说。"

"你们到时候摆好菜后,我希望你们可以整整齐齐地喊一声'请享受桃桃对泽泽爱的供养'。"

"……"

"我可以加钱。"

"乐意为您服务……"

孔桃桃沉浸在自己的恶趣味里,光是脑补下唐泽的表情都笑得停不下来。

这一招十分奏效,十二点出头孔桃桃手机振了振,第一次收到了唐泽主动发过来的微信。

转账两千,备注:孔小姐破费了。

孔桃桃眼珠子转了两圈,回道:"还少了五百二十块哎,唐教授要给就一起给了吧。"

发完,她就盯着对话框上的"对方正在输入……",思考着以唐泽那滴水不漏的说话技术,面对她这样直白的套路,会怎么回答。

三分钟后,孔桃桃收到唐泽的回复。

转账六百,备注:凑个整。

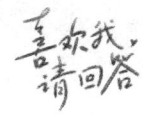

啧,不好套路的男人。

这时,肖晓自座位上起身,询问道:"桃桃,一起去吃午饭吗?"

孔桃桃放下手机,抬头,眯眸浅笑:"不了,我赶紧把手上的工作做完,今天得早点下班。"

"有约会?"肖晓心领神会,"那我们给你打包带回来吧。"

孔桃桃今天打扮得精致,低领雪纺白衬衫,戴着裸粉的丝绒choker,下身是高腰丝绒裸粉的短裙,配着一双三寸的同色系的绑带单鞋,衬得一双腿越发笔直细长。

孔桃桃眨眼,甜声道谢。

有时候看破不说破,是成年人的生存法则,亦是孔桃桃用来处理所有,因为孔敏敏而带来的偏见的方式。

下午四点,完成工作下班的孔桃桃,迈着轻快的步子先去了花店"接"自己的车,随后开往Z大。

Z大位于Z市东郊,即便是已经提早一个小时出门,可周五加上过节,路上堵得不行,孔桃桃眼看着没办法在唐泽下课之前赶到了,只好给张子恒发消息,让他无论如何先拖住唐泽,等她消息。

六点二十分,红色的玛莎拉蒂扎眼地停在了唐泽的办公室楼下。

孔桃桃给张子恒发了条微信,继而照了照镜子,确认了下妆容,下车绕到车尾,全然不顾周遭投来的目光,直直地盯着办公楼的大门。

后备厢里,有她给他准备的惊喜。

片刻后,唐泽穿着简简单单的白衬衣迎面而来,将暗未暗的光线下,他周身的轮廓都透着温柔。

真默契,都穿了白衬衣,就像是情侣服呢。

思及此,孔桃桃心情大好,立即挥手:"唐教授!"

这一出声,也让所有围观者的视线都一同落在了唐泽身上,八卦群众的热情高涨,唏嘘声一片。

唐泽步伐微顿,视线里那双笔直的长腿格外抢眼,清瘦的身子立在红色的车子旁,在傍晚的光线下,兀自明亮,一双笑盈盈的双眸,熠熠生辉。

他走到她面前:"孔小姐怎么来了?"

"来找你过节啊。"孔桃桃莞尔,将车钥匙握在手心,"今天'五二〇'呢,我们去吃浪漫的烛光晚餐怎么样?"

她话音刚落,唐泽身后的刘欣扬声道:"唐老师,我师妹那边已经到了,我们尽量快些吧,这边过去怕堵车呢。"

闻言,唐泽沉默了片刻,随即冲孔桃桃道:"抱歉孔小姐,我今晚有约了。"

孔桃桃握紧了车钥匙,原本打算开启后备厢的手一滞,嘴角的弧度收敛了些许:"什么样的约会?一男一女两个人?"

"不是。"

"那就是和同事聚餐?"孔桃桃像是脾气耐心极好的样子,全然没有被拒的沮丧和生气,甜声道,"你不能跟我去吃饭的话,那我跟你去吃饭吧。"

"……"

孔桃桃倾身凑近,拉近和他的距离,是依稀可以感受到他呼吸的暧昧距离,却又留有几分分寸没有身体的碰触。她放轻声音,软软道:"你之前说过的,只要我来了Z大就请我吃饭的。"

因为离得太近,她是微仰着头的。

唐泽垂首看她。初夏的风带着微热,所有的气味都在温度里变得浓烈,感官变得灵敏,他能清楚地看到她卷翘的睫毛,鼻尖弥散开去的是浅淡的香。

是她的香水味?

"唐教授,为人师表可不能说话不算话哦。"

微挑的尾音,撒娇的口吻。

无论甜蜜的两人,还是热闹的众人,在今天这样的日子,孔桃桃都一定要和唐泽一起度过。

不待唐泽出声,孔桃桃蓦地侧头看向立在刘欣旁边的张子恒:"嘿,张老师!"

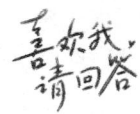

"哎。"

"你开我的车吧。"说完,她抬手就把车钥匙扔给张子恒。

"哈?"张子恒接住钥匙,瞅瞅那拉风的玛莎拉蒂,只觉得钥匙烫手,连带着都开始烫嘴,"你……我……我,不是……你确定让我开你车?"

孔桃桃比了个"OK"的手势,继而笑眯眯地看着唐泽,体贴道:"我们走吧,别让你朋友等久了哦。"

不能把唐泽拐上她的副驾驶座,她就坐上他的副驾驶座呗。

· 第九章 ·
怎么看都很适合二人"私会"

晚餐地点是刘欣师妹吴倩定的,在一家叫作"青兰"的中式餐厅,古色古香的设计,庭院是清幽的园林,鼻尖是植物清香,耳边是涓涓的流水。桌与桌之间都用木质的镂空屏风隔开,既有私密感又有意境。

孔桃桃眯眸,心道:真会选地方啊,怎么看都很适合二人"私会"。

慢一步停好车的张子恒如释重负地朝在门口等他的三人走过来,手里拿着车钥匙道:"桃桃,你的车里,是不是有……"

"张老师!"孔桃桃打断他的话,上前接过车钥匙,"辛苦你了。"

"不辛苦啊,我第一次开这么好的车,而且你车里的香……"

情急之下,孔桃桃立刻抓住张子恒的手臂将他往旁边拉,压低声音道:"不要再提我车里的东西!"

"察言观色"这四个字对张子恒而言实在是太难了!

唐泽立在原地,目光落在两人身上。

刘欣的目光在唐泽、孔桃桃和张子恒之间来回,随即状似无意地冲唐泽笑道:"孔小姐和张老师真的刚认识不久吗?两人感觉关系很好啊。"

"她性格开朗。"唐泽面色如常,口吻依旧温和,"刚刚在车里不是也和刘老师聊得很开心吗,你们认识还不到一个小时。"

语罢,唐泽抬脚往屋内走,余光看着孔桃桃和张子恒已经在往这边

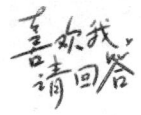

走,于是自然地转移了话题:"我们先进去吧。"

一入了门服务员立刻迎了上来,刘欣报了桌号,绕过三个屏风,穿着米色连衣裙的吴倩立即起身招手:"师姐,这边。"下一秒目光落到唐泽身上,分外娇羞地垂首,"唐教授你好,我是吴倩,很高兴今晚可以跟你一起吃晚饭。"

"哈哈哈,我也很高兴今晚可以蹭饭吃。"张子恒的嘴永远比所有人快,"你好你好,你师姐跟你提过我没?我叫张子恒,跟他们一个办公室的。"自我介绍完还嫌不够似的,指着孔桃桃,"这位是我们唐老师的相亲对象孔桃桃。"

孔桃桃朝张子恒飞过去一个赞赏的眼神。

吴倩面露难色,道:"之前不知道会有这么多人,只订了四人座,现在店里的位置都满了……都是我不好,我应该提前订个大点的包厢的。"

"没事。"孔桃桃眯眯笑,拉着唐泽就在一侧落座,"我们坐这边,你跟你师姐坐对面。"

"可张老师……"

孔桃桃下巴轻点过道的位置:"让服务员加张椅子。"

孔桃桃的注意力一直落在吴倩身上,全然没发现一直沉默的唐泽不动声色地看着她为了自己和吴倩较劲。

吴倩说:"让张老师坐过道,不太好吧?"

"不会、不会,我不在意这些。"说完,张子恒就开始环顾四周寻找服务员了。

吴倩胸口闷气,一旁的刘欣笑道:"孔小姐和张老师很要好啊,早两天我还在学校后街看见你们有说有笑一起吃饭。"

"那都是为了追唐教授,我请张老师吃饭打听情报呢,可惜今天才认识的刘老师。不过我中午也算是请刘老师吃饭啦,改天我再正式请你吃饭呀,以后也请你帮我追唐教授哦。"

没有扭扭捏捏的矜持,也没有像吴倩那样含蓄的暗示,孔桃桃不吝啬地向所有人宣布自己对唐泽的喜欢,撇清了和张子恒的关系。

气氛莫名地有些紧张。

没人发现,一旁的唐泽嘴角抑制不住地上扬。

他这些日子在意的点,在她刚刚的话里得到了想要的解答。

"点单吧。"唐泽终于开口,侧头看向孔桃桃,"想吃什么?"

他压低的嗓音透着温柔,单独的询问让他和孔桃桃的关系显得更亲昵。

孔桃桃立即歪头直勾勾地盯着他好看的脸,笑得心花怒放,一边回答一边悄悄地挪过去,做作道:"坐你边上,吃什么都好。"

唐泽:"……"

张子恒:"?!"

吴倩和刘欣对视了一眼,随即翻着菜单不甘示弱地开口道:"唐教授,原本是有几个专业问题想请教你,但今天看来不适合了,改天我再找个安静点的环境请你吃饭。"

唐泽笑容浅淡,道:"吴小姐有空可以来Z大,我们系有很多比我更优秀出色的老师。"

说话的艺术,唐泽展现得淋漓尽致。

表面上并没有拒绝吴倩给她难堪,却堵住了她想独处的念头。

可孔桃桃听着也并没有很开心,毕竟唐泽可从来没有邀请她去过Z大,甚至还明确拒绝了她去旁听他课的提议。

太偏心了!

这顿关系复杂曲折的饭表面上看起来也是热热闹闹的,吴倩抛出来的话梗,通常轮不到唐泽回答就被孔桃桃接了去,一来二回,吴倩也就沉默了,剩下张子恒叽叽喳喳个不停。

吃得七七八八时,张子恒满足地摸了摸肚皮,感慨道:"啊,我们这也算是一起过节了啊。这店的环境是很好,但要是能找个烧烤摊喝点冰啤酒,感觉更爽啊!"

"原本我就是想着拉你过来,介绍我师妹和唐老师认识一下,然后请你去大排档喝酒的,可惜计划赶不上变化。"刘欣说着还意有所指地扫了眼孔桃桃。

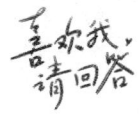

"可不是吗?"孔桃桃笑得灿烂,"计划赶不上变化啊,下午收到唐教授转给我的五百二十块,我还想着这是暗示我晚上要和我一起过节呢,没想到最后变成大家一起吃饭。"

"咣——"

吴倩倏地起身,留下一句"我去个洗手间"就离开了饭桌。

刘欣随之跟上去。

唐泽满眸无奈,沉声道:"孔小姐记忆似乎有些偏差。"语罢也起身离开了座位。

什么情况?

他担心吴倩,去追吴倩?跟她解释转账的事情?

饭桌瞬间就只剩下了孔桃桃和张子恒,孔桃桃双手撑在座椅扶手上,已经是准备起身的姿势。

"唐老师给你转了'520'?"张子恒侧身拦住她,"看不出啊,唐老师还会做这种事,那你们俩现在是什么关系?成了?成了还闹这么大阵仗啊,那一会儿……"

"你先别吵!"

眼看着唐泽的背影消失在了木质的屏风后,孔桃桃毫不客气地推了张子恒胳膊一把,蹬着小高跟,风风火火地就跟上去了。

张子恒茫然地转了转头,抬手摸了摸自己的寸头。

怎么这饭桌就只剩下他一个人了?

等到孔桃桃绕过了屏风,视线里已经寻不到唐泽的影子了。她环顾着四周,依稀在拐角的凭栏看到了刘欣和吴倩。

古风的设计,因为布景繁复,视野时有遮挡。

唐泽是在她们附近吗?

这样想着,孔桃桃便放轻步子靠近,一直到她能听到两人的交谈声,也没看见唐泽。

那么唐泽是没有找到吴倩,还是说他起身出来并不是来找吴倩的?

许是两人正聊得投入,加上孔桃桃立在近乎两米的盆栽后,刘欣和吴倩都没发现她。

刘欣："你别误会，我真的是今天中午看见她给我们整个办公室送吃的才搞清楚她在追唐老师的。"

"师姐，你知道的，我很早就喜欢他了。"

"知道知道，我这不是一直在帮你约他出来吗？"刘欣温声安慰着，"我看你也不用这么沮丧，我觉得唐老师也不喜欢她。"

"师姐你没听到吗？他今天都给她转账了，520啊！"

刘欣拿出手机点开和唐泽的微信聊天框递过去："你看，他自己说的没有女朋友，你完全可以跟她公平竞争的。"

"真的吗？"

刘欣点头："我帮你了解过，这是孔桃桃，是孔二小姐。除了家庭背景好，她本人哪儿都一般的，在她姐姐医院上班，那张脸说不定是动过刀子的，况且学识学历哪点比得上你？唐老师不是那么肤浅的人，今天她会出现就是个意外，真的是她不请自来，一点儿女孩子的面子都不要的。"

这是孔桃桃，是孔二小姐。

这一句话如雷般在孔桃桃大脑里轰炸，她的胸腔剧烈地起伏，一团火熊熊烧到了嗓子眼。

而这时，一双长腿比她更快地迈到了两人面前。

是唐泽。

他也听到了吗？他会怎么做？

压抑着快要破体而出的怒火，孔桃桃下意识地往盆栽后藏了藏。

"刘老师。"他压低的嗓子，少了几分往日的温和，连带着唇边那微扬的弧度也收敛了。

乍然听到唐泽的声音，刘欣和吴倩的双肩都肉眼可见地颤了下，随即慌乱对视了一眼，才看向唐泽。

"唐……唐老师……"刘欣满脸尴尬，"你怎么在这里？"

唐泽抬手晃了下手里的小票单："我买单回来，刚好碰见你们。"

"原本就是我要请你吃饭的，怎么好意思让你买单？"吴倩笑得僵

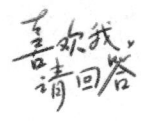

硬,"唐教授,改天我再请你吃饭吧?"

"不了。"唐泽一反常态的直接拒绝,随后沉声道,"孔小姐并非不请自来,是我邀请的。"

这一句话,就像一记响亮的耳光,打在刘欣和吴倩的脸上,两人的脸瞬间涨红。

而孔桃桃只觉得嗓子眼的怒火直蹿大脑,刹那间化作了漫天的烟火。

她没想到背地里,唐泽会维护自己。

如果说之前对他的中意不过是"见色起意",那么此刻是直击心扉的悸动。

孔桃桃从阴影里走出来,世界仿佛只剩下一个唐泽。

唐泽一转身就看见了孔桃桃,褐色的眸里闪过担忧之色,随即上前,一边打量分析着她的神色,一边道:"出来找我的吗?抱歉,我出来太久了。"

也不知道是不是错觉,孔桃桃觉得他的语气带着小心翼翼的温柔。

于是,她伸手抓住了唐泽的手,拉着他往外走。

唐泽没有挣脱。

孔桃桃步伐急切,牵着唐泽直奔自己的车。

这一秒,想要告白的心分外强烈。

唐泽觉得孔桃桃很反常,想着她应该是听到了刘欣和吴倩的谈话,此刻她直奔车子,难道是想离开吗?

唐泽酝酿着安慰的言辞,却见她拉着自己在车尾站定。

孔桃桃转身的同时后备厢缓缓升起,唐泽下意识地侧头,鲜艳的玫瑰缠着绚丽的小彩灯映入眼帘,整个后备厢满满当当。

唐泽愣住了。

"唐泽。"孔桃桃第一次直呼他的名字,"你愿意让我这颗星星成为你星系里的太阳吗?"

· 第十章 ·
"地主家"的傻儿子

饶是素来镇定的唐泽此刻也是一脸愕然。

两人维持着拉手的动作沉默地对视了几秒，等不到唐泽回应的孔桃桃晃了晃拉着的手："唐教授？唐医生？唐老师？唐——泽——"

她故意拉长尾音叫着他的名字，她眼里是毫不掩饰的炙热的期待，反射着尾箱里的彩灯，五彩缤纷地闪烁着。

唐泽在她的声音里回过神，鼻尖弥散开去的都是玫瑰的香，陌生的情绪在初夏的夜晚肆染开来。

她真是每次见面，都能给他意想不到的剧情啊。

讶然之余，涌上来的感触并不是讨厌和抵触。

"抱歉。"唐泽动作轻柔地把自己的手从她手心抽出，"孔小姐，有些话我之前就说过一遍了。"

孔桃桃就像是一团炙热的火，拒绝几乎是唐泽本能反应。

只是似乎也无法像第二次那样直白生硬地拒绝，所以他说得很婉转。

她的双眸像是被关掉的灯，瞬间暗淡下来，她都叫他"唐泽"了，他却还是一句生疏的"孔小姐"。

他的拒绝在她的意料之中，毕竟她也没自信到觉得这二十天的相处就可以让他喜欢上自己。不过是因为今天的日子特殊，她作为一个"追求者"，总想弄出点什么动静来。

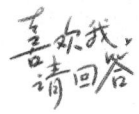

但或许是之前他对自己的维护让她热血一下子都涌上了脑子,这一刻被他冷水一泼,失落感就被衬托得特别明显。

下一秒失落里就透出倔强来,她道:"可你刚刚明明帮我说话了。"

"我说的都是实话。"言下之意是并不是因为她特殊。

微顿后,像是为了加大说服力,唐泽压低嗓音,又道:"孔小姐,我们是朋友。"言下之意帮朋友说话很正常。

"吴倩不是你的朋友吗?"孔桃桃直接挑明,"她喜欢你。"

回想起之前听到的那些话,唐泽收起了绅士风度,直接道:"她只是刘老师的师妹,于我而言,只能算是认识。"

孔桃桃又明知故问道:"那你喜欢她吗?"

"不喜欢。"

"那我呢?你没接受我,但也不讨厌我,对吗?"他说自己是"朋友"呢。

唐泽颔首。

孔桃桃算是个很会安慰自己的人,听到答案后她被拒的失落难过冲散了不少。至少,今晚她也算是解决了一个情敌。

于是,她扬了扬嘴角,又笑眯了眼:"唐泽,我会继续加油的。"

"嗯?"唐泽一时之间还没跟上她跳跃的逻辑。

"朋友变情人是常有的事,你今天没接受我,一定是时机还不够成熟,反正你也不讨厌我,那我再努力努力,等到时机成熟那天再告白一次好了。"

"……"

"我越来越喜欢你了,已经由你的颜值到你的内在了。"

可以。

这很"孔桃桃"。

想到之前自己还在思虑要怎么样安抚她,唐泽忽然就笑了。

不同于他平常唇边清浅的弧度,这一回,连眼镜也无法遮挡眼角眉梢的笑意。

孔桃桃夸张地"哇"了一声,随后张子恒附体般唱起歌来:"你笑起来真好看,像春天的花一样!"

唐泽想,他活了二十七年,也就遇上这么个孔桃桃,她现在哪里有半分表白被拒的样子?

夜色下,两人的笑脸被尾箱的彩灯映照得格外温柔。

俊男靓女,画面像是要冒出粉红色的泡泡,直到一道中气十足的喊声猝不及防地插入:"现在到底是怎么个情况啊?"

两人循声回头。

张子恒就站在离这儿十多米的入口,扯着嗓子喊道:"发生什么了?刘老师和她妹妹拿了包就走了,你们俩又一直不回来,这饭还吃不吃了?"说着说着,他开始左右探头寻着角度望向车尾,音调骤然拔高,"哈哈哈,原来你们偷偷过二人世界啊,难怪那刘老师的师妹眼睛红红的,是不是因为桃桃……"

"张老师。"唐泽连忙出声打断他的联想,解释道,"不是你想的那样。"

张子恒把目光投向孔桃桃:"桃桃,你把人师妹弄哭了?"

他说话的方式不对,但其实没有恶意,也完全没有要指责孔桃桃的意思,毕竟立场选择上,他是站在孔桃桃这边的。

但即便见识过孔桃桃有多乐观,唐泽的第一反应还是担心张子恒的话引起她的不适,于是侧头冲她说道:"你不用在意,我去跟他解释,刘老师师妹的事情,你没有责任。"

语罢,唐泽抬脚走向张子恒,拉着他离开了停车场。

为什么不当着她的面解释?

是怕张子恒问起他们的关系,知道她表白被拒会尴尬?

孔桃桃其实想告诉唐泽她并不在意,又挺享受他对自己情绪这份细微的在意。

而下一刻,一道手机铃声自左边的车位传来,孔桃桃条件反射地看过去,就透过半开的驾驶位窗户,看到一个手忙脚乱找手机的人。

浑身上下都透露出:我在看戏,看了很久的戏。

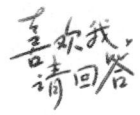

偷看许久的人本就心虚，又感受到了孔桃桃的视线，原本想按掉电话的手不小心就按到了接听，更加不巧的是还按到免提，年轻男孩的吼叫声立刻飞出了来不及关上的车窗："上个电话你就说吃完了出发了，现在都半个小时了，你小子车开哪儿去了？让我们等就算了，人家系花也在呢！"

"催个球球，爸爸来了！"车里的男孩更大声吼回去，然后气急败坏地挂了电话扔到副驾驶座。

看他那个反应也不像是故意要偷看，估计是刚坐上车不久她和唐泽就过来了。他看起来年纪也小，也许是怕突然启动车子破坏了她表白的氛围？

但看他那慌乱的样子，孔桃桃就控制不住自己的恶趣味，倚着车双手环臂看过去，挑眉问道："好看吗？"

下一秒，她就看到他又是摸方向盘又是摸车窗，最后摸了摸自己的头下了车。

停车场光线不好，他们一个站在车头一个站在车尾，随着长腿落地，孔桃桃依稀可以看到一个高大帅气的大男孩出现在她的视线里。

男孩轻咳一声："我不是故意的，师母。"

孔桃桃诧异地重复道："师母？"

男孩子喜怒于色，闻言立刻抬脚朝孔桃桃迈过来："我啊，蒋盛凯！"他在Z大也算是个风云人物，怎么会不记得他！

"……"是有些眼熟。

"大二体育系，问你要过微信号，师母不记得了吗？"像是为了唤醒孔桃桃的记忆，蒋盛凯忽地捏着嗓子，扬起下巴，模仿着初见时她的神态语气，"谁是你学姐？没大没小，我是你师母。"

想起来了。

那天在Z大篮球场碰到的男同学。

孔桃桃沉了脸，什么鬼，她说话的样子有那么阴阳怪气？

而那边蒋盛凯还在孜孜不倦地模仿："老师的老婆，不理解吗？"

孔桃桃在意的点一直与众不同，何况她的工作就是"制造美"，对于蒋盛凯这样"丑化"她形象的行为实在不能忍："怎么,你现在是在嘲讽我吗?"

蒋盛凯顿住,捏着嗓子的手还未来得及松开,于是不伦不类地"啊"了一声。

"你明明看到我刚刚跟你们学校唐教授表白被拒了,还在这儿一口一个'师母'地叫着,是想拆台,说我之前撒谎吗?"

"不是的,师母误会了……"继而想到'师母'两个字不能喊,他立刻改口,"桃桃,我没有那个意思,真的,我发誓!"

孔桃桃眯眸:"桃桃?"

"我刚刚听到张老师这样喊你的……"

孔桃桃怼道:"张老师能喊你就能喊?"

"……"

"这位同学,我们很熟吗?"

蒋盛凯直愣愣地瞅着孔桃桃,只觉得女人真是善变,前面在唐教授面前还是撒娇黏人的小奶猫,怎么在自己面前就是攻击力十足的小野猫了?

但换位想想,要是自己跟人告白被拒还被认识的人看见了,肯定也会不爽。

于是,蒋盛凯认怂,耷拉着脑袋微微俯身,垂首看着地面,嘴唇张张合合,欲言又止。

两人又不熟,孔桃桃不喜欢这样的距离感,于是下意识地后退一步,拉开两人的距离。

蒋盛凯又往孔桃桃的方向凑了凑,压低声音道:"爸爸,我错了,你别生气。"

"哈?"孔桃桃简直要怀疑自己的耳朵。

蒋盛凯却像豁出去了一般,提高音量,又重复了一遍:"爸爸,我错了!你别生气!"

"噗——"孔桃桃忍不住笑出声来。

孔桃桃也不过刚毕业一年,她很清楚男生之间最爱自称是对方的"爸

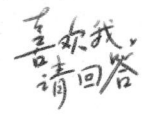

爸",就如刚刚他挂电话前怒吼的"催个球球,爸爸来了","叫爸爸"算是男生之间心照不宣的认输和道歉方式。

见孔桃桃笑了,蒋盛凯松了口气,站直了身子,只觉得她笑起来太有感染力,忍不住跟着她扬唇。

这时,被蒋盛凯扔在副驾驶的手机又开始坚持不懈地响了起来。

"肯定是朋友催你了。"孔桃桃已经不生气了,转身从尾箱里随手拔了枝艳丽的玫瑰递给他,"喏,拿着。"

"送我?"蒋盛凯诧异地指了指自己。

"乱想什么呢?"孔桃桃嫌弃地道,"这是爸爸为你能顺利脱单准备的礼物。"

蒋盛凯:???

"今天是'五二〇',你又让系花等了这么久,空手过去多不好,到了记得把玫瑰给人系花。"孔桃桃对他的反应很满意,又笑眯了眼,"当然你要是不赶时间,可以自己拔个九十九朵。"

"不用那么多……"

"那你还愣着做什么?"孔桃桃催促,"赶紧走吧。"

持续不断响着的手机铃声让人烦躁,蒋盛凯点了点头,拿着花往车子走。

孔桃桃不知道,这枝玫瑰最后并没有给到系花手里,晚上的聚会任由朋友怎么调侃,蒋盛凯都不言不语,甚至倒光了酒杯里的酒,接上水,把玫瑰插在里面。他还时不时地瞅一眼,莫名地笑着,落在朋友眼里就像个"地主家的傻儿子"。

· 第十一章 ·
要来旁听我的课吗？

告白事件过后，孔桃桃对待唐泽依旧是万般热情，像是从未被他拒绝一般，生活中最重要的两件事依旧是工作和找唐泽。

张子恒对此感慨万分，只觉得孔桃桃这越挫越勇的精神别说是追唐泽了，就是突然告诉他，她要转行去搞科研，他都觉得她能成功。

而唐泽虽然依旧客气地称呼她一声"孔小姐"，但对于她发过来的消息不再是固定在某个时间点给她一些十分官方客套的回答。

对此，孔桃桃十分满意。心情的愉悦不仅让她提高了工作效率，甚至在孔有成和孔敏敏都在家的日子，爬起来一起吃早餐了。

次数一多，孔妈妈忍不住在她出门前问道："走个路还哼歌，孔桃桃你最近吃什么了，这么开心？"

孔桃桃夸张地左右晃动脖子："吃了迷魂药。"

"站没站相，你给我好好说话！"

"吃了我家唐教授的迷魂药。"孔桃桃捂嘴笑得娇羞，"所以每天都好开心！"

孔妈妈一脸嫌弃："我看你该找你爸爸给你开点治神经病的药！"

"干吗找我爸？我家唐教授可是中心医院心理科的坐诊医生呢！妈，我不跟你说了，我上班去了。"

语罢，瞬间没影了。

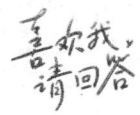

孔妈妈只觉得血压瞬间飙升,揉了揉太阳穴就去找自己的手机。

不行,她得马上把孔桃桃她小姨约出来聊聊,她必须做点什么了。

五天后,Z大。

明天就是"夏季才艺秀"的初赛了,孔桃桃午饭过后就联系盈盈去了Z大,打算在比赛前再检查一遍布置和宣传以及明天参赛选手和观众的礼品。

因为资金充足、奖品丰盛,这次活动在Z大学生会举办的比赛中前所未有的火爆。

孔桃桃立在大礼堂的入口,面对着舞台的方向,指挥着在台上帮忙挪动海报的同学们:"往左,对对对,再往左移动一点点。"

明天这里就是比赛的地点。

两分钟后,孔桃桃比了个"OK"的手势:"很好,完美,就这样吧,我们去看看其他地方。"

闻言,站在她身侧的盈盈道:"外面只剩下寝室和教学楼的宣传栏以及广场上的横幅了,今天气温很高,桃桃姐就别亲自跑了,我去拍照发给你确认吧。"

孔桃桃瞅了眼腕表的时间:"没事,时间挺早的,我跟你一起去。"

她早就计划好了,唐泽下午只有第一节大课,等她这边忙完他应该差不多下课了。

今天的太阳格外灼人,孔桃桃一走出礼堂,立刻觉得刚刚盈盈的提议十分正确。

"盈盈,你说的那些宣传栏和横幅,一共几个点?"

"七个。"

"我记得有个点在后街?"

盈盈点头。

孔桃桃的眼依次划过面前五个来帮忙的大学生:"我去检查那个点,剩下的六个你们自己分配一下,盈盈你到时候统一把照片发给我就好。"

来过Z大很多次了，去后街的路是孔桃桃最熟悉的。

也好，忙完她可以顺道去后街的冷饮店给唐泽买一杯冰的乌龙茶，直接送到他办公室去。

天气一热，冷饮店的生意就爆棚，孔桃桃点完单坐在靠近空调口的位置等着出品，陆陆续续涌进来的人流让她不用看表也知道第一节大课结束了。

于是，孔桃桃掏出手机给唐泽发微信："掐指一算，你现在肯定正在回办公室的路上。"

孔桃桃："算中有奖吗？"

末了，还选了张"得意"的表情包发过去。

一分钟后手机振了振，唐泽："算错了呢？"

孔桃桃："我给你奖励。"

反正最后结果都是把这杯冰的乌龙茶送到他手里，理由是什么不重要。

孔桃桃没等到唐泽的回复就感觉一大片阴影覆盖住她面前的桌子，随后一个高大的身影在她对面落座。

有了上次在停车场的深刻记忆，她一眼就认出来了，面前的人是蒋盛凯。

他像是刚刚跑完步，浑身都带着室外阳光的温度，呼吸微喘，额头、鼻尖和脖子都有细密的汗，大大咧咧地伸手去抽桌子上的纸巾，道："好巧啊，桃桃。"

"桃桃？"孔桃桃坐直身子，似笑非笑地看他，"不叫爸爸了？"

蒋盛凯立即剧烈咳嗽试图掩盖孔桃桃的声音，左右扫了一圈后，做了个"拜托"的手势，小声道："这是学校，到处是熟人，给我留点面子嘛。"

"73号顾客在吗？您的饮品打包好了，麻烦过来取一下。"

听到叫号的孔桃桃立即起身，敷衍地朝蒋盛凯挥挥手算是告别。

取了饮品就能去见唐泽啦，她才没兴趣在这儿逗弟弟玩。

然而，蒋盛凯长腿一迈就热情地跟了上来："两杯茶？我刚好又热

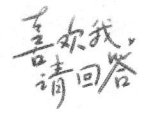

又渴,桃……给我喝一杯吧!"

她不让他叫她"桃桃",可"爸爸"两个字这么多人他可喊不出口。

"不给。"孔桃桃冷漠地拒绝。手机的振动提醒她唐泽回消息了,于是一手提着打包袋一手拿着手机往外走。

唐泽:"我在去九教的路上,消费心理学的老师临时有事,我帮他代课。"

孔桃桃:"稍等几分钟,你的奖励一定在你上课前赶到。"

唐泽:"嗯?"

孔桃桃卖了个关子:"请您耐心等候哦!"

蒋盛凯的头毫无分寸地凑过来:"给谁发消息啊?"

"要你管。"孔桃桃没好气地拨开他的头,"你来冷饮店不买东西跟着我做什么?"

"我……我……"蒋盛凯支吾了半天随即道,"本来是要买的,但看到你以后想到有事情要问你,所以就跟着你了。"

"什么事?这样吧,你带我去九教,一边走一边问我。"

"哈哈哈,好的好的。"

后街离九教也就不到十分钟的路程,路上蒋盛凯一开口都是无关痛痒的问题,要不是还需要他带路,孔桃桃的白眼早就按捺不住了。

直到九教的标识出现在视线里,孔桃桃立刻给唐泽弹了个语音通话过去:"叮——您的奖励已到,请到九教门口签收!"

"你过来了?"微顿后,唐泽沉声道,"稍等,我马上过来。"

孔桃桃连声应着,雀跃地四处张望,全然没发现一旁的蒋盛凯骤然安静下来。

还未到上课时间,教学楼处处都是来来往往的学生,可唐泽一出现,孔桃桃一眼就认出来了,笑盈盈地等他走过来。

蒋盛凯闷声道:"你什么时候才死心,他不喜欢你。"

有唐泽的地方,孔桃桃连个正脸都懒得给蒋盛凯:"他早晚会喜欢的。"

"早晚会喜欢的……"蒋盛凯喃喃地重复了遍，这话就像是咒语，他立刻满血复活，"没错，早晚会喜欢的！"

可这话落在孔桃桃眼里就是对她和唐泽爱情的祝福，于是她立刻摒弃前嫌，看向蒋盛凯的目光柔和带笑，道："见了三次，你终于说了一句有意义的话，我很欣慰。"

她这种老父亲般的口吻是怎么回事？

他想反驳，但……她笑起来真好看啊。

不远处的唐泽伸手扶了扶眼镜，眼眸微眯，打量着孔桃桃和蒋盛凯之间略显亲密的面部表情。

在聊什么？

看起来很开心的样子。

唐泽长腿迈到孔桃桃面前，意外地没有一本正经地问好，而是压低了嗓子，沉声道："奖品呢，孔小姐。"

孔桃桃立刻将乌龙茶递过去："给，你喜欢的乌龙茶。"

第一次见面的时候他点的就是乌龙茶，之后也一起吃过几次饭，她留心观察过，他爱喝茶。

唐泽道谢接过，手里的茶冰凉。他嘴角的笑意清浅，看向蒋盛凯："这位是？"

孔桃桃用胳膊肘杵了下似乎在发愣的蒋盛凯："快跟你老师问好。"

蒋盛凯相当听话："唐老师好，我是大二体育系蒋盛凯。"

唐泽意味深长道："看来孔小姐在Z大的熟人还是很多，之前说只认识我不太客观啊。"

"误会。"孔桃桃立刻撇清和蒋盛凯的关系，"我总共就见了他三回，算不上认识。"语罢，仍嫌不够的冲蒋盛凯道，"你的问题问完了吧？赶紧走吧，趁着还没到上课时间，我跟唐老师聊几句。"

蒋盛凯摇头："没有，我还没问完。"

"……"

"没事，离上课也没几分钟了，你先跟唐老师聊着，一会儿我们换个地方说。我知道后街有个甜品店，环境很好，又凉快又安静。"

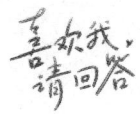

"我不吃甜食"五个字还没来得及说出口,孔桃桃先听到了唐泽轻轻唤了声:"孔小姐。"

"嗯。"

"要来旁听我的课吗?"

"什么?"孔桃桃忍不住怀疑自己的耳朵。

"你不是一直想来听我上课吗?一会儿的课是消费心理学,说不定对你的工作有帮助,所以来旁听吧。"

压低的嗓音格外温柔迷人。

坦白地说,孔桃桃对听课真的没什么兴趣,但喜欢的人这样温柔地邀约谁能抵抗得住?

更何况之前她这个提议一直被婉拒,现在莫名有着心愿达成的感觉。

于是,孔桃桃捧着一颗荡漾的少女心重重地点头。

听,当然要听,管它对工作有没有帮助,管它到底听不听得懂。是他讲课,她就一定会听。

· 第十二章 ·
这是要公开的节奏?

消费心理学是心理系的选修课,虽然唐泽只是个代课老师,但显然大家对他都不陌生,他一进门就引起了一阵唏嘘声。

而鉴于孔桃桃和唐泽之间的那点事早就是整个心理系津津乐道的八卦了,跟在唐泽身后的孔桃桃踏进来后,教室直接躁动起来,同学们开始交头接耳,各种揣测都冒了出来。

"那不是唐教授的绯闻女友,医学世家的千金小姐吗?"

"不仅大手笔赞助了Z大的校园活动,前一阵'五二〇'可是开着玛莎拉蒂直接来学校表白的啊!"

"为什么唐教授直接带她过来上课?"

"这是要公开的节奏?"

"等等……后面怎么还跟着个帅哥?还跟唐教授女友站在一块?"

同学们的视线就像是追光,孔桃桃连头发丝都已经做好了表演准备,她腰杆挺得笔直,保持着优雅的体态,噙着浅笑问唐泽:"我坐哪里比较好?"

有胆子大的男同学比唐泽更快开口,带头喊叫:"哇哦,师母是来撒狗粮的吗?"

已经听到想听的话,孔桃桃眉眼弯成月牙,笑着伸手点了点说话的男生,明显就是在大方承认他刚刚说的话。

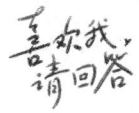

这个动作一落，教室的气氛就更活跃了。

但孔桃桃的分寸感一向拿捏得很好，也不想在唐泽的课堂喧宾夺主，立即指了指教室后排的位置，主动道："人好多，我就坐后面吧。"

唐泽颔首，食指和中指微屈叩了叩桌面，试图把大家黏在孔桃桃身上的注意力拉回课堂，佩戴好扩音器后开口："好了，差不多到上课时间了，准备上课吧。我是你们今天的代课老师，唐泽。"

孔桃桃特意避开学生，选了一排没人坐的位置落座，听着他的声音透过教学用的扩音器，糅杂着"沙沙"的电流声，格外温柔好听。

他穿白大褂时透出的认真专业充满魅力，此刻简单的白衣黑裤立在讲台上沉稳有力讲课的样子更是自带光环。

这个男人，真是该死的迷人。

孔桃桃沉浸在对唐泽的观赏里，时不时拿出手机偷偷拍照，可也不知道是不是刻意，唐泽没有往她的方向看过一眼。

一旁被无视的蒋盛凯没好气地盯着她。

十分钟过去了，她到底要看多久？

二十分钟过去了，还有完没完？

他按亮手机屏幕的频率渐高，动作也越来越急躁，最后实在憋不住不让她继续看的念头，不断地用手戳她的右手臂。

她不耐烦地往左挪了挪，戳她的手直接抓住了她的衣摆扯了扯。

孔桃桃终于侧头，压低的声音里布满警告："你不是说你也很感兴趣非要跟进来听课吗？那就安静点，不要吵我。"

蒋盛凯一脸认真："可我有事情要问你。"

"跟这课有关的？"

蒋盛凯摇头。

孔桃桃白眼道："那下课再问，别打扰我。"

"我从后街一路跟过来，是要咨询你正事，不是带你来九教路上问的那些。"

"……"

"很急很急的。"

僵持了片刻后，为了之后能安静看唐泽，孔桃桃妥协道："你速度问，声音小点，别影响课堂。"

蒋盛凯点头，趴在课桌上往孔桃桃的方向凑。

倏地拉近的距离，陌生的男性气息迎面而来，孔桃桃蹙眉向后仰，眸里是无声的不悦。

蒋盛凯理直气壮："小声说话不凑近点听不到。"

"套路我？"孔桃桃皮笑肉不笑，"你是不是……"喜欢我。

重要的三个字没能说出口就被他急声打断："我是想问你明天比赛的事情！"

"比赛？"话题被成功转移，"夏季才艺秀？"

"嗯啊，我也报名了。"谎话编着编着就顺口了，"你跟评委们熟吗？他们喜欢什么类型的表演？"

既然投入了资金，孔桃桃当然是希望比赛越多人关注参加越好，于是眼里的不悦转换成了打趣："难怪之前'爸爸'叫得那么顺口，原来是想让我开后门啊？"

"嘘——"

看他紧张，她笑得更灿烂："你打算表演什么？花式篮球？"

"喂——"他难得严肃板脸，"你是不是瞧不起体育生啊？"

一提到体育生难免会想到"四肢发达""文化水平不高""爱玩闹腾"等等标签。

孔桃桃后知后觉地发现自己也犯了"刻板印象"这种错误，解释道："没、没、没，只是之前看你打篮球觉得还蛮厉害的。"

场面的谎言在成年人的社交里必不可少。

但蒋盛凯显然觉得这是真诚地夸赞，激动到控制不住自己的音量，扬声道："你看我打球了？"

座位前两排的同学回头行以注目礼。

"嗯——"讲台上的唐泽调整耳麦，目光随之而来，"蒋同学是吗？"

大学课堂本就不像高中那么拘束，尤其是蒋盛凯这样从小到大都调皮的同学，被当场点名也是脸不红心不跳地应道："啊，是我。"

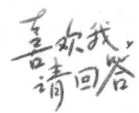

课桌下,孔桃桃对准蒋盛凯的脚背踩下去,小声教训道:"你给我站起来回话。"

蒋盛凯吃痛闷哼出声,片刻挣扎后,又气又委屈地站起身来。

"你们那边很热闹,是在讨论我刚刚说的内容吗?"唐泽语速不紧不慢,听不出什么情绪来,"不如你现在跟我谈谈对'从众心理'的理解?"

蒋盛凯随意组织语言:"就是别人做什么就跟着做什么呗。"他本来就不是来听课的,也不在意会不会被训斥。

"你的回答虽然过于通俗,可理解上是没问题的,蒋同学上课很认真。"

做好被骂的准备却迎来夸奖,蒋盛凯愣怔地眨眼。

"'从众'其实是一个社会心理学的概念,在消费心理学里'从众心理'具有仿效性会有可能导致盲目消费。但在生活中同样,你可能会因为'从众'而去参与一些自己并不喜欢的事情,嗯……就比如跟风上一节自己不感兴趣的课。"微顿后,唐泽推了推鼻梁上的眼镜,不咸不淡地看着蒋盛凯,"在以后的学习生活中,希望蒋同学能规避'从众心理'带来的盲目跟风。"

孔桃桃觉得"温柔一刀"这个技能唐泽可谓是用得出神入化。

连下课铃声也忍不住发来感慨,及时地响了起来。

"课间休息。"唐泽从不拖堂,语罢垂首去拿孔桃桃给自己买的乌龙茶。

大学每一堂课都是分为两小节,每节四十五分钟,中间休息十分钟。

铃声一响同学们都跃跃欲试地望向孔桃桃,她站起身来,冲蒋盛凯道:"我们现在就规避'从众心理'带来的盲目跟风吧。"

蒋盛凯:???

"走,这课不上了。"

正合他意,蒋盛凯立即点头。这教室他是不想待了,最重要的是,也不想孔桃桃待在这儿。

"一会儿你先走,我得跟唐泽说一声。"

这一回蒋盛凯非常配合没有捣乱，大步子一迈直接就往教室门口走了。

围观群众又燃起了熊熊的八卦之火，目不转睛地盯着孔桃桃一路走向讲台的唐泽。

孔桃桃："你的学生都很皮啊，我好像影响到你上课了，我还是先走了吧。"

唐泽没接话，摘下扩音器兀自问道："听懂了吗？"

"哎？"

"上课的内容。"他刚喝了茶，薄唇有微润的水光，"没听懂的话，你可以来问我，我看你上课的时候和人讨论了很久。"

他明明知道她和人聊的绝不是课堂的内容，却不点破。

她之前还因为他整个课堂都没往她这边看一眼，甚至是叫蒋盛凯回答问题时也没半点余光给她而隐隐失落，现在全部转化成了满足感。

原来他一直在注意自己的啊！

孔桃桃莞尔顺着话题邀约："那我们晚上一起吃饭，你给我解答问题好不好？"

她说得轻软，是女孩子在喜欢人面前特有的撒娇口吻。

细框眼镜下褐色的双眸不经意地瞟了眼教室门口的蒋盛凯，他随即用最稀松平常的口吻道："张老师似乎一直有话跟你说，刚好他下午没课在办公室，你去我办公室等吧。"

不仅答应她一起吃晚饭，还主动让她去他办公室？

这是不是说明……她又成功往他心门迈了一大步？

孔桃桃满心都是和唐泽关系更熟悉亲密的欣喜，根本没去仔细思考他会这样提议的原因，乖巧笑着答应。

一出教室蒋盛凯就迎过来："好热，我们去后街吃冰吧！"

孔桃桃心情好，连带对他也和颜悦色："我得去找你们张老师了，你也去准备明天的比赛吧，加油哈。"

话音一落，她就步伐轻快地走了。

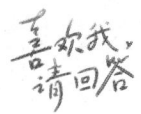

孔桃桃一迈进唐泽的办公室，张子恒立即惊喜地转过椅子："桃桃？你来找唐老师啊？他给人代课去了。"

"我知道，我刚从他那儿过来。"孔桃桃走近些，"我来找你的，他说你有话跟我说。"

"我有话跟你说？"张子恒一脸迷茫地指着自己。

"嗯哪。"孔桃桃的目光已经开始飘向唐泽的办公桌。

鉴于"唐泽不会说谎"已经是基本认知，张子恒选择怀疑自己的记忆力："对、对、对，我有话跟你说，但我一时之间忘了。"

"你慢慢想我不着急。"

一旁做教案的刘欣忽然出声："既然这样的话，孔小姐介不介意先跟我单独聊一聊？"

闻言，孔桃桃自唐泽干净的桌面抬首对上刘欣的双眼，眯眯笑道："好啊。"

张子恒伸手抚了抚双臂，一定是冷气开太足了，忽然觉得凉飕飕的，识相道："你们聊你们聊，我去买包烟。"

那次如果不是因为唐泽抢先一步站出来，两人此刻只怕不是这样"和谐"的场面。

"刘老师想跟我聊什么？"孔桃桃率先开口，"是聊我的家庭背景、学识学历，还是——我这张动过刀子的脸啊？"

刘欣似是早有准备，片刻沉默后道："上次的事情是我口不择言，孔小姐，在这儿我认真跟你说一声对不起。"

这什么剧情走向？

不愧是心理学老师，一个个表情管理都十分到位，孔桃桃觉得自己在刘欣脸上看到了……诚恳。

刘欣接着道："吴倩是我师妹，她喜欢唐老师有一段时间了，很抱歉，我在对你不够了解的情况下因为一些私人的情谊对你做出了不客观的评价。"

孔桃桃不是得理不饶人的性子，刘欣护短的心情她能理解，加上刘欣是唐泽的同事，于是大方地接受了道歉。

"那我也为刚刚不好的语气跟你道歉，我们就翻篇吧。"

事情解决得比想象中要容易得多，刘欣短暂的错愕后感慨道："孔小姐这样的性格连我都很欣赏，难怪唐老师会对你格外上心。"

孔桃桃抓到了关键词汇："你是说唐泽对我上心？"

刘欣点头："唐老师那人你知道的，对人一直温和有礼但又有距离感，原本我以为唐老师对你和对吴倩没什么差别的，所以才会那样安慰她，觉得你们可以公平竞争。"

"……"

"认识这么久，那天晚上还是第一次看唐老师那样严肃，说话也直接不留情面。当时想着可能的确是我们说得过分了，但你可能不知道，唐老师之后在学校特意为了你找我聊过一次。"

回忆起那次谈话唐泽认真的语气神情，刘欣看向孔桃桃的目光就越诚恳："孔小姐，你对唐老师而言，一定是特别的存在。"

这些话从刘欣嘴里听到，开心程度是成倍发酵。

她今天真是没白来Z大啊！

· 第十三章 ·
你是不是已经喜欢我了？

"夏季才艺秀"初赛过后，医院陆陆续续接收到的不仅仅是来自学生的咨询，还有老师。

得到了回响，孔桃桃成就感满满。

六月一号，星期二，儿童节。

完成工作任务的孔桃桃提前了半个小时下班直奔中心医院，因为唐泽今天在医院坐诊。

孔桃桃是算过时间的，抵达心理科时距离唐泽下班的时间不到十分钟。在长廊上遇上了面熟的护士，她旁敲侧击地问了下唐泽今天的工作量大不大，状态怎么样。

唐泽脱下白大褂出来，孔桃桃就像是装了雷达，立刻热情地迎上去："辛苦啦，唐医生！"

因为比赛的事情孔桃桃最近可没少往Z大跑，每次都会嚷着"我来Z大办事，等我忙完顺便一起吃饭哦"，所以此刻唐泽看见她一点也不讶异，道："所以今天办事地点在医院附近？"

孔桃桃摇头："今天是专程来找你过节的，不是顺便。"

"过节？"

孔桃桃今天乍一看就穿了件长度到大腿的纯白印花短袖，牛仔短裤被上衣遮盖，露着一双纤细笔直的腿，配着一双简单的小白鞋。

她双手抬起来指着自己胸口大大的皮卡丘图案，厚着脸皮问道："可爱不可爱？"

唐泽礼貌地扫了一眼，视线又立刻礼貌上移回到她的脸，客观答道："可爱。"

"谢谢你夸我可爱！"她刚还指着胸口的手立刻在自己下巴边撑开，简直是用尽生命的力气在卖萌，"我这么可爱，当然是小朋友，小朋友当然要过节。"

走廊上不时走过的工作人员似是听到了谈话，朝唐泽暧昧地笑笑。

唐泽惯性推了推眼镜，压低嗓音："走吧。"语罢，兀自迈开了步子。

孔桃桃只当自己卖萌失败，连忙跟上唐泽："我们去哪儿？"

这是个省略的问句，她在问他，去哪里吃饭。

唐泽按了电梯，并没有侧头去看孔桃桃，而是看着光亮电梯门上她的镜像，目光落在她的丸子头上。

"去过节。"

下一秒，唐泽透过电梯门，看到她笑弯了眉眼。

其实，唐泽觉得孔桃桃对自我的认知并不明确。

她今天是打扮得很可爱，但她每天都很像小朋友。

去停车场的路上，孔桃桃热情地和唐泽讨论晚饭地点。一向都是礼貌询问女生，再以女生的答案为主的唐泽，第一次放下绅士风度，主动表示，地点他来选。

孔桃桃以为不是粤菜就会是日料，万万没想到，唐泽会带她去肯德基。

她抬头看着招牌上笑得和蔼可亲的肯德基爷爷，再看看身边气质清冷正在伸手推门的唐泽。

"你确定要在这儿吃晚饭吗？"

唐泽已经迈了进去，反问："你不愿意吃？"

"不是……"孔桃桃斟酌着用词，"只是诧异你会吃。"

四处寻找空位的唐泽随口搭话："为什么诧异？"

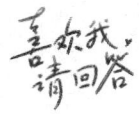

"认识你这么久,没见你吃过垃圾食品。你们医生是不是都挺注意饮食的?"

而且因为儿童节,到处是玩闹的小朋友,他会不会觉得吵?

"偶尔吃一次没关系。"说完,唐泽询问,"孔小姐会有压力吗?"

"哎?"

"第一次见面你喝脱脂拿铁,吃这个会破坏你的体重管理吗?"为了避免孔桃桃多想,唐泽又补充道,"当然,我不是让你做体重管理的意思,孔小姐的身材已经很完美。"

然而,孔桃桃听到第一句就已经飘飘然听不清他后面在说什么了。

他还记得第一次见面她喝的什么!

说明什么?

说明他其实对她很上心啊!

孔桃桃笑得比广告牌上的甜筒更甜:"偶尔吃一次没关系啦。"而且还是唐泽提议来吃。

唐泽朝刚发现的空座指了指:"孔小姐坐着等我一会儿,我去买。"

孔桃桃乖巧落座后才发现自己刚刚沉浸在甜蜜的小情绪里,都忘记跟唐泽说自己要吃什么。

算了,算了,反正东西都差不多,他买什么她就吃什么好了。

于是,孔桃桃安静坐着盯着唐泽排队的背影,甜蜜的情绪渐渐发酵成幸福的感触。

这个之前拒绝她邀约拒绝她表白的男人,现在在排队给她买肯德基哎!

十五分钟后,唐泽端着满满当当的餐盘走过来。

"我们两个吃不完吧?"这分量让孔桃桃吃惊。

"我也不知道原来儿童套餐会有这么多东西。"唐泽修长的手准确地探向装着皮卡丘玩具的纸盒,随后拿起来搁置在孔桃桃面前,温声道,"节日快乐,小朋友。"

孔桃桃一时之间说不出话来。

"不喜欢？"唐泽打量着她的神色，"你不是说想要这个吗？"

她只跟一个人说过想要这个，是在前几天唐泽表妹张沁的朋友圈下。

张沁在朋友圈发了张肯德基的儿童节活动海报，只要购买儿童套餐，就会赠送一个皮卡丘的玩偶。

海报上的皮卡丘眨眼放电可爱到爆炸，孔桃桃点赞后随手留言：可爱想要！

没想到，唐泽不仅看到了，他还记住了。

难怪他会直接带自己来肯德基，难怪他没问自己要吃什么就去点单了。

前面嚷嚷着要过节不过是想和他待在一起的说辞，而此刻她真的觉得自己是被人宠爱的小朋友。

她心里的小鹿又开始了新一轮的猛烈撞击。

唐泽接着又从餐盘里拿出两个盒子放过去，自顾自道："不确定套餐里的东西你会不会吃，于是我还单独给你点了鲜蔬沙拉和玉米沙拉。"

这下好了。

孔桃桃觉得自己要溺死在唐泽这份不自知的温柔体贴里了。

她双手捧着玩偶，侧头眨眼，和海报上的皮卡丘如出一辙，直接问道："唐泽，你是不是已经喜欢我了？"

"……"

"喜欢一个人要大胆说出来的。"孔桃桃挑眉，用着鼓励的口吻，"承认吧，你喜欢我了。"

唐泽浅浅笑了笑："孔小姐，你前面说了自己是要过节的小朋友。"

"所以？"

"好好读书，不要早恋。"

唐泽的说话能力孔桃桃一直心服口服，但她也不打算让他轻轻松松混过去："那你明天再承认吧，明天我就是大人了，可以谈恋爱。"

老天可能不打算猛然把孔桃桃的幸福值提到最高点，话音刚落唐泽的手机就响了起来。

唐泽按了接听："喂！刘医生。"

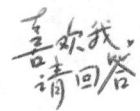

看来是工作上的电话。

于是孔桃桃开始吃沙拉,安静乖巧。

"七号八号?"唐泽低声重复了一遍,似乎有些为难,"那天代班的话……"

许是电话那头的人又说了什么打断了他的话,孔桃桃看见他左手摩擦着饮料杯,那是他斟酌言语时的惯性动作,片刻后他出声道:"好的,刘医生,我答应你。嗯,没事,不客气。"

因为一直在密切关注着唐泽的神色,孔桃桃捕捉到他挂完电话后那微不可闻的叹息。

看样子七号八号给人代班他会为难?

难道是因为那两天他学校有课?

孔桃桃状似无意地打开手机翻开唐泽的课表,他七号跟八号都是下午有一节专业选修课,以他的性格医院那边有人要代班的话应该不至于这么为难。

七号、八号……

不知道怎的,张沁的脸倏地浮现在脑海里,孔桃桃瞬间明白了。

这是全国高考的日子,而张沁是应届考生。

不久前微信聊天张沁抱怨过,父母工作太忙,班上其他同学有父母为了争取多一些时间陪着住学校附近的酒店,可她的父母连当天送考的时间都没有。

唐泽原本应该是打算给张沁送考吧。

他有些烦,她自然也不好再继续之前的话题,吞了几口沙拉后,道:"吃完我们去看沁沁吧。"

"嗯?"唐泽诧异她的提议。

看样子她和张沁处得不错。

孔桃桃瞟了眼餐盘上另一个玩具盒子,笃定道:"这是给沁沁买的吧。"

"嗯。"唐泽慢条斯理地剥开鸡肉卷的包装,会意道,"今天星期三,沁沁要上晚自习的,东西过几天给她是一样的。"

"哪里一样了?儿童节礼物就要在儿童节当天给啊,唐医生,做人怎么能一点儿仪式感都没有?"孔桃桃已经备好了说辞,"我们就过去,给她送玩偶和吃的,也不耽误她上晚自习的。"

唐泽想着晚上也没别的安排,又因为刚刚答应帮同事代班,计划有变,去见张沁一面也挺好。

张沁看到提着肯德基出现在教室门口的唐泽和孔桃桃简直要怀疑自己是刷题太多出现了幻觉。

张沁走出教室,神色古怪地看着唐泽:"你们这次约会地点在我们学校?"

"是特意来看你的。"孔桃桃抢在唐泽开口前回答,拿出皮卡丘递过去,"喏,还有这个,沁沁小朋友,节日快乐呀。"

张沁激动得一把抱住了孔桃桃:"哇喔,桃桃姐你太好了,我随便发的朋友圈你竟然都记在心上!"

"我是很好没错啦,但皮卡丘是你表哥送的。你表哥还给你打包了很多吃的,一会儿可以分给同学朋友。"孔桃桃拍了拍张沁的背,接着道,"我也有给你准备礼物。"

女生听到"礼物"总会两眼发光,张沁立刻松开孔桃桃,问道:"是什么呀?"

"爱心送考以及陪吃服务。"

"啊?"

"七号八号我会接送你。考前不要给自己太多压力,需要人聊天随时可以联系我。"

闻言,张沁倏地红了眼眶,想到最近都没收到父母一通电话,哽咽道:"谢谢你,桃桃姐……"

情绪起伏大的不仅仅是张沁,还有一旁的唐泽。

难怪她会在自己挂了电话后,提出要来看张沁。

学校的灯总是格外明亮,唐泽看着孔桃桃的侧脸,许是来的路上吹了晚风,她额前耳边的碎发都稍显凌乱,随着她的呼吸碎发微微晃动,

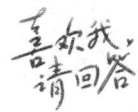

每一下都像是在他的心口滑过。

唐泽觉得有些心痒。

孔桃桃拍着张沁的背轻声安慰了几句,随后一侧头就落入唐泽温柔的眉眼里,于是她莞尔笑道:"我知道你也很想接送沁沁,但这是我想出来的礼物,你不会跟我抢的吧?"

唐泽心照不宣地摇头,但还是关心道:"会打扰你的工作吗?"

"不会,我工作时间弹性大。"因着他此刻的眸光过于温柔,孔桃桃的胆子就大了几分,口吻暧昧意有所指道,"沁沁是你的妹妹也是我妹妹。"

言下之意:一家人讲什么客气?

张沁助攻道:"表嫂说得对!"

孔桃桃给了张沁一个"我真是没白疼你"的眼神。

唐泽只是无奈地笑了笑。

· 第十四章 ·
还有一个她朝思暮想的人

张沁高考时分的考场离维美医美不是很远,孔桃桃规划好了路线,工作上也做好了安排,高考期间不仅按时接送张沁,一日三餐也给她精心准备好了。

毕竟年龄相差也不是很大,孔桃桃很清楚张沁考完当天肯定要和朋友同学出去疯玩,于是和她说好,当天下考场没去接她。

张沁第一个电话还是打给了孔桃桃:"桃桃姐,我考完啦!"

听到这雀跃的语气,孔桃桃就知道她考得不错。

"恭喜你呀准大学生,中午和午饭一起送过来的小纸袋你打开看了没?"

"没有。"当时张沁忙着吃完睡个午觉,以为就是水果之类的,"是吃的吗?"

"是给你准备的充电宝。"

"啊?"

"今晚要通宵吧?"孔桃桃一副过来人的口吻,"玩多晚没问题,但手机要保持开机状态,有任何问题随时联系我和你表哥。"

"桃桃姐你也太好了!"张沁发出了熟悉的感叹,"你放心,以后你跟表哥结婚了,你是我亲姐,他是我姐夫,我肯定帮你。"

"乱讲,你表哥对你也很好。"

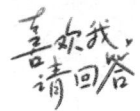

"啧啧啧，桃桃姐，看外表完全看不出你是'夫管严'哎。"张沁那边吵吵闹闹，随即急匆匆道，"我同学过来了，我先去玩了，过几天去找你哦，桃桃姐晚上去找表哥过二人世界吧。"

挂了电话，孔桃桃陷在张沁说的甜蜜字符里，在办公室笑得阳光灿烂。

但孔桃桃并没有去找唐泽，她知道他这两天又要代班又要上课的，肯定又忙又辛苦。而她自己这两天，也需要根据这段时间来医院咨询的状况，对复赛的一些宣传方案再做些许的调整。

四天后，"夏季才艺秀"复赛当天，孔桃桃下午就去了Z大。

刚到大礼堂门口，她就遇到了蒋盛凯。

孔桃桃看他一副在等人的姿态，于是开口道："等朋友一起来彩排啊？"

"桃桃！"也不知道是看到了孔桃桃还是听到她说的话，蒋盛凯一脸惊喜，"你知道我进复赛了？"

孔桃桃翻了个白眼："作为赞助商那边的负责人，复赛名单我也有一份，你说我知道不知道？"

"那你看了我初赛的表演吗？你觉得怎么样？"

对上他期待的眸子，孔桃桃下巴微仰，像是在沉思的样子，随后悠悠开口："足够……特别。"

在一众唱歌跳舞和乐器表演中，他的花式篮球确实让人印象深刻。

坦白说，这是孔桃桃看到复赛名单时，觉得他会晋级的原因。

蒋盛凯试探地问："是在夸我吗？"说完又像是不想听到她的回答，紧接着问，"晚上复赛你会看吗？"

随着孔桃桃点头的动作，另一个甜美的声音蓦地插进来："盛凯。"

孔桃桃一侧头，就看到一个长发披肩穿着长裙的漂亮女生，面色微红地望着蒋盛凯，随后又略带敌意地看着孔桃桃，小声地问："学姐有点眼熟……是不是在哪里见过？"

都是女生，孔桃桃怎么会看不出眼前女生的心事，于是抢在蒋盛凯开口前撇清他俩的关系:"我是这次比赛赞助商那边的负责人,你觉得眼熟是正常的。"

女生一副恍然大悟的样子,立刻甜声道:"哦哦,我知道,您是唐教授的女朋友,我在室友那儿看过您和唐教授的照片。"

要拉近和孔桃桃的距离非常简单,只要认可她和唐泽的关系就好。

于是,孔桃桃不置可否地笑笑,冲蒋盛凯道:"看样子你等的朋友来了,那你们聊,我先忙去了。"

"不是的,我……"

"害羞什么?"孔桃桃一副"我懂的"的表情,又想到什么似的压低声音问他,"这就是那天你去见的系花?"

一时之间,蒋盛凯觉得自己点头不是,摇头也不是。

这在孔桃桃看来简直是默认,于是助攻一把道:"人家肯定是特意来给你加油打气的,你晚上好好表现啊。"

蒋盛凯一脸不悦地解释:"我跟她不是你想的那种关系!"

"那天的玫瑰花没给啊?"看系花这神色,两人离甜甜蜜蜜也就差蒋盛凯主动开个口了。

话音一落,系花和蒋盛凯的脸默契地红了个透。

只不过前者是害羞,而后者窘迫中带着生气。

这些话听下来系花对孔桃桃的危险警报已经解除,为了缓解气氛,系花主动转移话题问道:"决赛的时候,唐教授会来当评委吗?"

"你们想让他当评委?"孔桃桃立即做起了意向调查。

"当然啦!"系花重重点头,"要是唐教授愿意当决赛的评委,决赛那天的观众大礼堂肯定塞不下。"

唐泽在Z大的关注度可不低。

系花:"虽然唐教授从来不参加这些活动,但如果是您开口的话一定会答应的吧?"

孔桃桃觉得系花真是人美声甜,句句都说到她的心坎里。

"我晚上跟他提一下。"

一旁的蒋盛凯实在是听不下去,幼稚地挤到两人中间的位置站着,

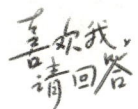

浓眉紧蹙,目光炯炯地盯着孔桃桃:"我有话跟你说。"

"又想问比赛的事情?"孔桃桃意有所指,又懒得和他说下去,敷衍道,"你好好加油,玫瑰花没送出去不要紧,进了决赛唱个情歌表白一下,肯定没问题。"

语罢,孔桃桃侧头和被蒋盛凯挡在身后的系花挥挥手,转身就进了大礼堂。

蒋盛凯下意识地想追过去,却被系花拉住了手:"等一下,我也有话跟你说……"

孔桃桃完全没有兴趣听,加速步伐,把两人的话都甩在脑后。

蒋盛凯望着孔桃桃渐行渐远的背影,越发不耐烦地挥开手:"什么话?"

算了,她看起来有正事要忙,就不要缠着她了。

她说了晚上会看比赛,那就比赛完再找她好了。

原本孔桃桃计划着检查完场地的布置就去约唐泽吃晚饭,然后邀他去看晚上的复赛,之后可以顺理成章地跟他提让他当决赛评委的事情。

只是计划赶不上变化,孔桃桃还没来得及联系唐泽,就接到了自家小姨的电话。

"桃桃呀,下班没,最近工作忙不忙啊?"

鉴于自家小姨是"无事不登三宝殿"的作风,孔桃桃一边揣测着她这通电话的来意,一边斟酌着用词答道:"还没下班呢小姨,工作强度还好,能接受,小姨找我有事吗?"

"听你妈说你最近常往Z大跑,对唐教授很满意?"

看样子就是来关心下她和唐泽进度的?

这样想着,孔桃桃大大方方地承认:"满意、满意,非常满意,我小姨介绍的能不满意吗?"

"你这孩子从小就听话,小姨没白疼你,但你也不能太听话了,知道吗?"

孔桃桃:???

"我跟你说追他的人一大把,让你好好把握机会,但你也不能太主动了,知道吗?"小姨说着叹了口气,"你年纪小,掌握不好这个度,没事,小姨教你。"

孔桃桃只好拿出惯性动作,将手机拉得老远,深呼吸后才拉回来,用着乖巧的口吻说着官方的用词:"谢谢小姨关心,小姨说的我都懂了,以后我一定积极学习,努力改正,保证按小姨说的去做。"

"别等以后了,就今晚吧,一会儿我把饭店位置发给你,我们一起吃晚饭。"

脑海里浮现出唐泽的脸,孔桃桃为难道:"小姨,我这边还有些工作要处理,要不改天吧?我妈妈肯定也很想跟小姨一起吃饭。"

"就今晚,你不来我要生气的啊。"小姨不给孔桃桃半点商量的空间,叮嘱道,"你六点十五分到,不要迟到,也不要早到。"

"为什么?"

"你来了我告诉你。"

语罢,小姨就把电话挂了。

孔桃桃朝手机叹了口气,忍不住感慨,在替人做决定这方面,她妈妈和小姨的的确确是亲生姐妹。

下一秒,手机振了振,小姨发来了位置。

看样子只能改天再约唐泽了。

上次见面还是月初儿童节的时候,这样一想,思念似乎变得浓烈了一些。

那么唐泽呢,在他闲暇的间隙,也会想念她吗?

小姨选的位置离Z大只有十五分钟的车程,孔桃桃处理完事情还早,抵达饭店的时候,还不到六点。

想到之前小姨强调让她六点十五分到,于是孔桃桃在车里百无聊赖地又翻了遍唐泽的朋友圈,顺带把两人的聊天记录又浏览了一遍。

六点十分,孔桃桃练习了一下长辈最爱的乖巧浅笑,随后熄火下车。

只是当孔桃桃在服务员的带领下走进包厢时,她立刻就后悔了——

后悔自己之前为什么要在车里玩手机,为什么不早早地进来,因为,此刻包厢里坐着三个人,除了她小姨和另一个儒雅的中年男人之外,还有一个她朝思暮想的人。

唐泽就坐在中年男人身侧,听到开门的声响,抬头朝她看过来。

四目相对,画面如同静止。

这唱的又是哪一出?

孔桃桃眸带探寻地望向自家小姨。

"哎呀,桃桃终于来了。"小姨朝她招手示意她坐过来,下一秒又侧头看着中年男人和唐泽道,"让你们久等了不好意思,都是我的错,原本桃桃有约了,是我非让她推了约会过来陪我吃饭。"

什么有约?

什么久等?

孔桃桃一脑袋的问号,很想问小姨是不是忘记给她剧本了,这是想让她即兴演出?

可惊诧之余,渐渐浮上心头的都是难以言喻的欢喜。

正在想念的人,下一瞬就出现在自己眼前,真美好啊。

· 第十五章 ·
他字里行间竟然透着……宠溺?

小姨介绍道:"桃桃,这是Z大心理系的王主任,和你姨父是大学同窗。唐教授我就不多说了,你们反正见过了。"

孔桃桃在小姨身侧落座,乖巧地问好:"王主任好。"随后目光落在唐泽身上,眸子里都是盈盈的光,"唐教授好。"

下一秒,孔桃桃就觉得大腿被掐了下,她条件反射地看向小姨。

小姨满脸都写着:别盯着人家看。

"叫'主任'多生分,桃桃叫我'叔叔'就好了。"王主任满面笑容地开口,"其实今晚让你推掉约会过来的不是你小姨,是我。我特别想见见桃桃,一见面,果然和你小姨说的一样优秀啊。"

听到这里,孔桃桃几乎可以想象在她没到之前,包厢里的谈话内容是怎样,这个王主任怕是和她小姨串通过的演员吧?只是这剧本台词太不严谨了,看她一眼是怎么看出优秀的?

"那可不,我们桃桃啊,从小就招人喜欢。"小姨接上台词,"唐教授你说是不是?你可和我们桃桃认识两个多月了,很有发言权的。"

孔桃桃扶额,她是常常问唐泽类似的问题没有错,可从小姨嘴里说出来,莫名地尴尬。

孔桃桃开始朝唐泽使眼色,却见唐泽面朝小姨微微颔首,一副谦卑的姿态,答道:"第一次在Z大和孔小姐吃饭,她只匆匆吃了几口就赶回公司了,面对工作认真负责。在Z大赞助负责的比赛,反响很好,说明工作能力出众。"

像是为了加大言语的说服力,他一边点头一边道:"孔小姐,很优秀。"

孔桃桃十分佩服唐泽这滴水不漏的说话方式,明面上没有反驳长辈一句,都是顺着说的,但根本没直接回答她招不招他喜欢这个问题,偏偏又有理有据,完全不像是在随口敷衍。

果不其然,小姨满意地点头:"桃桃饿了没?给你点了爱吃的一品豆腐。"

话音一落,王主任立刻示意道:"唐泽,豆腐就在你面前,你离桃桃近,快给人添菜。"

"我自己来就可以了,不用麻烦唐教授。"

而唐泽已经用公筷夹起豆腐放到她碗里,薄唇微扬,温声道:"不麻烦,孔小姐还有什么喜欢吃的吗?"

是错觉吗?

他字里行间竟然透着……宠溺?

孔桃桃双颊就似两朵盛开的桃花:"你夹的我都喜欢吃。"

"嘶——"

大腿又被人重重掐了下,孔桃桃委屈兮兮地望向小姨,耳畔依稀有唐泽好听的低笑声。

唐泽刚刚该不会是故意的吧!

身侧坐着个"言行监管员",孔桃桃根本不敢像往常那样和唐泽相处,只能规规矩矩地吃饭,中间听小姨和王主任谈及了唐泽的父母,她立即竖起耳朵,听得很认真。

原来唐泽的父母都是有名的科研人员,常年随着项目四处游走,很少待在Z市,唐泽是爷爷奶奶带大的。

孔桃桃忽然生出几分惺惺相惜来,虽然她从小和父母相处的时间要比他多,但由于孔敏敏的存在,她并没有分到多少来自父母的关注度。

吃得差不多的时候,小姨说要去趟卫生间,带着暗示询问孔桃桃要不要一起，孔桃桃当然跟着起身。

一出包厢，小姨就忍不住道："桃桃，女孩子家家的，有七分喜欢表现出三分就可以了，这就是'度'。"

"我知道哇。"孔桃桃贫嘴，"我对唐教授有十分喜欢，所以表现出来了七分，也是把握了'度'呀。"

"……"

"好啦，我知道小姨的意思。其实小姨直接告诉我今晚唐教授也会在，让我装得'高冷'一些，不就可以了吗？"

"这你就不懂了吧？我没告诉你，所以你刚刚进包厢时惊讶的反应才真实啊，可不能让他觉得这晚饭的巧合是你故意的，就算你很想跟他约会，也让他主动约你。看他刚刚又夸你又给你夹菜的，是不是挺有效果的？"

为了不惹小姨生气，孔桃桃压下了反驳的字句，诚恳地道谢："谢谢小姨这么费心费力的操心，晚饭后小姨有什么安排？"

饭也吃得差不多了，可以让她和唐泽独处了吗？

小姨拍了拍孔桃桃挽着自己胳膊的手，气定神闲道："一会儿你就知道了。"

又开始卖关子。

"你记住，一定要让他知道，你也是有很多人喜欢惦记着的。"

"……"

十分钟后，两人一回到包厢，王主任就从口袋里掏出两张电影票，顺手往身边唐泽的方向递过去："今天有学生送了我两张电影票，我们上了年纪不想折腾，你们两个年轻人去看吧，免得浪费了。"

孔桃桃明白了，这就是小姨刚刚说的安排。

小姨夸张地"呀"了一声，似是有些为难的样子："什么电影啊？我们桃桃很喜欢看电影的，老有人约她看电影，这部也不知道看没看过呢。"

戏过了啊！

喜欢我，请回答

真让唐泽误会她老跟别人约会怎么办？

这里还有王主任，碍于小姨的面子，孔桃桃也不能立即否认，她知道唐泽绝对不会答应，肯定又会找一堆冠冕堂皇让人无从挑刺的理由来拒绝。

孔桃桃心里有些急躁，想和唐泽对个眼色，却见他伸出修长好看的手，从王主任手里拿过电影票，轻声道谢后朝她看过来："不知道孔小姐晚上有没有空？"

不抱期待的事情突然发生就变成了意外的惊喜——

"有空的。"

唐泽推了推鼻梁上的镜框，嘴角的弧度更大了些："那孔小姐愿意和我一起看电影吗？"

大腿传来熟悉的被掐的痛感，让孔桃桃知道自己不能表现得太欣喜若狂，只能淑女又文静地点头。

于是，两人就在小姨和王主任的姨母笑里离开了包厢。

两人并肩而行，孔桃桃迫不及待地解释："我最近除了工作就是在找你，没和其他人去看电影。"

"我知道。"

"还有，今天晚上我真以为就是和我小姨两个人吃饭，我从Z大出来还很遗憾晚上不能约你一起吃饭。"孔桃桃早就把小姨说的"分寸""度"抛到九霄云外。

"我知道。"

"电影票也不是我准备的，我要是约你，会大大方方地约。"

"我知道。"

孔桃桃侧头看他："那……有什么是你不知道的？"

唐泽站定："孔小姐今天开车了吗？"

孔桃桃理了理包带，睁眼说瞎话："没有，看样子得坐你的车去看电影，然后……还得你送我回家。"

"好。"

孔桃桃看都不看自己的车一眼，欢欢喜喜地坐上了唐泽车的副驾。

到达电影院时，离开场时间还有十五分钟。

孔桃桃的幸福值在唐泽让她在等候区坐着休息，自己去排队买爆米花时又攀上了一个新的高峰。

他们完完全全就像是在约会的情侣啊。

可女人就是情绪来得莫名其妙的生物，孔桃桃高高兴兴地看着唐泽抱着爆米花桶和矿泉水走到自己面前，又忍不住挑刺，试探道："唐教授很懂嘛。"

"嗯？"

"沁沁不是说你没恋爱过嘛，怎么还晓得要去买爆米花？"

唐泽有些好笑地把爆米花递给她："我只是运用了一下我的专业知识，解读了一下孔小姐的微表情。"

这下，轮到孔桃桃不解。

"我们一到这里，孔小姐就目不转睛地盯着售卖处，理论上来说，这是某种言行暗示。"

"咳——"

唐泽体贴入微，拧开矿泉水瓶盖递过去："喝点水，缓一缓。"

孔桃桃喝着水，一双眼滴溜溜转个不停。

她觉得是时候把那天在肯德基没有问完的话再问一遍了。

奈何好事多磨，检票的工作人员拿着扩音器开始提醒他们检票入场。

孔桃桃咽下矿泉水，也把一颗躁动的心咽了回去。

这是部商业爱情片，观众也基本是情侣，孔桃桃看得索然无味，也不知道唐泽看进去了没有，反正她是没有。

她时而看着昏暗光线下他的侧脸，时而看看四周依偎的情侣。

而唐泽神态专注得像是在上课的学生。

电影过半，唐泽终于侧头对上她第四十七次投过来的视线，压低嗓音问："想走吗？"

他早就看穿她的心不在焉。

"可是……"这毕竟是我们第一次看电影。

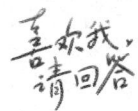

唐泽再次展现他的专业能力，读完了她未说出口的话，又道："下一次选一部你喜欢看的。"

下一次。

他说下一次！

他这是在约自己啊！

孔桃桃立即点头。于是，两人猫着身子提前离场。

一想到唐泽的主动邀约，孔桃桃的心情比怀里的爆米花还要甜腻。

按下电梯，孔桃桃侧头问道："时间还早，我们去散会步，怎么样？"

"好。"

孔桃桃觉得自己应该是病得不轻，唐泽今晚对她的许多要求都回了一个简洁的"好"，但她觉得里面溢满了温柔。

于是，她的语气下意识变得软甜："下次除了看电影，还要吃晚饭，电影我来选，晚饭地点你选。"

"好。"

"哎，这么好说话吗？那……"孔桃桃拉长了声调，"你可不可以来当决赛的评委啊？"

唐泽长腿迈进电梯，按下楼层"1"，依旧好声好气道："决赛是哪一天？如果那天晚上我没课的话，我答应你。"

就这样答应了？

孔桃桃生出一种，下一秒她让他做自己男朋友，他也会说"好"的感觉来。

"叮——"

一楼到了。

走出商场的门，夏风迎面而来，孔桃桃缓步走着，想走到下个路灯下把之前被打断的问题问出来。

可还没走到，唐泽就率先开了口："高考那段时间，麻烦孔小姐了，今天就算不巧遇，我也是打算约孔小姐一起吃饭的。"

孔桃桃的少女心就像个突然泄气的气球，唐泽今晚的有求必应都得到了合理的解释。

孔桃桃叹了口气，自嘲道："我又自作多情了，唐教授今晚体贴入微，我还以为你终于对我动心了。"

但她的自愈能力一向惊人，下一秒无所谓地笑笑，又道："可一想到认识第一天我就约你看电影，你一直拒绝，到今天主动跟我约下次，我觉得离你对我动心也不远了。"

唐泽既没承认也没否认，因着她的话一些回忆浮上脑海，打趣道："孔小姐的焦虑症好些了吗？"

泄气的气球又重新充了气，孔桃桃抱着爆米花，笑弯了眉眼："嗯，因为唐医生回消息的速度日渐变快有所缓转，唐医生不愧是专家啊。"

唐泽无奈摇头，掩唇轻笑。

四目相对的片刻，全是扰乱心跳的暧昧。

孔桃桃想，夏风不仅是闷热的，它也是浪漫的。

· 第十六章 ·
你晚上一定要看我表演

孔桃桃刚进门就听到妈妈的声音从客厅沙发传来："回来了？"

"嗯啊。"孔桃桃换好鞋往里走，看着穿着睡衣正用美容仪捯饬着脸的妈妈，"妈，你在等我啊？"

孔妈妈上上下下打量着孔桃桃，目光落在她怀里空着的爆米花桶上，蹙眉道："垃圾怎么不扔在门口的垃圾箱里？"

孔桃桃宝贝似的把爆米花桶圈了圈："才不是垃圾，我要留着当纪念品。"

"出息。"孔妈妈了然，"今晚满意了吧？开心了吧？"

"哈？"

"他送你到家，停车到开车走也就两分钟，说明还是有效果，你没死皮赖脸地在人家车里待着。"

孔桃桃瞬间懂了："妈，小姨晚上喊我吃饭，和我说的那些话，都是你的意思对不对？"

孔妈妈用美容仪提拉着左脸，轻哼了一声："除了我这个当妈的，谁这么操心你？瞧瞧你追人家三个月，连场电影都没看着。"

惯常的嫌弃口吻，可孔桃桃却感动得不行，把爆米花桶放在沙发上，探过身子想要给孔妈妈一个拥抱："妈，你真好……"

孔妈妈连连摆手，扬声拒绝："我洗过澡了，你一身汗臭味可别碰我!"

"好嘛。"孔桃桃在一旁的沙发上盘腿坐下,"不过妈,你干吗要麻烦小姨,直接喊上我和唐泽吃饭不就好了?"

"你就是什么都不懂的小朋友,我见和你小姨见能一样吗?我可是你妈,哪能那么快见父母?"

孔桃桃无所谓地耸肩。

"你一天天黏着人家也就算了,要是我这个当妈的也赶着去见他,他还不觉得你跟没人要似的?"

孔桃桃知道妈妈是为了自己好,于是没有反驳顶嘴,状似乖巧地垂头,像是在虚心听讲的样子。

孔妈妈越说越来劲:"是,我了解过了,这个唐泽是很优秀,你和他恋爱结婚我一点意见没有。但是,孔桃桃,你和他恋爱不是高攀,毕竟你爸爸你姐姐在Z市也是有头有脸的人物,你行事作风还是要注意点。"

上一秒孔桃桃在阳春三月,这一秒就如坠冰川。

沙发上就像是铺满了针,细细密密全扎在她的身上,她倏地从沙发上弹起,拿过爆米花桶就往楼上跑。

"我才说你两句,你又给我发冲!我要不是你妈,我才懒得说你!"

"……"

"孔桃桃,你给我回来!"

孔桃桃却头也不回地冲回了房间。

正因为她是自己的妈妈,所以那些话从她嘴里说出来,是比其他人多上百倍的杀伤力。

她在所有人眼里都是一事无成,所以谈个恋爱,都要顾全家人的颜面。

谁让她孔桃桃只是个无名之辈。

这样不愉快的交谈,在孔家时有发生,且在孔桃桃成年后,基本上只发生在孔桃桃和孔妈妈之间。

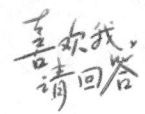

接下来的几天,孔桃桃都早出晚归,避开会碰到家人的时间节点。

但孔桃桃也没去找唐泽,一是因为在Z大的宣传快一个月,医院已经接了些单子,她开始统计数据做调整,二是唐泽近期也很忙,她和他确认了决赛当评委的事情,就没去打扰他工作了。

很快就到了"夏季才艺秀"决赛的日子。

下午还是彩排时间,大礼堂已经来了许许多多的亲友团,肖晓和陈美玲负责了外场的宣传和礼品的分发,孔桃桃在现场四处游走,时不时就会被胆大的学生包围,八卦她和唐泽的恋情。

果然因为晚上唐泽会来当评委,人气爆棚啊。

决赛选手只有十二个,孔桃桃在后台一眼就认出了蒋盛凯。

来来回回也交谈了好几次,他们俩也算是熟人,于是孔桃桃朝着他走过去,中间蒋盛凯朝她看了一眼,触及她的视线后立刻别过头。

少年不会收敛心事,一张脸上写满了"不开心"。

孔桃桃走到他身侧:"嘿。"

蒋盛凯目不斜视,置若罔闻。

孔桃桃歪过头,伸手在他面前挥了挥:"喂,还能看到吗?"

蒋盛凯眼睛眨了眨,还是坚持装作看不到孔桃桃。

孔桃桃嘴角微扬透出危险的气息来,扬声道:"之前还喊我'爸爸',今天……"

果然"爸爸"两个字一出口,蒋盛凯瞬间被激活,立即伸手想要去捂孔桃桃的嘴巴。

好在孔桃桃早就有所准备,他伸手的同时向后仰着脖子,避开了他的手。

蒋盛凯又气又急,压低声音道:"周围很多熟人!"

本来就是一个学校,况且蒋盛凯平常在学校又不低调,都到决赛了,后台的这些人就算是私下没有往来,也都是见面能叫出名字的熟人。

二十出头的大男孩,总是爱面子的。

一开始大家以为孔桃桃只是在和蒋盛凯沟通什么比赛的事情,现在觉得声响过大,八卦的目光全部投了过来。

孔桃桃又正正经经地站好，眼眸里是毫不掩饰的得意，用只有两人听到的音量道："这下能听到我说话了？"

原本刻意不看她还好，现在面对面看着她，蒋盛凯僵着的神经不受控制地松懈下来。

受唐泽影响的孔桃桃开始解读蒋盛凯的神色，似乎是……又闷又委屈？

"心情不好吗？"孔桃桃用手肘撞了撞他的胳膊，带了几分关心，"还有几个小时就决赛了，有什么事先放一放，别影响比赛啊。"

蒋盛凯不吭声。

"或者你实在难受的话，要不要和我倾诉倾诉？"

蒋盛凯依旧不吭声。

"我特意来给你加油的哎，你这小孩还爱搭不理了，那我走了啊。"

听到"特意"两个字，蒋盛凯神色有所缓解，终于开口："真的是特意来给我加油？"

"不然我为什么搁这儿跟你说半天？"孔桃桃双手环臂，不悦道，"我看起来很闲吗？"

随后，她又想起什么似的，恍然大悟道："你是不是和女朋友吵架了？"

"女朋友？"

"那个系花啊。"这个猜测一说出口，孔桃桃觉得可信度极高，年轻的男男女女谈恋爱，闹个小别扭，影响心情再正常不过，何况她今天在这儿待了一下午，也没看到系花。

蒋盛凯蓦地变脸，蹙眉瞪眼，胸膛起伏。

"你这变脸的速度，考不考虑晚上表演川剧？"说完，孔桃桃又有些后悔，觉得自己这样挖坑一个小弟弟实在是不地道，于是又补充道，"好啦，和女朋友吵架不想说生气的原因很正常，我不问了、不问了，你自己冷静冷静吧。"

语罢，孔桃桃准备离开，她再待下去怕是蒋盛凯心情会更加糟糕。

"不是的！"蒋盛凯急忙开口。

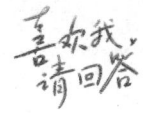

孔桃桃驻足回头:"嗯?"

"我没和女朋友吵架,不对,是我还没有女朋友,你说的系花不是我女朋友。"

谁误会都没关系,他不想让她误会。

闻言,孔桃桃就更理解他的情绪了:"还没表白?"

那天看系花的样子,绝对是喜欢蒋盛凯的,所以不存在表白不成功。

"什么还没表白?我不是要跟她表白,我今晚……"蒋盛凯气急败坏说了一堆突然就停了下来,随后埋怨地盯着孔桃桃,开口,"我是在生你的气。"

孔桃桃:???

"复赛那天晚上你在哪里?"

那天晚上啊……

和唐泽看了半个小时电影,然后一起吹了夏风。

一回忆,孔桃桃就眉目含笑,眼里早就没了蒋盛凯。

"哎呀,你问这么多做什么?你为什么生我气?怪我没给你开后门?"

蒋盛凯语气硬邦邦的:"你那天明明说晚上会在的,可我比赛的时候找不到你,比完赛也找不到你。"很想给她发消息打电话,却没有她的联系方式。

"就为了这个?"孔桃桃一脸莫名其妙。

"骗子,你说话不算数。"他酝酿了那么多话,忐忑了一个晚上,结果根本找不到她。

"……"

孔桃桃觉得自己有空还得多跟唐泽请教请教,她看人不准啊。

这蒋盛凯看起来就是个大大咧咧、没心没肺的大男孩,怎么比她一个女生还要细腻敏感?

孔桃桃拿捏不好自己到底错没错,对于他的指责也不知道该不该反驳。

可孔桃桃一收起玩笑的面孔,蒋盛凯就有些慌,开始反思自己说的话是不是太过了。

"唐老师要当评委,你今晚肯定会在的,是不是?"

孔桃桃颔首。

蒋盛凯自己消化了情绪,又像没事人一样:"那你今晚一定要看我表演。"

孔桃桃还没回答,响亮又熟悉的声音从后台入口传来:"桃桃——"

她循声侧头,就看见了张子恒。她挥挥手,示意自己听到了。

张子恒也不往里走,就立在门口扯着嗓子道:"桃桃你还要好久忙完啊?没事,我就是来告诉你一声,还有四十来分钟唐老师就下课了,我们一起吃晚饭啊。"

是唐泽的意思吗?

虽然来的人不是唐泽本人,勉勉强强也算是唐泽主动约自己吃饭了。

孔桃桃开心地点头。

"那我在外面晃一晃,你好了给我打电话。"张子恒往外迈了一步,又收了回来看向蒋盛凯,"这不是我们体育系的蒋盛凯吗?"

"啊。"蒋盛凯挥手,"是我,张老师。"

"你小子不错!难得我们系也能进个才艺秀的决赛,晚上好好表现,给我系争光!让别的系的同学知道,我们体育系除了能称霸运动会,也能笑傲才艺秀啊!"

"噗——"

在场所有别的系的学生忍不住笑出声来。

所有人都在看张子恒,只有蒋盛凯盯着孔桃桃,在一片哄笑声中加重音调又重复了一遍:"你晚上一定要看我表演。"

孔桃桃一颗心早就飞到了唐泽身上,只想在他下课前赶紧把事情处理好,于是敷衍地点头摆手,就当是对蒋盛凯的回答。

·第十七章·
你就当从来没有遇见过我吧

因为晚上的比赛,晚饭地点就挑在学校的后街。

有张子恒在的饭局,从来不用担心冷场,话题源源不断。一开始孔桃桃会很想把唐泽拉进话题,让他开口说话,可当她时不时转头看看唐泽,见他优雅吃饭,浅笑聆听的样子时,突然觉得他这样的安静恰到好处。

晚饭后,三人回到大礼堂,孔桃桃给唐泽指了指评委席的位置,然后道:"我去找我同事,看还有没有什么事情。"

她没有和她们一起吃饭,一是因为那次不小心听到了她们对自己的真实看法,二也是怕唐泽会不自在。

唐泽:"你去忙吧。"

孔桃桃拿出手机一边在工作群里发消息一边四处走,在舞台后方被突然蹿出来的蒋盛凯吓了一大跳。

"你要吓死我啊?"孔桃桃抚胸给自己顺气,"比赛要开始了,你怎么还在这儿?紧张?"

"不是紧张,我在找你。"

"又怎么了?"还未平复惊吓的孔桃桃语气并不太好。

"怕你又骗我。"蒋盛凯突然哼了一声,阴阳怪气地开口,"果然他来当评委,你就会看比赛。他又不喜欢你,你怎么一直不死心……"

蒋盛凯带着情绪絮絮叨叨,可是孔桃桃看着工作群的消息,一个字也没听进去,自动把他的声音如同嘈杂的背景音一样屏蔽了。只觉得面前站着的人就是个在求鼓励的小男孩,拍了拍他的手臂,念了几句"加油"就找同事去了。

孔桃桃进入工作状态时还是挺心无旁骛的,所以她不仅没去听蒋盛凯在说些什么,也没发现不远处的唐泽和张子恒的目光落在她这儿。

评委席已经坐了几位评委,除了唐泽外还有其他系的两个老师,原本唐泽是打算过去随便交谈一下的,却因张子恒随口的一句念叨停住了步子。

张子恒:"桃桃怎么又跟我们系那同学在说话,两人好像很熟的样子。"

唐泽下意识地驻足看过去,和孔桃桃站在一起的男孩他有几分眼熟。似乎是和她一起来上课的那个。

唐泽状似不经意地开口:"你们系的学生?"

难得唐泽对这个话题感兴趣的样子,张子恒热情高涨,连语速都快了一倍:"可不是嘛,就是我们体育系的!没想到吧,我们体育系也能进才艺秀的决赛!不过他和桃桃到底是怎么认识的?我下午过来的时候,他们俩也一直在后台聊天。"

"这样啊。"唐泽语气不咸不淡,像是在附和他的话题。

"我想起来了!"张子恒突然拍了拍头,"这不就是五月我跟你说的,桃桃来学校,跟她搭讪的男同学嘛!"

"嗯?"唐泽挑眉。

"两人什么时候这么熟了,一会儿比赛结束我得问问桃桃。"张子恒感慨着收回看向孔桃桃和蒋盛凯的目光,看向唐泽,"唐老师,跟你商量个事呗。"

"什么事?"

"一会儿我们系那学生表演的时候,你把分给高一点儿啊。"

"张老师又是什么时候和这个学生这么熟了?"

"那倒不是很熟,只是为了我们系的荣誉感。你是不知道最近艺术系的肖老师走路都带风,我也想体会体会这种感觉。"

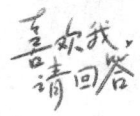

"术业有专攻,张老师,你应该用奥林匹克的精神来看待今晚的比赛。"

唐泽浑身都散发着"我是一个不掺杂私人情绪刚正不阿的评委"气息,说完推了推鼻梁上的眼镜,抬脚迈向评委席。

被撇下的张子恒还有些不死心地嚷嚷:"你们评委打分是匿名的,又没有人知道是你给的分数!"

唐泽不再回应。

一个月的宣传、丰富的奖品、受人期待的评委阵容,大礼堂爆满。

随着主持人登上舞台,观众席的灯光熄灭,决赛开始。

第一个上场的就是英语系三人女生团体带来的唱跳,轻快的节奏一响起,台下观众的热情瞬间点燃。

孔桃桃忙完琐碎的事情后,大礼堂早就没有了空位。她就立在舞台下方的左侧靠近选手下台的台阶处,这里可以看到台上的状况,也能看清楚评委席的唐泽。

孔桃桃掏出手机打开相机,对焦唐泽轮廓分明的侧脸,按下快门。

他仰头看舞台的样子,他垂首看评分表的样子,他和其他评委交谈的样子。

孔桃桃觉得自己是中了唐泽的毒,不然也不会神志不清地开始羡慕他手里转动的笔,可以贴近他修长的手指。

无论近看还是远观,这个男人真是该死的好看。

蒋盛凯是第六个上场,简单的短袖短裤,因着他高大帅气的外形也变得惹眼起来。

他同系的兄弟朋友立刻扯着嗓子叫唤起来,场面热闹得就像是在运动会现场。

而台上的蒋盛凯却置若罔闻,四处探寻,直到看到舞台左侧的孔桃桃才停下。

孔桃桃朝他挥手示意他自己这回可没骗他,继而比了个"加油"的手势。

蒋盛凯调整了立麦,笑得阳光灿烂。音乐的伴奏声响起,他的右脚顺着节奏踩着地板打着拍子,一手扶着立麦,一手朝着孔桃桃的方向上下晃动,然后看向观众席的朋友们。

"She's my girl,She's my girl……Hola,好久不见啦,今天忙不忙,想和你分享,我遇见一个女孩……"

或许是从未抱过期待,蒋盛凯这一开嗓,竟还挺好听。

孔桃桃很是意外,于是听得专注些。

简单的前半段过后,蒋盛凯忽然转过身子,面朝孔桃桃站着,仿佛台下只有她一个观众。

"我一百分的女孩,那个女孩,留着长长的头发,穿着白色的衬衫,很专心听我说话,她身上有着淡淡的玫瑰花香,总是那样认真分析我的笑话……"

托蒋盛凯的福,几乎全场观众都顺着他的目光看向孔桃桃的方向。

孔桃桃觉得自己就像是站在一万瓦的灯泡下,照得她浑身发烫。

搞什么?

不会吧……

不安的感觉迅速蔓延至她的全身。

蒋盛凯灼热的目光锁定她,深情款款地唱:"What a lovely girl,she's my lovely girl."

这句唱完,孔桃桃的不安感已经达到顶峰——他在跟自己告白?

她又不是什么都不懂的"傻白甜",因为第一次他来搭讪她就拒绝了他,到后来他撞见她向唐泽表白,以及她又碰到他和羞涩的系花,所以她理所应当地觉得自己和蒋盛凯之间什么都不会发生。

现在她明白了为什么最近每次来Z大都能遇上他,他下午在后台说的那些话她也懂得了原因。

但她喜欢的人是唐泽!

孔桃桃立刻侧头,和唐泽的视线对个正着。

隔着些距离,光线又扑朔昏暗,唐泽的眸色掩盖在镜片下,孔桃桃看不分明。

她才刚刚觉得他对自己有些不一样的感受,可不想让他误会。

两人此刻无法交谈,孔桃桃只能不停地摇头。

但唐泽已经淡然地挪开了视线,垂首拿笔在评分表上划动。

什么?

自己被其他男生当众表白,唐泽还在不动声色尽心尽责地当着评委?

该说他是成熟沉稳情绪不外露,还是对自己不在意?

前一秒还着急怕被误会,这一秒就是又闷又沮丧了。

音乐停了下来,蒋盛凯在一片掌声中鞠躬走下舞台,他没有和其他选手一样往后台走,而是径直走向孔桃桃。

"桃桃,我——"

他刚一开口,就被孔桃桃拽住手腕,强行往后台拖。

不管唐泽在不在意,看到会不会生气,孔桃桃都没有兴趣站在这里,给大家观摩欣赏。

蒋盛凯看着她拽着自己手腕的手,傻笑着没有挣脱,一米八几的大高个,任由她拖拽。

到了后台安静的角落,孔桃桃松开他,双手环臂,不悦地质问:"你搞什么,这是决赛!"

"跟你表白啊。"捅破了窗户纸,他变得大胆又直接,"我很喜欢你,是因为你才参加这个比赛的。"

孔桃桃扶额:"我们才见过几次,你了解我吗,你就说你喜欢我?"

蒋盛凯脸上是年轻特有的自信和无所畏惧:"喜欢就是喜欢,跟见过几次面有什么关系?有些人天天见面也不会有火花。"

沉默片刻,孔桃桃忽然意识到自己刚刚的措辞确实不对,她只见了唐泽一面就喜欢上唐泽,第二面告白的时候,对唐泽也谈不上多了解。

蒋盛凯就像是另外一个自己。

"首先,我承认你说的这些都对,但你和系花不清不楚着,又来跟我说这些,是不是不太合适?"

"我跟她哪有不清不楚,是你自己误会了,又老不听我解释。你要是不相信，我现在就可以去把她找过来，我们当面说清楚。"

怕了，想想就尴尬。

孔桃桃摆手，严肃道："那不是重点，重点是你明明知道我喜欢唐泽，你还凑什么热闹？第一次见面，我是不是就跟你说了，我是你'师母'？"

"可是我也亲耳听到他拒绝了你。"

"……"

孔桃桃很想揪着蒋盛凯的衣领咆哮：你给我清醒一点，你这样插刀能追到妹子？

"我知道你现在不喜欢我，但我现在也只是向你表达我对你的喜欢，没让你现在就跟我在一起。"末了，他似是感受不到孔桃桃此刻内心鲜血淋漓一般，又补了一刀，"我也清楚唐老师不喜欢你，所以我觉得我是有机会的。"

你清楚个屁！

你有机会个屁！

孔桃桃气得双手都在发颤，但这些话听在耳朵里又莫名地觉得熟悉。

蒋盛凯简直就是另外一个自己。

所以第二次和唐泽见面，他的心情是不是也是又好气又好笑又无奈？

"你给我的玫瑰，我养起来了，你要是不信我可以带你去看。"说到这里，他终于露出几分不好意思来，羞涩地抿了抿唇，"因为那天你说了决赛圈唱个情歌表白一下，肯定没问题，所以我今晚才唱歌的。"

"我说过？"她真的一点儿印象也没有，在Z大她的记忆都是以唐泽为轴点来发散的。

蒋盛凯点头，有些期待地看着她，问道："我选的歌是不是很贴切？"

"……"

"你有长长的头发，五月二十号那天，你穿着白色的衬衣，站在后备厢的位置，身上也都是玫瑰的花香。"

孔桃桃庆幸自己听过这首歌，反应极快地开口："是很贴切，这首歌的结尾唱的可是，就当作我们从没遇到过那个女孩。"

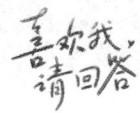

　　蒋盛凯怎么也没想到孔桃桃会这样说，愣愣地盯着她。

　　怼了回去的孔桃桃心情舒爽，挑眉道："你就当从来没有遇见过我吧。"

　　她才不管唐泽现在喜不喜欢她，将来又会不会成为她的男朋友，在她孔桃桃的价值观里，当她心里装着一个人，就会拒绝除他之外的所有人。

·第十八章·
闷骚又含蓄的男人

观众的好奇心总是旺盛，孔桃桃害怕会喧宾夺主影响选手的比赛，所以打发了蒋盛凯也没有回到原位，而是大半个身子隐藏在入口，探出头去看现场的情况。

一切如常。

尤其是唐泽，无论是抬头看舞台的表情，还是打分的动作，和之前一般无二。

不爽的情绪在孔桃桃心里发酵。

有人停在了孔桃桃身侧，手上拿着入场即送的礼券，礼貌地问："请问是孔小姐吗？"她把礼券抵在下巴的位置，"我有些问题想问你，请问你现在有空吗？"

孔桃桃站直身子，目光扫过她手里的礼券，露出标准的浅笑："什么问题？"

"我的鼻子实在是太塌了……"女生说着下意识地拿礼券盖住自己的鼻子，只露出一双眼来，"马上要放暑假了，我想假期去垫鼻子，请问恢复期要多久，能在开学前恢复吗？"

孔桃桃已经压下唐泽带来的小情绪，立即切换到工作状态："这个我现在不能百分百确定哦，你有空的话可以来医院让医生做个全面的检查。但是一般动鼻子的话，眼睛也会需要微调，这个你要有心理准备。"

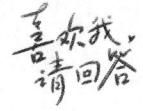

孔桃桃并没有为了推销而吹得天花乱坠，相反这种把可能会碰到的困扰都提出来的方式更加能取得人的信任。

果不其然，女生眼里的兴趣更加浓烈。

有点小意外，比赛还是顺利结束了。

蒋盛凯没进前三，拿了个第五名，站在舞台上领奖时，一直冲台下的孔桃桃肆无忌惮地笑，连大合照时看的也不是镜头，一结束也不好好下台阶，蹲下身子，伸手撑住地板，侧身跃下舞台。

这个时候，观众已经散了大半，但蒋盛凯的举动还是引起一阵唏嘘。

只是张子恒的动作也不慢，"唰"的一声，迈到孔桃桃面前，毫不留情地就拍向蒋盛凯的脑门。

"张老师你怎么打人？"蒋盛凯抬手遮挡。

"为什么打你，你心里不清楚吗？"张子恒仍不解气，冲他胳膊就是一巴掌，"我让你好好比赛，为我们系争光，你整什么幺蛾子？闹什么闹！比赛也闹！"

蒋盛凯不服气地朝张子恒挥舞着奖牌："我不是拿了第五名吗？"

"你好好比赛的话只是第五名吗？前三都没进，你太让我失望了！"张子恒硬是把孔桃桃遮挡得严严实实的，"就会整些花里胡哨的东西，瞎闹，学校那么多漂亮姑娘你不去打主意，后面这个是你老师的女朋友！"

"她不是，那天我……"

"好了！"孔桃桃忙从张子恒身后钻出来，打断蒋盛凯的反驳，"你们都闭嘴。"

还有许多学生没走，何况，她的同事还在不远处投来关注的目光，孔桃桃可不想明天一到医院，又要面对各种揣测和流言蜚语。

孔桃桃站在蒋盛凯面前，面色凝重，压低声音道："我告白被拒的事情你到底要说几次？希望全世界都知道吗？"

"我没有……我……"蒋盛凯一时之间不知从何解释，最后无措道，"对不起，你别生气。"

他只是想纠正张子恒说的那句"老师的女朋友"。

如果不是因为亲眼看到她被唐泽拒绝,他也不会放任自己喜欢她。

这是原则问题。

"什么?"张子恒惊呼,"桃桃你表白被拒?你跟谁表白了?"

这一秒,孔桃桃真的希望张子恒可以原地消失。

一片混乱中,唐泽走了过来,停在孔桃桃身侧,沉声问道:"忙完了吗?"

他稀松平常的语调和在场的每个人都格格不入。

孔桃桃也不愿意待在这儿让人围观,点了点头,率先抬脚往外走。

只是和她一道走出来的除了唐泽,还有蒋盛凯和张子恒。

"桃桃,我们加下微信吧。"蒋盛凯觍着脸跟着孔桃桃,"要不然你把手机号给我也行,我总得有个联系你的方式。"

比赛结束了,马上也要放暑假,她下次来Z大不知道是什么时候。

张子恒伸手就去拽蒋盛凯的衣领:"我前面说了那么多,你一句都没听进去?还'桃桃'?'桃桃'是你喊的吗?没大没小,这学期专业课是不是想挂科?"

"张老师你这是滥用职权!我挂不挂科是看我考试成绩,不是你说了算!"

"硬气啊!臭小子,你要不要试试看你的考试成绩是谁说了算!"

"你这是针对我,张老师,我可以举报你!"

"哈?举报我?"

大礼堂外就是僻静的林荫道,两人的争吵声尤其刺耳,孔桃桃受不了驻足,脸色比夜色更黑:"吵够了没有?要吵能不能离我远一点吵?"

张子恒松开蒋盛凯的衣领:"你看看他,这是对老师说话的样子吗?我刚刚说的哪句话错了?"

"那威胁学生就是老师该有的样子吗?"蒋盛凯顺势站到孔桃桃另一侧,一脸不服,"我也没说错什么啊,我为什么不能喜欢你,为什么不能叫你'桃桃'?你是单身,我也是单身啊。"

二十出头的蒋盛凯本来就不是沉稳的性格,随着张子恒高涨的情绪,

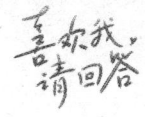

他早就没有多少理智,直接大胆地看向一旁的唐泽,剑眉紧蹙,倔强道:"唐老师,桃桃是你的女朋友吗?"

气氛瞬间安静,三人全部看向唐泽。

今晚蒋盛凯做的一切在孔桃桃眼里都是闹剧,唐泽那事不关己的样子才是她烦闷的根本原因。

孔桃桃目不转睛地盯着唐泽,她也很想知道,他会怎么说。

唐泽推了推鼻梁上的眼镜,张了张唇,道:"还不是。"

"还不是"不是"不会是",只是被情绪蒙蔽了的孔桃桃无法细细琢磨这三个字,她觉得有一双手揪住自己的心按在柠檬汁里,极度的酸中透出苦涩来。

偏偏他也没说谎。

回想起这一个月两人相处的点滴,她所察觉的那些欢喜,忽然就变成泡影一般。

孔桃桃想她一定是今天忙了一整天,此刻才会有这样浓厚的挫败感。她不再看唐泽,而是双手环臂,朝张子恒无所谓地笑了笑,自嘲道:"张老师,你现在知道我是跟谁表白,又是被谁拒绝了吧?"

"这怎么可能?"张子恒一脸的难以置信,诧异地看着唐泽,"唐老师,你那天不是说……"

剩下的话被唐泽拍了拍胳膊打断,他朝孔桃桃开口问道:"孔小姐,今天开车了吗?"

往常这个时候,孔桃桃都会笑得含蓄说自己没有开车,继而理直气壮地坐上唐泽的车。

可是,今天她对这样的小伎俩显得兴致缺缺,于是点头:"时间不早了,要聊的话你们接着聊,我先走了。"

"孔小姐。"难得的是,唐泽又唤住她。

孔桃桃挑眉不语。

夜风吹动唐泽额前的发,他朝孔桃桃迈了几步,拉近两人的距离:"我没开车。"

"所以?"

"咳——"唐泽掩唇轻咳,随后压低嗓音道,"不知道孔小姐方不方便送我?"

孔桃桃忍不住怀疑自己的耳朵。

"这个时间点Z大不好打车,可以麻烦孔小姐顺路捎我到市里吗?"

他怎么可能没有开车?她今天停车的时候,确定自己看到他的车了,那么此时此刻的唐泽是在效仿平常的她?

唐泽在主动创造和她独处的机会。

这个念头一浮上脑海,孔桃桃的负面情绪已经随着夜风散了大半,再开口时语气莫名就柔和了许多:"不麻烦,我送你回去。"

面对唐泽,她故作不了"矜持"。

剧情的发展和想象中完全不一样,蒋盛凯第一反应就是追上去,这一回张子恒不打算添乱,一把揪住了蒋盛凯。

"干吗啊张老师,你不用回家吗?"

"回家?我今晚就是不睡觉,也要收拾你这个臭小子!"

"……"

而那边的两人已经驶出Z大,坐在副驾的唐泽惯性沉默,握着方向盘的孔桃桃意外地一言不发。

一直到车暂停在红灯的路口,唐泽开口道:"孔小姐心情不好?"

三秒后,心理学教授做出自己的判断:"孔小姐在生我的气。"

孔桃桃点头后又摇头,补充道:"既生你的气,也生自己的气。"

唐泽目光落在红灯倒数的秒数上:"为什么?"

"气你无动于衷,气我自作多情。"

唐泽交叉的双手开始有节奏地敲打着自己的手背,状似漫不经心地开口:"你是觉得我的反应应该像张老师那样吗?还是和你相处时,要同二十出头的蒋同学一般?"他微不可闻地叹了口气,"孔小姐,我二十七岁了。"

"所以你的意思是你没有无动于衷?"孔桃桃激动侧头,眸子倏地亮了,期待道,"有人跟我告白,你是在意的,对不对?"

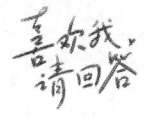

唐泽不置可否，缓声道："至于气你自己，就更加没有必要。"

孔桃桃眼里迸裂出烟火，心跳声都盖过了周遭的汽笛声："你这句话我是不是可以理解为，我没有自作多情，你也是喜欢我的，对不对？"

"绿灯了。"唐泽收回落在红灯秒数上的视线，避开了孔桃桃的提问，温声道，"走吧。"

他没有直接否认。

孔桃桃猛地想起，他刚刚回答蒋盛凯提问时，说的是"还不是"并不是"不会是"。

唐泽的说话方式时常让孔桃桃感慨中华语言的博大精深，他的言下之意已不言而喻。

这个闷骚又含蓄的男人。

甜蜜充斥了胸腔，孔桃桃感慨完，得意地轻哼了一声，重新启动了汽车。

孔桃桃不知道的是，这个强调自己二十七岁的男人，在今晚也做了件和二十出头男生没什么差别的幼稚事。

蒋盛凯为什么没进前三？

因为在匿名的评分中，有个评委给了个和其他评委差距悬殊的低分，理由很充分：全程和观众评委无交流。

有理有据的唐泽依然觉得自己是个不掺杂私人感情、刚正不阿的评委。

·第十九章·
这小哥哥好浪漫

"夏季才艺秀"的决赛虽然有小插曲,但能在回去的路上听到唐泽说的那些话,孔桃桃已经心满意足。

那种就快和唐泽"修成正果"的预感十分强烈。

现在是六月底,Z大的学生已经进入了考试周,孔桃桃知道接下来唐泽会在医院坐诊很少待在Z大。

她反复回味唐泽说的那些话,总觉得要不了多久,唐泽会主动来找她。

于是第三天的下午,当护士敲了敲市场部办公室的门冲她说有人找她时,孔桃桃脚尖一点,转过椅子,期待地问:"谁找我?"

"Z大来的哦,是个大帅哥呢。你是让他来办公室找你,还是你出去呀?"

Z大,大帅哥。

抓住关键词,孔桃桃的唇已经咧到了耳根。

近来每天都陆陆续续会有Z大的师生来医院咨询问诊,但这已经不在市场部孔桃桃的工作范围,经理没安排新的项目下来,于是她开始帮其他组的同事处理一些琐碎的工作。

所以如果来的人只是来做项目的,护士也不会来通知她。

肯定是唐泽!

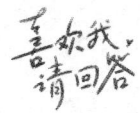

现在是四点,也快到下班的点了,他来接自己下班吃饭吗?

那么晚饭的时候会顺着上次在车里没说完的话,确定恋爱关系吗?

孔桃桃浮想联翩地起身:"让他在接待室等我下,我马上过去。"

周遭的同事都像是在充耳不闻忙自己事情的样子,但孔桃桃知道他们心里都八卦着呢,当然不能把唐泽带到办公室供人围观。

护士点头离开后,孔桃桃立马照了照镜子,迅速补了个妆,才跟经理打了声招呼,立刻出了办公室。

孔桃桃噙着笑推开接待室的门,下一秒,笑容就僵在脸上。

坐在沙发上的人不是她朝思暮想的唐泽,而是蒋盛凯。

蒋盛凯雀跃地起身:"桃桃!"

孔桃桃深吸了口气,双手环臂,停在原地,懒得走过去。期待落空,她的无名火全烧到蒋盛凯身上,没好气道:"你来做什么?"

"找你啊!"蒋盛凯笑嘻嘻地凑过来。

"我要上班,别烦爸爸。"

"等一下!"蒋盛凯眼疾手快绕到转身后的孔桃桃面前,瞅了一眼紧闭的门,"爸爸,我不是来打扰你上班的。"

孔桃桃挑眉不语。

蒋盛凯从斜挎的帆布包里掏出一堆纸,一边翻找一边道:"喏,这不是比赛前五的奖励嘛,我来兑奖。"

"你认真看上面写的内容了吗?"

蒋盛凯点头:"看了啊,不是能根据需求制订项目,最高可减免4888元嘛,所以我今天特意来找你,把奖兑了,然后我知道这附近有家网红餐厅,我预约了位置,等你下班,我们一起去吃吧。"

孔桃桃指了指自己的工作牌:"我是市场部的,不是医生,要制订项目你去找医生,找我做什么?"

"那你能陪我去做检查吗?"蒋盛凯眼底闪烁着不自在的光,"我从小就害怕去医院,害怕看医生,我今天是一个人来的,孤零零的……"

"……"

"桃桃,有什么项目做得时间比较久?哦,不是说手术时间,我是指那种隔一段时间就要来医院一趟的那种,反正我现在放暑假了,有的是时间。"

孔桃桃又不傻,蒋盛凯现在不就跟她当初跑去挂唐泽的号,说自己得了抑郁症焦虑症让他给自己做心理咨询一样吗?

但医学整形和心理咨询完全不是一个概念,孔桃桃虽然觉得蒋盛凯很烦,但不劝阻他良心过不去。

"我劝你不要。"

"不要什么?"

"客观来说,你的五官身材都没什么需要调整的了,如果不是出于主观意愿,你最好不要动了。"

蒋盛凯下巴微仰,是得意的弧度:"你在夸我长得帅。"

孔桃桃立即泼上一盆冷水:"长得再帅也不是我喜欢的类型。"

蒋盛凯垮了脸:"喂,我从小到大收的情书一抽屉都装不下啊。"

"那跟我有什么关系,我反正不喜欢你,别白费力气。"孔桃桃绕过蒋盛凯,直接打开了门,"我还没下班,既然你不用上课,就约朋友玩去吧。"

孔桃桃一回办公室,陈美玲就朝她挥了挥手,道:"桃桃,经理说让你去趟她办公室。"

"好的。"

孔桃桃敲了敲经理办公室的门。

三秒后,门被拉开,同事吴成疾步走了出来,速度之快甚至让她觉得迎面有风。

可吴成就像是没看到孔桃桃一般,侧着头径直朝自己的位置走去。

怎么了?吃炸药了?被经理训了?

孔桃桃一脑袋问号,站在门口试探地出声:"经理?"

"啊,桃桃来了啊。"经理却半点提吴成的意思也没有,"把门关上,我跟你谈点事情。"

经理不想说,孔桃桃当然不会继续问,乖乖合上门,走过去,一副

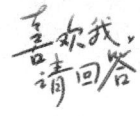

虚心等待领导指示的样子。

经理双手合十搁置在办公桌上,正襟危坐,开始了官方点评:"之前你负责的Z大的项目挺成功的。桃桃虽然性格跟院长截然不同,但做事风格如出一辙,都认真负责。"

孔桃桃也只能官方地笑:"谢谢经理肯定。"

"第一次当负责人辛不辛苦?需要休息几天吗?"

孔桃桃摇头:"不辛苦,肖晓和美玲非常能干。"

虽然她很清楚肖晓和陈美玲心里对她很多不满,但她的回答也是实话,她要是一人揽功,只怕大家对她的偏见更深厚。

经理:"那能接手新项目了吗?"

"新项目?"想到经理特意把自己喊到办公室,孔桃桃指了指自己,"我来负责?"

"嗯,产后修复的医生进修回来了,我和院长探讨了下,接下来想重点推广下这一块。我想了下,整个市场部你最适合。"

孔桃桃还有些反应不过来:"为什么我最合适?"

"这个推广分两部分,一部分是和各胎教机构谈合作以及商场和户外广告的投放,这一部分会交给吴成负责。"顿了顿,经理接着道,"第二部分是和各个医院妇产科的合作,除了仁心医院,还有本市所有三甲医院,合作方案也拟好了初稿,一会儿我发你邮箱,由你来负责这部分。"

听到这里,孔桃桃已经了然。

怎么会是觉得她能力出众所以适合呢,还不是因为她是孔有成的女儿,所以才最适合。

"仁心"医院是自家的医院,要合作是轻而易举的事情,而因为有孔有成的人脉和面子在,其他医院的合作也不会是太大的问题。

如果她不姓"孔",还能成为负责人吗?

说不沮丧是骗人的。

可如果推拒,落在别人眼里,估计又是一句轻蔑的"如果不是院长的亲妹妹,哪轮得到她对工作挑三拣四"。

似是看出了孔桃桃的犹疑,经理开始了温情的鼓励:"加油,桃桃,我相信你一定能出色地完成。"

相信我，还是相信孔有成的女儿？

孔桃桃张了张唇，这句话到了喉咙口又咽了下去，最后只是扯了扯嘴角，像每个被委以重任的温顺下属："我会努力的。"

有什么好问的，问题本身就足够矫情。

孔桃桃走出经理办公室后，只觉得其他同事看自己的眼神都有些微妙，但她现下心情实在谈不上好，没有精力再去揣摩。

回到了自己的位置，她下意识地按亮了手机屏幕，发现还有几条未读消息，解锁手机一看，全部是张沁。

张沁："好饿哦，桃桃姐，你下班没，我刚刚刷朋友圈，看到你们医院附近有家店看上去不错哎，我们一起去那儿吃晚饭好不好？"

张沁："两分钟了，你怎么还不回我？"

张沁："五分钟了，你是不是在开会哦？那我换衣服出门啦！"

孔桃桃一条条看下来，到结尾张沁已经做出了决定，根本不需要她的回复了。

第一次见面张沁神神秘秘要找孔桃桃咨询的有关整容的事情，其实就是脱毛。小女孩总觉得有些难以启齿，高考结束后她对孔桃桃越发依赖，尤其是来医院做了脱毛手术后，她和孔桃桃的关系更加亲昵密切。

下班前五分钟，张沁熟门熟路地出现在办公室，乐呵呵地和办公室的人打招呼。

孔桃桃瞅了眼时间，把经理发过来的方案传到手机里，再把电脑关机，准点下班。

从电梯到停车场，张沁一路叽叽喳喳说个不停。

"你看我给你发的链接了吗？"张沁满脸开心，"菜品看相好好，店里环境也好看，我觉得拍照肯定好看，可惜表哥被他们院长喊去吃饭了，不能过来。"

闻言，孔桃桃心里也算是好受一些了，安慰自己就当是唐泽工作真的太忙，所以才没来找她。

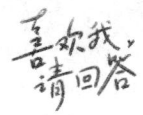

快要走到自己的停车位,孔桃桃提前按了车锁:"你把这家店定位发我下,叫'曼时光'是吗?我还没去过。"

"嗯嗯。"张沁捣鼓着手机,又担忧道,"但是桃桃姐,这家店人气火爆,好像需要提前预订,我们过去会不会没位置?"

下一秒,有男声清亮的嗓音突兀地响起:"不怕!"

在孔桃桃车旁等候多时的蒋盛凯热情洋溢地冒出来:"我预订了位置!"

孔桃桃不耐烦地皱眉:"你怎么还在这里?"

"等你啊,说好一起吃晚饭的嘛。"

孔桃桃:???

人和人的沟通一定是有误差,她明明不仅对他的提议不予理会,还嫌弃地把他赶走了。

蒋盛凯开始打量张沁,主动道:"你是桃桃的表妹之类的吗?你好,我叫蒋盛凯,我很喜欢你表姐。"

他搜集过孔桃桃的基本信息,知道她还有个亲姐姐,没有亲妹妹。嗯,这个是表妹,一定是。

张沁眨了眨眼,愣怔都转化成了警惕:"桃桃姐不是我表姐。"

"那是堂姐?"蒋盛凯自圆其说,"差不多啦,都是姐姐。"

张沁摇头,挽住孔桃桃的手臂,充满敌意地答道:"不是,她是我嫂子。"

蒋盛凯被噎住,似乎消化不了自己听到的,半天没出声。

"噗——"

孔桃桃被蒋盛凯呆愣的表情逗笑。

而她这一笑,张沁暗叫不好,立刻摸出手机给唐泽通风报信儿:"表哥不好了!有个帅哥在追桃桃姐啊!"

按完发送,她仍嫌不够的又补充了句:"这小哥哥好浪漫,不仅来接桃桃姐下班,还预订了网红餐厅,要带桃桃姐去吃饭啊!"

· 第二十章 ·
肯定是宣示主权去了

托蒋盛凯的福,网红餐厅的位置是有了,只是生意真的很火爆,从点单到上菜差不多花了一个小时。

在知道张沁是唐泽的表妹后,蒋盛凯对她的脸色可就没那么好看了,加上张沁毫不掩饰的敌意,两人当着孔桃桃的面一直明里暗里地互怼。

孩子气的斗嘴听起来也有趣,孔桃桃仿佛看戏,吃着食物时不时地跟着笑两声。

也不知道平常唐泽和她跟张子恒一起吃饭时是不是也是她此刻的心情?

烦人,她为什么又想到那个没良心的男人了?

孔桃桃刚这样想着就听到张沁感叹道:"桃桃姐,你现在的样子表情跟表哥好像,果然相爱的人会越来越相似。"

蒋盛凯:"哪里像了?你们高考的时候不做体检吗?你视力是不是有问题?"

"明明是你理解能力有问题,你们体育生对文化要求也太低了吧,Z大可是重本,你语文不及格是怎么被录取的?"

"体育生怎么了?那我也是Z大的体育生。"蒋盛凯双腿大张,一副吊儿郎当的样子瞅着张沁,"你高考成绩出来没?考几分啊,能上Z大吗?"

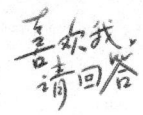

张沁气得咬唇:"你等着,开学我就是Z大的新生!"

"好呀,学——妹——"蒋盛凯故意拉长语调,"需要学长现在就教教你Z大的规矩吗?"

看着两人稚气未脱的脸孔,桃桃只有一个想法:配一脸。

虽然知道乱点鸳鸯谱不对,但孔桃桃已经开始联想得到两人在Z大的各种日常生活了。

接收到张沁委屈的眼神,孔桃桃指了指蒋盛凯搁置在桌面上的手机,打断他俩:"手机一直在响,你先回个消息吧。"说完帮张沁夹菜,"这个味道不错,你尝尝。"

蒋盛凯听话地拿过手机,但眼睛还是不服输地望着张沁,点开朋友发过来的语音:

"蒋盛凯,你到底在哪儿呢?来'狂战'开黑啊,兄弟都等你呢!"

假期网吧通宵开黑,十成男大学生的日常。

蒋盛凯烦躁地回道:"有事,不去。"

张沁逮到机会立刻道:"桃桃姐才不会喜欢你这种只会打游戏的小弟弟!"

这句话对蒋盛凯最有杀伤力,他看向孔桃桃,解释道:"我不是只会打游戏的小弟弟,有空才玩的,你要是不喜欢我以后不玩了。"

孔桃桃喝了口苏打水,接着说的话都像是带了气泡般气人:"你打不打游戏我都不喜欢你。"

张沁:"略略略。"

蒋盛凯:"……"

晚饭是孔桃桃用的扫码点单,她一边打开支付界面一边玩笑道:"好饱,吃撑了。我看你们俩一直吵来吵去筷子都没拿,不如你们俩接着一边探讨一边吃,我去周围散个步消个食再回来。"

蒋盛凯:"我陪你去散步。"

"你想得美。"张沁按住他的手机,"要陪也是我表哥陪。"

说曹操曹操到,一道颀长的身影停在桌前,低沉的嗓音自三人头顶上方传来:"要我陪什么?"

"表哥?"张沁侧头难以置信地揉眼,"你不是和你们院长去吃饭了吗?"

唐泽浅笑作答:"也在附近,刚吃完想起你说在这儿吃饭,过来看你需不需要我送你回去。"

张沁狐疑,忽然想到什么似的,问道:"你是看到我的微信特意过来的对不对?"

"顺便。"随后,唐泽微微侧身面对着孔桃桃和蒋盛凯,"好久不见,孔小姐,蒋同学。"

"是啊,好久不见。"孔桃桃意味深长。

那天车上的交谈后,他们俩就没见过面了,此刻见到本尊,孔桃桃下午的失落感依稀又涌上了心头,和见到他的欢喜混合在一起。

蒋盛凯晃动饮料杯,强行打断两人的对视:"唐老师,既然你是来接你表妹的,就快点带她回去吧。"

唐泽并不恼,温声道:"Z大的寝室门禁是十一点,我送沁沁也顺路送你回学校吧。"

唐泽长身玉立、风度翩翩,他的成熟儒雅衬得蒋盛凯越发像个乳臭未干的小男生。

"我不回寝室。"蒋盛凯抗议。

"对,他要去网吧开黑打游戏。"

"我没有!"

下一秒,张沁眼珠转了转,忽然朝蒋盛凯笑得亲密友好:"学——长——"

蒋盛凯吓得一激灵:"学什么长?"

"再过三个月我就是你学妹了啊。"说完,张沁朝唐泽暗示,"表哥,桃桃姐说吃撑了想去消食,你陪她先去散会步嘛,我和学长还没吃饱,刚好我也有些问题要请教他,等我们吃好了,再给你们打电话,好不好?"

唐泽点头,朝孔桃桃发出邀请:"孔小姐?"

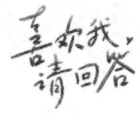

两个人去散步,唐泽总该跟自己确定关系了吧?

这样想着,孔桃桃欣然应允,拿包包起身的瞬间给了蒋盛凯一个警告的眼神:别跟过来,别坏我好事。

蒋盛凯被张沁压着手机和手腕,再次看着孔桃桃和唐泽离去的背影,觉得自己此刻就是一瓶苏打水:气得冒泡。

唐泽和孔桃桃沿着餐厅外的绿化道并肩缓步走着。

沉默了五分钟,孔桃桃按捺不住地开口:"你没什么要和我说的吗?"

人总是在越在意的人面前越不去隐藏自己的情绪,有张沁和蒋盛凯在的时候,孔桃桃都把因为经理的话带来的挫败感收得好好的。

许是笃定他对自己也是喜欢的,所以她此刻在唐泽面前,并不想藏着。

唐泽敏锐地察觉到:"孔小姐心情不好?"

这话听在孔桃桃耳里,又是在转移话题。于是,她驻足抬头,带着几分埋怨:"对,我心情不好。"

"为什么?"

为什么?

他一个心理学教授看不出她为什么心情不好?

他那天在车里说的话,难道不是在暗示她,他也喜欢她吗?

那么接下来不应该捅破那层纸,和她在一起?

还是说……那天的话仅仅是他安抚她情绪的推辞?

毕竟唐泽在社交中表现得一直都是待人有礼,和谁都不撕破脸。

这几天有多期待,现在就有多失望,她赌气道:"觉得自己对你这样死缠烂打不对,或许我应该放弃追你,不再打扰你。"

孔桃桃陷在自己的情绪里,所以没发现唐泽身子微僵,放在身侧的手下意识地收拢又松开,但任凭心里有多少起伏,一开口依旧是平缓的语调:"是因为蒋同学吗?"

孔桃桃:???

"孔小姐和蒋同学的关系比我想象中的要亲近许多,孔小姐决定放弃我，和蒋同学有关吗？"

明明是在意的词句，可他的语气跟问她"吃饱了没"没什么差别。

孔桃桃略做沉默，之后缓缓地点了点头。

唐泽镜片下褐色的眸随之暗淡下去。

孔桃桃自嘲地笑了笑，认真道："因为他像我啊。"

"……"

"看到他……"孔桃桃说到一半忽然觉得索然无味，调整了背带，"我有点累，先回去了，你帮我跟沁沁他们说一声。"

孔桃桃说完抬脚就朝停车场走。

蒋盛凯对她殷切的样子不就是她对唐泽的样子吗？

看到蒋盛凯，她会忍不住想，唐泽面对她的满腔爱意，是不是也像她看待蒋盛凯一样厌烦？

唐泽没有追上来，也没有唤住她。

他果然只是来接张沁，不是来见她的呢。

孔桃桃没有回头，所以她也不知道，唐泽并没有转身回餐厅，而是一动不动地站在原地，直到她的背影消失在拐角。

他试图用专业知识和理性的逻辑思维去解析那句"因为他像我啊"，怎么推测都应该是"褒义词"。

她对蒋盛凯的印象原来这样好。

唐泽只觉得胸口莫名地闷了。

孔桃桃回了家，被孔妈妈斥责垂头丧气没点精气神，她敷衍地应和了两声就上楼了。

卸妆、敷面膜、泡澡，孔桃桃折腾完已经快晚上十点，她抱着笔记本电脑上了床，想梳理下经理发过来的方案，顺手摸过手机，又看到许多来自张沁的消息。

张沁："桃桃姐，散步的时候我表哥对你做什么了？你怎么先走了？"

张沁："他是不是亲你了？"

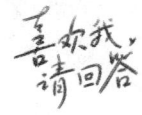

这句话后,张沁发来许多坏笑的表情包,孔桃桃一条条地往下看,紧接着是一张张沁和唐泽聊天记录的截图。

张沁:"你看哦,表哥明明就是看了我给他发的消息赶过来的,他晚上吃饭的地点明明在城东那边,根本不顺路!"

张沁:"哈哈哈,你别看他表面装得淡定,肯定是吃醋了!你快告诉我,吃醋的表哥都对你做什么了?"

张沁:"还有哦,晚上表哥是先送我回家,说是有话要对那谁谁谁说,肯定是宣示主权去了!"

刚刚还在谷底的心情瞬间跃入云端,死气沉沉的孔桃桃满血复活,恨不得立刻就给唐泽打个电话。

看样子对待唐泽这样闷的男人,除了穷追猛打,还需要适当的危机感。

孔桃桃沉浸在被唐泽在意着的美妙感觉里,直到孔妈妈推门而入。

孔妈妈手里拿着杯热牛奶,扫了眼孔桃桃抱着电脑的姿势,道:"什么工作回来还得忙啊?你把牛奶喝了,早点睡觉。"

"我梳理下方案就睡。"

孔妈妈把牛奶搁置在孔桃桃房里的茶几上,又打量了遍她的神色才道:"要是工作量太大就和你姐姐说说,换个职位吧。女人不要熬夜,对皮肤不好。"

语罢,关门离开。

孔桃桃看着热牛奶,神色复杂。

她其实知道这是来自妈妈别扭的关心,可最后的那句话,还是让她觉得讽刺。

连自己的妈妈都不相信她对待工作是认真尽责的,那些毫无关系的同事又怎么会觉得她有努力对待呢?

·第二十一章·
他很像我

孔桃桃第二天又在医院看到了蒋盛凯。

这次他不是一个人来的,还拖上了自己的室友。不待孔桃桃发问,他主动开口解释:"我昨天回去想了想,觉得你的话很有道理,我的五官身材确实没什么需要调整的了,于是我决定把券留给有需要的人。"说完还指了指自己的室友。

孔桃桃:"你仔细看看,券上写了仅供获奖者本人使用。"

室友闻言,坐立不安地摇头:"我觉得我也没什么需要调整的。"

"我出钱。"蒋盛凯拍了拍室友的肩,示意他少安毋躁,"桃桃,他要植发。"

孔桃桃哪能不知道他葫芦里卖得什么药,不客气地拆穿:"他要植发你过来做什么?"

"他从小就害怕去医院,害怕看医生,我不能让他一个人孤零零地来植发,我以后都陪他一起来。"

熟悉的台词让孔桃桃想翻白眼,她吐槽道:"以后?你是打算每天过来植一根吗?"

"可以吗?我不介意每天陪他来!"

"我介意!"室友抗议。

"我给你买全套皮肤。"蒋盛凯给室友抛完筹码,拍着自己的胸脯

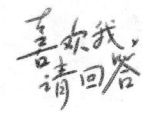

对孔桃桃道,"不听他的,我们寝室我说了算。"

"幼稚。"但孔桃桃这回没有要立刻赶走蒋盛凯的意思,相反示意他跟自己去外面没人的楼道,"你过来下,我有话跟你说。"

蒋盛凯给了室友一个"在这儿等我"的眼神,跟上孔桃桃。

在楼道站定,孔桃桃问:"昨晚唐泽跟你说什么了?"

她对唐泽昨晚和蒋盛凯的聊天内容实在是好奇,但依目前的情况来看直接去问唐泽显然不合适。

"你就是要跟我说这个?"蒋盛凯怅然若失。

"快说。"

蒋盛凯靠向身后的墙壁,咧唇笑了笑,像极了第一次遇见她时的样子:"我们加个微信,我就告诉你。"

"……"

"喏——"蒋盛凯掏出手机,点开自己的二维码递到孔桃桃面前。

"……"

"不然我扫你也行。"这一次蒋盛凯很坚持,怕逼紧了引得她不悦,又放柔了语调劝说,"我们都认识这么久了,加个微信不过分吧?而且加个微信怎么了嘛,要是你觉得我在微信上烦你,你还是可以把我拉黑啊。"说完,还嫌不够地晃动肩膀,"加个微信嘛——"

看着一米八几的大高个在自己面前扭来扭去,孔桃桃起了一身鸡皮疙瘩,脑袋嫌弃地向后仰,拉开两人的距离:"别乱撒娇,我不吃你这一套。"

蒋盛凯低咒了声,立即规规矩矩地站好,就知道他寝室那帮人靠不住,说什么现在女生都喜欢"小奶狗",他要追孔桃桃这种"姐姐"要学会撒娇。

真是信了邪。

蒋盛凯尴尬地侧头,又委屈又倔强:"反正不加微信我就不回答你问题。"

三秒,十秒,一分钟过去了,就在蒋盛凯快在孔桃桃的沉默中败下阵来时,孔桃桃松了口:"好,我加你。"

他的话也没错,她随时可以拉黑他。

毕竟是在说跟工作无关的事情,孔桃桃带着蒋盛凯站在背道的楼道里,当着他的面通过了好友请求后,就等着他实现承诺了。

十分钟后,听完蒋盛凯复述的孔桃桃,脸色比楼道的光线还要黑。

说好的唐泽因为蒋盛凯追求自己而有危机感去宣示主权的呢?为什么她只听出了一个师长对学生的关怀?

昨晚送蒋盛凯回去的路上,唐泽把蒋盛凯的喜好、空余时间喜欢做什么、学的什么专业、是不是本地人全部问了一遍。

在蒋盛凯的复述中唯一和她有关的,大概是唐泽问了问蒋盛凯是怎么和她熟悉起来的。

"他就和你说了这些?"孔桃桃语气里都是不甘心,危险地盯着蒋盛凯,"你发誓没有骗我?"

蒋盛凯立刻抬手做"发誓"的手势:"我发誓我说的都是真的,你可以找唐老师确认的。"

蒋盛凯庆幸此刻楼道的光线昏暗,他脸上的心虚才能好好地隐匿。

他钻了个言语的空子,他没有撒谎,他说的都是真的,只是还有一段话他藏了起来,没有告诉她。

唐泽是学校的老师,但同时也是他的情敌,昨晚车上只剩下他们两个人时,他也以为唐泽会拿出老师的架子来压他,但唐泽没有,只是语气淡然地和他聊些稀松平常的话题。

下车前,他忍不住带着挑衅地开口:"唐老师,我喜欢桃桃。"

"嗯。"

"我可以喜欢桃桃吗?"

"你可以,喜欢谁是你的自由。"短暂的沉默后,唐泽才开口回答,"但我不希望,这是我的私心。"

都是男人,蒋盛凯当然知道"私心"两个字代表着什么。

他不清楚唐泽是出于什么原因没有和孔桃桃挑明,甚至还拒绝了她

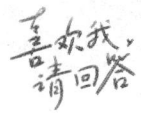

的表白，但只要他们还不是情侣关系，他就不想放弃对孔桃桃的追求。

从回忆里抽身，蒋盛凯忽然问道："桃桃，你喜欢他什么？"

说不定，他也可以成为她喜欢的样子啊。

越来越近的脚步声阻止了孔桃桃的回答，压低音量的闲谈声在安静的楼道里听得一清二楚。

"哎，我们二小姐的事情你知道吗？"说话人加重了"二小姐"的发音，带着意味不明的讽刺，"刚上班才几个月吧，听说他们部门经理就让她负责一个大项目，把原来负责的老员工气得要死。"

"她不是一入职就负责了Z大的项目，不是做得挺成功的吗？上面的人都在夸她。"

"能不夸吗？人家姐姐可是院长。我跟他们部门一个人挺熟的，听说这个活动效果就那样，他们经理还一顿猛夸，认真算个KPI还不一定达标呢。"她说着说着叹了口气，"不用奋斗的人生真好，每天开个玛莎拉蒂来体验下生活，还有小鲜肉追到医院来。"

蒋盛凯听不下去，抬脚要走出楼道却被孔桃桃及时按住，她食指抵唇，做了个"嘘声"的动作。

那两人的声音已经越来越远，最后能听到的一句是："她要不是姓'孔'，就那大学生成天来医院瞎闹，还不得引起上面的人不开心，严重点工作都保不住。"

被骂的人是孔桃桃，可气得胸膛剧烈起伏的人是蒋盛凯："她们在乱讲，你为什么拦着我？"

"那你出去能改变什么？和她们争论一番？"

"我……"蒋盛凯一时无言以对。

"你不是问我喜欢唐泽什么吗？"孔桃桃接上了之前被打断的话题，"那你现在应该知道了吧。"

蒋盛凯忽然就泄了气，垂首看着自己的鞋："对不起，是我不成熟。没多想自己的行为会不会对你的工作造成困扰，我现在就带我室友走，以后保证不打扰你工作了。"

"你明白了就好。"

"可是她们乱说你都不生气吗?"反省了自己的蒋盛凯还是替孔桃桃抱不平。

孔桃桃无所谓地摆手,仿佛什么都不在意地浅笑道:"有什么好生气的,我回办公室了。"语罢,她抬脚率先迈出了走道,转身的瞬间,笑容消失不见。

哪里是没什么好生气的呢?

是无力去辩驳,也是不想在蒋盛凯面前展露自己的心情。

回办公室的路上,孔桃桃忽然明了为什么这两天办公室的气氛很怪,而吴成连正眼都不看她一眼,估计经理发给她的合作方案的初稿,是吴成拟好的吧。

这么看,她的确像是个坐收他人劳动成果的人。

踏进办公室之前,孔桃桃无数次地深呼吸,调整自己的情绪,把心里那个叫嚣着要冲到经理面前,说着自己不干了的小人死死地关在心底。

她能怎么做?

只能更努力地把这个项目做好吧。

于是,孔桃桃再一次像是什么都没听到一般,冲同事们浅浅笑一笑,回到自己的位置,开始修改完善昨晚梳理过的方案。

快下班时,孔桃桃接到了张沁的电话。

"桃桃姐,你怎么不回我微信啊?我给你发了好多消息,一起吃晚饭啊。"

孔桃桃耸着肩膀夹着手机:"今晚不行,沁沁,我还没忙完。"

"好吧。"张沁又提议,"那明天晚上?我看评价都说那家店很好吃的!"

"抱歉啊,最近都不行,我接了个新项目。"

张沁委屈巴巴地挂了电话,父母不在家,死党闺密都还在外地旅游没有回来,不想一个人吃晚饭的她又给唐泽打了电话。

"表哥,你下班没,晚上陪我吃饭吧,一个人吃饭惨兮兮的。"

"一个人?"唐泽略有些诧异,"你最近不是一直黏着孔小姐吗?"

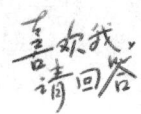

"桃桃姐要加班,说是接了什么新项目,最近都没空,估计很久都不会跟我一起吃饭了。你要关爱关爱我,不然我这心理指不定也要出点什么毛病。"

电话那头的唐泽正在去停车场的路上,闻言微顿了下。

生物钟一向稳定的唐泽昨晚睡得并不好,他在床上翻来覆去,孔桃桃失落的眉眼不住地浮上脑海,昨晚的字字句句都在他耳边回响。

他原本打算主动约孔桃桃出来,探讨清楚她那句"他很像我"到底是什么意思的。

可她最近这么忙的话,还是不要去打扰她了。

那就再缓缓吧,刚好他也有事要忙了。

"喂?"一直没得到回应的张沁忍不住又接连唤了几声,"听得到吗,表哥?"

唐泽打开车门,回道:"我现在过来接你。"

"好!表哥最好啦!"

· 第二十二章 ·
你才是最独特的那一个啊

孔桃桃查了很多资料，也咨询了不少的人，不断地修修改改，三天后才把自己整理过的方案发给经理。

从邮件显示已读到经理的回复"很棒"两个字，不到一分钟。

经理真的认真看过了吗？

孔桃桃有一瞬的黯然，随即起身将方案一份份打印出来装订在文件夹里。

和所有人想的一样，孔桃桃选的第一家医院，是孔家的仁心医院。

上午八点四十分，仁心医院。

孔桃桃没有跟孔有成吱过声，是直接和医院的广告部先联系的，对方一听到是维美医美心里立刻有数，再听到孔桃桃的名字，官方的语气中就透出热情和欢迎了，几乎是孔桃桃一提，对方立刻答应了。

在仁心医院，孔桃桃根本不需要任何的接待员，毕竟小时候可没少往这儿跑，虽然长大后来得少了，医院也不断地扩大和翻新，但大体的格局是没有改变的。

孔桃桃准确地抵达了广告部，刚敲了敲办公室的门，一个二十五岁左右的年轻男人立刻抬头看过来，带着几分探寻的惊讶，道："孔小姐？"

孔桃桃点头："是我，之前给你打过电话。"她记得他的声音。

"孔小姐到得好早啊。"之前电话约的时间是九点。男人立刻起身迎过来,"怎么不跟我打个电话,我好去门口接你呀。"

孔桃桃笑笑,相比较男人的拘谨,她显得特别随意,带着几分俏皮的口吻说道:"路上不堵车所以早到了。没关系啦,医院我很熟,不需要你接也不会迷路的。"

男人连连点头,附和道:"是、是、是,自然不会迷路。"

"你现在忙吗?我到早了会不会影响到你的工作?"孔桃桃善解人意地发问,"是我到早了,没事,我可以等的。"

男人背后冒汗,即便孔桃桃一副无所谓的样子,他也不敢让她等啊。

"我不忙的,只是我八点出头联系过了,这会儿妇产科王主任还没有散会。孔小姐是和我去招待室等等,还是有其他安排?"

他记得今天院长孔有成来了医院,孔桃桃可能会去找自己父亲。

"我和你去招待室吧,刚好聊下之后的操作。"

男人微愣,完全没料到孔桃桃会这样回答。他原本以为,她来谈合作不就是走个过场,到时候什么安排,上面自然会通知下来,没想到孔桃桃还打算亲自和他这个小员工谈之后的事情?

而且,听闻孔二小姐才毕业不久,对市场的操作会有经验吗?

看男人看着自己不说话,孔桃桃又出声问道:"不方便?你是不是有事情要忙?"

"没、没、没。"男人连忙回神侧身,给孔桃桃让出路来,"孔小姐这边请。"

男人领着孔桃桃往招待室走,办公室已经默默关注了很久的其他人才抬起头看过去,露出好奇和羡慕的目光。

哇,那就是院长的二千金哎!

两人在招待室谈了快半个小时,准确地说,大部分时间都是孔桃桃在说,男人附和地点头,官方地称赞几句,或者对孔桃桃提出来的疑问进行解答。

之后,男人看了看表,提醒道:"王主任应该散会了,我们现在过去吗?"

"嗯，好的。"

孔桃桃小时候往医院跑得多，最初的时候还会跟着参加医院的年会，见过的医生不少，但具体谁是谁已经记不太清楚了，所以当王主任感慨着"怎么一眨眼长这么大了"的时候，她把记忆库搜寻了一遍，也没找到相关的记忆。

于是，孔桃桃乖巧地笑，很是讨巧地回道："是啊，时间过得真快，可是王主任就一点都没变，还是那么年轻。"

王主任笑出了鱼尾纹："哈哈哈，桃桃太会说话了。"

"哪里，我说的都是实话。"趁着他乐呵呵的时候，孔桃桃把打印好的方案递给他，"除了合作方式，这里面还有我们医院针对产后恢复的医生和医疗设备的详细介绍，王主任看看，保证靠谱。"

王主任接过方案，却根本没有打开的意思，搁置在桌子上："敏敏的医院当然靠谱了，这是毋庸置疑的。敏敏最近怎么样？在Z市还是在外地进修？"

"过两天回。"对有关孔敏敏的话题孔桃桃无意多聊，努力把话题拉回来，"王主任看看方案吧，对我们项目要有什么疑问，我现在就能解答。"

作为妇产科的主任，孔桃桃知道他每天事情也很多，她不可能隔三岔五就来打扰他。

王主任还是没打开文件，自顾自道："其实你没必要跑一趟的，让你爸跟我说一声就好了。"

唉！

孔桃桃在心里长叹了一口气，但还是不放弃地想要继续以合作者的姿态来跟他谈项目合作。可王主任东扯西扯，都是些日常话题，就是不和她谈工作，这要是换个家庭背景，这应该就是委婉地拒绝了。

十分钟后，敲门声响起，怕是跟病人有关的事，王主任扬声道："请进。"

门推开后，一个穿着白大褂精神奕奕的中年男人走进来，朝两人浅

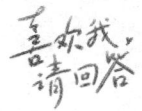

浅笑了笑:"没打扰到你们谈事吧?"

孔桃桃控制着自己想翻白眼的冲动,没好气地唤了声:"孔院长。"这下好了,更加没办法把聊天往工作上带了。

孔有成合上门走过来,不赞同道:"'爸爸'都不喊一声?"

"又不是在家里。"毕竟还有王主任在,孔桃桃控制着自己的情绪,进行表情管理,"而且你也知道我是来谈事情的嘛,当然应该叫你'孔院长'啦。孔院长是过来找王主任的吗?"

如果是的话,她肯定等他们先聊完正事,如果不是,她得想办法把孔有成赶走。

孔有成和王主任简单打了个招呼,随后一脸慈父的笑容看着孔桃桃:"我刚巡完房,有人说你过来了,我想着平常在家里也没怎么看到你,所以过来看看。我十点要开会,这之前可以陪陪你。"

孔桃桃在心里默念:可我不需要你陪啊。

"当父母的果然更操心小一点的孩子啊。"王主任打趣道,"我就没见你对敏敏这么关心过。"

"那不一样。"

"我都懂,敏敏自小优秀过人,很有自己的想法,确实不需要你操心。"

一旁的孔桃桃微微颔首,遮住满眸的情绪。她吸了口气,再次抬头时露出一张笑弯眉眼的乖巧模样,甜声道:"谢谢王主任,那以后就按方案上说的做啦。你们聊,我还要去第二医院。"

孔有成蹙眉:"下午去吧,你难得来一趟,等我开完会,爸爸带你去吃饭。"

孔桃桃摇头,语气里多了几分为难:"我已经和那边约好时间了,不能陪你吃饭啦。走了,拜拜孔院长,拜拜王主任。"

语罢,孔桃桃没有一秒的停留,转身离开。

没错,大家都对她很好,无论是孔有成还是孔敏敏,可就是这种近乎无条件的宠爱,才让她心里的烦闷连个宣泄口都没有,让她所有的抱怨听起来都像是矫揉造作和无病呻吟。

孔桃桃走得急,所以没听到孔有成若有所思地念叨着:"第二医院?你现在能帮我联系下那边妇产科的人吗?"

王主任已经拿起了手机:"没什么问题。你不要担心,那边科室主任是我研究生时的师弟。"

"那就好,那就好,Z市三甲医院的妇产科,你都帮我联系一下吧。"

孔桃桃去了第二医院,一切顺利得跟在仁心医院没什么差别。她很快就见到了第二医院的妇产科主任,对方的笑容跟王主任如出一辙,上来就表明自己是王主任的师弟,一口一个"合作愉快",同样也没有对她的方案多看几眼。

一上午谈了好几家,全部如此。

中午,孔桃桃随便选了个地方吃了个午饭,稍作休息,等到医院上班的点,再按自己排的计划表,一家一家医院地拜访,结果也都没什么不同。

孔桃桃这合作谈得一如经理所预想的那样顺利。

最后一家,孔桃桃选的是唐泽所在的中心医院,算是唯一一家有所不同的医院了,她没有见到妇产科的医护人员,医院接头的人接过方案后说:"妇产科有个会诊,主任也过去了,方案我会交过去的,孔小姐可以去见男朋友了。"

孔桃桃:"男朋友?"

"唐医生啊。"对方笑得暧昧,"孔小姐可能对我没什么印象,但是之前孔小姐来医院,我碰见过好几回了。合作的事情孔小姐不用担心,我们这边很乐意合作的。令尊令姐都是很出色的医生,现在男朋友也是,到底不是一家人不进一张门啊。"

医疗上的合作,最看重的就是病人的安全,而孔桃桃无疑是代表了两大权威的医院,这是不用言说的保障。

这是孔桃桃第一次听到别人说自己是唐泽的女朋友没有欣喜若狂,反而有种莫名的心酸。

因为孔有成、孔敏敏,现在甚至是因为唐泽,所以她的付出根本没

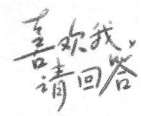

有人会去在意。

孔桃桃没去找唐泽,事实上,自从和张沁、蒋盛凯那天吃完饭后,她就没有再联系过唐泽,同样也没收到来自唐泽的只言片语。

她今天过来中心医院,并没有告诉唐泽。

但情绪低落的孔桃桃也没有马上离开,而是抱着文件袋坐在医院院子里的长椅上发呆。

也不知道过去了多久,头顶像是飘来一朵乌云,把她笼罩在阴影里。

阴影久久没有散去。

片刻后,"阴影"开口了:"孔小姐。"

孔桃桃置若罔闻。

"孔小姐?""阴影"又重复了一遍,这次带了些担忧,"怎么了?谈得不顺利?"

孔桃桃依旧没有抬头,道:"很顺利,顺利到没一个人看我的方案就答应了。"

"……"

"唐泽,这个方案我做了好多天,花了很多心血,却没有一个人愿意看一眼。"孔桃桃声音微弱,仿若自言自语般喃喃,"是不是因为你们都会发光,所以大家就不会在意站在你们身旁的我是不是连反射都不会的黑暗物体?"

在唐泽的印象里,孔桃桃总是眉眼生动,浑身都透着轻快和活力,甚至当她出现在他面前,不是狡黠地侧脸看他,就是笑容明媚地仰头看他。

这是第一次可以长时间看着她的发顶,从弯曲的脖颈线条到松垮的背脊线,无处不透出她的沮丧来。

唐泽的心像是被什么戳了下,密密麻麻泛着微疼。

唐泽第一次主动伸手探向她的头顶,随着轻揉她脑袋的动作,两个温柔的字眼从喉咙逸出:"傻瓜。"

他温热的掌心仿佛带电,孔桃桃颤了颤,缓缓抬头的瞬间他恰好俯身，猝不及防就跌入他温柔的眉眼里。

摸头杀。

前一秒还心如止水的孔桃桃，此刻耳旁都是自己如雷的心跳。

她一直期盼着和他的亲密接触，也想到来得这样突然。

唐泽徐徐道："为什么要因为你身边有发光体而失落呢？如果你身边有发光体，你一定也会发光的，不要因为你自己没有发现而否认这一点。"

"……"

"而往最坏的地方想，假设你是真的连反射都不会的黑暗物体，你身边有这么多的发光体在为你照明，你才是最独特的那一个啊。"

孔桃桃鼻子发酸，倏地红了眼眶。

唐泽收回手，去拿她搁置在腿上的文件夹，再开口时，语气就像是在哄小朋友："谁说没人愿意看？给我看看，好不好？"

上挑的尾音，最后三个字的发音格外温柔。

一直默不吭声的孔桃桃忽然伸出双手拽住唐泽从自己头顶撤离的手，重新搁置在自己的头顶上，睁着一双雾蒙蒙的眼眸也不眨地看他，软软道："不够，还要。"

"嗯？"

"还要充电。"她主动晃动他的手腕摸着自己的头，"我刚刚马上就没电，你揉揉头就充上电了。"

唐泽微愣，随即扬唇，如她所愿地轻揉着她的头，好脾气地应着："好，充电。"

她完了，她真的完了，明明之前还因为他不明不白的态度和对蒋盛凯说的那些话而不爽，此刻全部都化作了欢喜。

孔桃桃心里藏不住喜欢，目光灼热地看着他："唐泽，你这么温柔的话，我会越来越喜欢你的。"

那样，即便你觉得我死缠烂打给你造成了困扰，我也放弃不了你了。

这一次，唐泽没有回避她的目光，而是回道："荣幸之至。"

"荣幸之至"这四个字有太多太多浮想联翩的遐想，但唐泽没有往

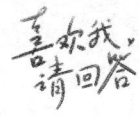

下说，稳定了孔桃桃的情绪，就带她去吃饭了。

晚饭期间，唐泽用实际行动向孔桃桃证明，他前面说的话并不仅仅是言语上的安慰，他真的把孔桃桃做的方案认认真真地看了一遍，和她聊的也都是跟方案相关的话题。

孔桃桃兴致高昂地说着，憋了一整天无从开口的话，有了倾听者，那些沮丧的情绪就消散了。

这一晚，孔桃桃很快乐。

·第二十三章·
他是在意的，用着他自己的方式

几乎没有什么波折，孔桃桃一个人谈妥了和 Z 市所有三甲医院的合作。

周一的例会上，经理特意点名表扬了孔桃桃："桃桃入职的时间虽然短，但业务能力真的很出众，才三天就敲定了和市里医院的合作，工作效率相当高，而且还是一个人去谈的，也节省了不少人工，在这些方面我希望大家都可以向桃桃学习请教。"

经理话音一落，除了吴成，大家都配合地鼓掌，孔桃桃也只能场面地一一点头道谢。

有时候孔桃桃真不知道该感慨在背地里议论她的人实在是太多了，还是她就是自带"别人一说自己坏话就被自己发现"的技能点，午休后上个厕所的工夫，又听到了自己的名字。

这回声音是耳熟的，陈美玲和肖晓。

"天，我要是成哥，我早上得气死。"肖晓的声音混合在哗哗的洗手声里，"自己辛辛苦苦做的方案，给别人直接拿去用，功劳还全是她的。"

"大家心里都知道是怎么一回事，也不知道经理这么当众夸她，她会不会尴尬啊？"

"肯定不会。"肖晓一口否认，"像这种千金大小姐，不就是从小

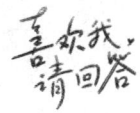

被捧着长大的吗？一路听到的都是夸奖的话吧。"

"也是，假话听多了只怕自己也会觉得是真的。"

说完，两人心照不宣地相视一笑。

孔桃桃的手一直放在隔板上，久久没有动作。

之前和蒋盛凯一起听到别的部门的议论声，她的感触不会这么深，毕竟那两个人和她没有接触，捕风捉影，以讹传讹也不是不能理解。

可是肖晓和陈美玲，她们一起共事了四个多月，甚至，之前她们还一起负责Z大的活动，她的工作态度如何，她们不是有目共睹吗？

直到两人的脚步声渐渐消失在耳边，孔桃桃才走出了洗手间，径直去了孔敏敏的办公室。

许许多多的念头都在往头上冒，可当她推开门，看到冷清的办公室，才恍然惊觉，孔敏敏去了外地进修，还没有回来。

孔桃桃扯了扯嘴角，自嘲地笑了笑，随即去了天台透气。

"呼——"

她觉得自己能量快要耗尽，突然好想让唐泽给自己充充电。

真后悔，那天不应该絮絮叨叨和他聊方案，应该趁热打铁和他确定关系，这样，现在她就可以理直气壮地向他要拥抱，而不仅仅是摸头。

可女生的情绪总是瞬息万变，尤其当她拿出手机点开和唐泽的对话框，聊天记录还停留在九天前，最后一句话是她用表情包结尾时，那种联系他的心情忽然就不强烈了。

片刻后，孔桃桃退出了和唐泽的聊天框，发了条仅唐泽可见的朋友圈：心情不好，想看电影。

唐泽还欠她一场电影呢。

孔桃桃觉得，能够温柔摸她头，轻声安慰她的唐泽，看到这条朋友圈，一定会约她的。

下午上班的时候，孔桃桃往吴成的方向看了好几次，还是忍不住去找了经理。

"经理，现在有时间吗？"孔桃桃合上办公室的门，"关于这个项目，我有些想法。"

经理饶有兴趣地问道："桃桃又想到什么好点子了？说说看，我听听可行性高不高。"

"和医院的合作意向都达成了，我觉得项目可以交还给吴成，毕竟一开始就是他在负责，后续怎么操作他肯定也很清楚。"

"为什么突然这样说？"经理搁下笔，眸光中有探寻，"吴成找你说什么了？还是其他人？"

孔桃桃连连摇头，甚至夸张地笑了笑："没有呀，就是我自己觉得从工作能力到对项目了解的程度，吴成都比我更适合。"

"桃桃，我第一天就跟你说了，没人比你更适合这个项目。"似是为了加大说服力，经理表情诚恳，语气笃定，"而且并不是我一个人觉得，孔院长也这样觉得，你就算不相信我，也该相信孔院长吧？"

孔敏敏？

那更加不可信。

孔敏敏就是翻版的孔有成，无论是繁忙程度还是对她的纵容程度，她提什么荒谬的想法，他们都会附和。

既然有孔敏敏的意思在，孔桃桃知道自己再怎么说经理也不会改变想法，于是点了点头离开。

孔桃桃一走出经理的办公室，其他同事的表情就微妙了，尤其是在不久后，吴成又一脸不耐烦地往经理办公室走。

孔桃桃没心情去管大家怎么想，她也管不了。

下午五点，临近下班，孔桃桃点开了微信，那条仅唐泽可见的朋友圈毫无动静，不过一秒的犹豫，她选择点开了和他的聊天对话框。

就算是个心理学教授，可没有恋爱经验的唐泽肯定不懂女孩子那些弯弯绕绕的心思。

何况一直以来都是她在主动，再主动一次也没差。

再何况，现在是她喜欢他，需要他，何必把时间浪费在不必要的猜测和等待里？

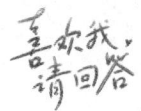

这样想着,孔桃桃立刻给唐泽发过去消息:"唐教授,在吗?"

守着手机五分钟,屏幕上也没跳出唐泽的回复。

是不是还在上班?

最近她忙,都没去关注过他的班表了,也许今天在医院就诊吧。

于是,孔桃桃体贴地又发送道:"唐先生您好,记忆助手温馨提示,您于六月中旬允诺要陪孔小姐观看电影,这边建议您今晚兑现。"

发送后,孔桃桃就跳到在线购票的 APP,一边浏览着现在的院线电影,一边等着唐泽下班回她。

片刻后,手机振了振,唐泽的回复比她预想的要来得早,孔桃桃立刻雀跃地点开。

唐泽:"抱歉,我在 Y 市。"

简简单单的六个字,瞬间浇灭孔桃桃心里的小火苗。

他去 Y 市了?他什么时候去的 Y 市?如果不是今天她给他发消息,他是不是根本不会提?他难道就不怕自己像往常一样直接去医院蹲他,然后扑空吗?

他应该不在乎。

这段日子,她所有感知到的,他对自己的好感,全部都是她自欺欺人的错觉。

他不喜欢她,无论是四月初的第一次见面,还是上一次温柔地抚摸自己的头。

电量不足的孔桃桃,在这一秒觉得自己耗尽了情绪的电池。

没多久,手机又振了振,难得又跳出来一条唐泽的消息:"想看什么电影?"

孔桃桃满眼失望地看了一眼,随即翻过手机,倒扣在桌面上,第一次对唐泽的消息置之不理。

被负面情绪包围的孔桃桃停止了自我催眠,她知道他有修养,所以他这个提问并不是多在意她,不过是他信守承诺的一种体现罢了。

不然他怎么会连哪天回来都没说呢?

还回什么信息,没什么好回的。

孔桃桃安静地坐在自己的位置上,沉默地消化着自己乌云密布的心情,周遭的同事三三两两地下班回家。

孔桃桃在座位上默默坐了很久,直到六点出头才收拾了下东西离开。一走到停车场,她就看到许久不见的蒋盛凯立在她的车旁。

"你又加班了?"已经候了四十分钟的蒋盛凯瞅着孔桃桃有气无力的样子,"是不是很累啊?"

孔桃桃眼皮都没抬,绕过他就去开车门:"你怎么又来了?"

一说完心里不免又悲凉,之前唐泽下班看到她时,也是她此刻的心情吧。

蒋盛凯一边跟上去一边解释:"上次你跟我说的,我都听进去了,我怕打扰你工作,特意来停车场等你,而且我怕你同事看到没有一直站在你车旁哦。我都是不停地绕着圈,刚刚看到你出电梯才赶紧走过来的。"

"……"

"桃桃,我们去看电影吧!"蒋盛凯疾步挡在孔桃桃身前,阻止她开车门,笑着从口袋里掏出两张电影票,"就是现在超火的动作片,我朋友都看过啦,我想和你一起去看。"

孔桃桃目光落在那两张红粉的电影票上,好半天都没有开口。

这巧合对她而言像是嘲讽。

"去嘛去嘛,桃桃,我等你好久了,你不说话我就当你默认了啊!"

耳边是蒋盛凯喋喋不休的劝说,脑海里却全是唐泽一次次推拒她的字眼,不甘的情绪在升腾,她蓦地开口:"别动。"

"啊?"

"你就这样站着别动。"孔桃桃一边说一边伸手去调整蒋盛凯双手的位置,"就这样,好好拿着电影票。"

蒋盛凯虽然不解,但十分配合:"好的,我不动。"

孔桃桃拿出手机对准电影票,以及蒋盛凯拿票的手全部拍下来。

"你答应啦?"蒋盛凯欣喜不已,"你看起来有点累了,我们先去吃饭吧,我买的七点四十五分的场次,还来得及。"

可是拍好照的孔桃桃仍旧漠然地拒绝道:"不去。"

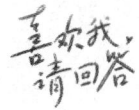

"可是你刚……"

"你说得对,我很累,我现在就去吃饭,然后回家休息。"说完,孔桃桃挥开挡着自己的人形障碍,径直上车。

被晾到一旁的蒋盛凯不死心道:"我不管,我就要和你看,你不和我一起吃饭,我就去电影院等你,你不来我就一直等一直等!"

她刚刚明明都拍照了,说明对电影也是感兴趣的。

然而,孔桃桃真的半点要和蒋盛凯一起去看电影的想法都没有,她驶出了停车场后,找了个临时停靠点停车,又发了第二条仅对唐泽可见的朋友圈,配图就是刚刚她拍的照片。

配文:女孩子就应该懂事一点,当喜欢的人没时间陪自己看电影时,就应该找其他男孩子陪自己。

可打完孔桃桃又自我否定地按了删除,"喜欢的人"这四个字太不合适了。

最后,孔桃桃带着情绪噼里啪啦地敲打出新的配文:拜拜就拜拜,下一个会更乖!

虽然也知道自己很幼稚,但发送成功后,一天的低情绪就像是有了发泄口,她觉得舒爽了很多,扔掉手机,重新启动了汽车。

快开到家的时候,手机铃声响起,孔桃桃戴着蓝牙耳机接通了电话。

"喂?"

"桃桃姐,你忙完没?"张沁的声音传来。

孔桃桃以为张沁问的是她之前说的手上项目,于是回道:"还没呢,你又想找我吃饭啊?"

"还在上班?那表哥买的票……"张沁惊觉自己说漏了嘴,连忙停下。

孔桃桃驶入自家的车库,敏锐地察觉:"什么表哥买的票?"

"哎,桃桃姐,那我说了。表哥给买了电影票,说让我和你晚上去看,但不让我告诉你是他买的,你可千万别让表哥知道我说漏嘴了啊!"

唐泽给她买了电影票?

孔桃桃停好车,一时之间难以消化张沁的话。

电话那头的张沁碎碎念叨着:"我就纳闷他干吗不自己陪你,原来他在外地参加什么心理学会议,还说是看到你朋友圈说想看电影。奇奇怪怪的,我根本没看到你发了这样的朋友圈啊。"

孔桃桃觉得自己耳畔有惊雷,炸得她脑袋都轰隆隆的。

原来他都看到了,原来他虽然没联系自己,但直接买票让张沁陪她了。

他是在意的,她的想法,她的心情,用着他自己的方式。

"不过桃桃姐,我觉得表哥虽然是理工男,但是还蛮浪漫的哎。你知道吗?他把晚上所有放映的电影都买了,让你选一部自己感兴趣的看,我埋怨他偏心,他竟然跟我说,你最近工作压力很大,我应该逗你开心。"

孔桃桃体会到了什么叫作"失望过后的狂喜",身体的每个细胞都在嚷嚷着唐泽的名字。

她的一颗少女心忍不住地荡漾起来。

但转瞬她立刻想到自己不久前发的第二条朋友圈,懊恼地拍了下方向盘,立刻道:"沁沁,我在开车,一会儿再说。"语罢立即挂断电话,删掉朋友圈,默念着:唐泽没看到,一定没看到。

沟通和交流真的太重要了,胡乱揣测只会出现误会,孔桃桃觉得自己最近因为医院的事情变得太敏感了,以至于处理起自己的感情问题来变得有些小家子气了。

仿佛下定决心一般,孔桃桃给唐泽发了消息:"你哪天回Z市?"

唐泽很快回复:"十号上午。"

孔桃桃:"十号一起吃晚饭吧,我有话跟你说。"

唐泽:"好。"

孔桃桃想,唐泽肯定没看到她第二条朋友圈,所以才一点儿异常也没有地答应她的邀约。

满腔的爱意不能隔着屏幕说,十号是星期五,还有四天,她到时候早点过去找他,把两人之间的那层纱揭开。

嗯哼,那以后她和唐泽的纪念日就是七月十号了。

孔桃桃正开始甜蜜地遐想,手机开始不停地振动,她点开一看,全

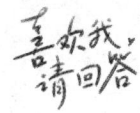

部是张沁发来的电影场次。

张沁:"桃桃姐,看哪部啊?"

孔桃桃一一点开截图,注意力落在似曾相识的影片名字上,感慨完缘分就重新发送给张沁:"看这个。"

张沁:"太好啦!我也是想看这部,最近超火,去电影院就应该看这种大制作的动作片嘛!"

和蒋盛凯同一部电影同一个场次,甚至位置似乎也是相邻了,孔桃桃见张沁这满意的样子,就觉得自己的安排没有错。

她是不打算去掺一脚的,等到电影快开始的时候,再告诉张沁自己临时有事去不了了就行,不知道晚上这对欢喜冤家看到对方会是什么场面?

但身处Y市的唐泽,此刻却是一片阴霾。

收到孔桃桃消息的前一秒他正在看她的朋友圈,他放大图片,目光略过电影票,长久地停在那双手以及露出的一截鞋子上。

这是一双男人的手。

这是一双男人的鞋。

如果推断没有错,照片上的人是蒋盛凯。

他的心一点点地沉下去,孔桃桃要和他说的话,到底是什么?

·第二十四章·
除了那些我还有"好脾气"

孔桃桃并没能安然度过唐泽回来前的这四天。

第二天是星期二,经理外出,而吴成和另外两个同事在外谈户外广告的事情,办公室就只剩下了孔桃桃、肖晓和陈美玲。

五月份偶然听见她们的埋怨,孔桃桃还能自我消化当作什么都没听到,毕竟那天她们两个突然要加班,跟自己多多少少也有关系,她们的抱怨情有可原。但昨天那番为了吴成而发表的言论,让她连表面的和平都不想维持。

漠然地拒绝了一起午餐的邀请,孔桃桃连一些场面的交谈都省了,专注于自己手头的事情,完成工作就下班。

矛盾发生在星期三。

这一天,吴成生病请假没来上班,办公室的气氛微妙到极致。

孔桃桃也不知道自己是不是心里装了想法,所以变得十分敏感。一整个上午,她都时不时觉得有目光落在自己身上,一抬头,所有人又全部避开了她的视线。

这种无声的干扰让她心绪不宁烦闷不已,根本无法工作。

十一点出头,只有断断续续键盘声的办公室响起了一道女声:"我们今天下班要不要去看看成哥?"

说话的人是跟着吴成一起做这次项目的户外投放的女生黄莹。

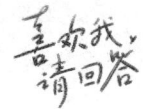

 肖晓和陈美玲都没吭声,只有另外一个跟着吴成的男生李志回道:"可以啊,我们提前去买点补品吧,成哥最近太辛苦了,都累坏了。"

 "能不累坏吗?"黄莹蓦地扬声,在安静的办公室声音尤其响亮,"差不多一个人做了一整个项目,什么都是他做的,功劳却没有一半,我要是成哥没病都要气出病了。"

 孔桃桃一上午都像是被关在一个鼓鼓囊囊的气球里,黄莹的话就像是一根针,给气球扎了一个小孔,于是她猛地抬头,看向黄莹。

 这一眼,让办公室所有人都紧张起来。

 风言风语听了那么多,她从来不予回应,所以,这些人就开始觉得,哪怕当着她的面,说些阴阳怪气的话,她也会当作听不懂?

 之前觉得解释无用,只会激化矛盾,她现在觉得沉默更是一把朝向自己的刀,无声地纵容着他们把自己的心戳得鲜血淋漓。

 他们是谁?他们凭什么伤害自己?

 而她为什么要活得这么憋屈?

 于是这一次,孔桃桃不再选择装聋作哑,而是面无表情,冷冷地开口:"你是想说,我什么都没做,却抢了吴成的功劳,是吗?"

 "你误会啦。"陈美玲开口,"桃桃,黄莹不可能是这个意思啦,你不要多想,她就是因为成哥病了,太担心成哥了。"

 黄莹却没有顺着陈美玲铺垫的话说下去,而是道:"你没有误会,我就是那个意思,你自己难道……"

 "黄莹!"李志大声制止黄莹说下去,"别乱讲话,工作还要不要?"

 "大不了就不要这份工作了呗,我实在是看不下去了,我今天一定要给成哥抱不平。"黄莹整张脸都因为激动而涨红,冲孔桃桃道,"产后修复的项目本来就是成哥一直在负责,凭什么成哥辛辛苦苦做的方案,你就直接拿去用?三天谈妥了所有的医院合作很厉害吗?要不是有成哥的方案在,现实吗?你的能耐不就是你的家庭背景嘛,要当大小姐回家当去,在这儿装什么?我们又没有义务惯着你!"

 黄莹噼里啪啦说了一大串,没有人阻拦。

 孔桃桃是想看她当着自己的面到底会说些什么出来,而其他人的想法,不过是看热闹不嫌事大,这些愤愤不平的话同样也是他们想说的话,能借由别人的嘴说出来,又不会得罪孔桃桃,再好不过。

陈美玲:"黄莹,你说这话真的太过分了,项目之前是成哥在做没错,可我们桃桃接手后又不是什么都没做,她每天都加班的,这段时间也很辛苦。"

"就是啊,你这样说我和美玲都不同意。"肖晓跟着附和,"而且这个项目本来就是经理交给我们桃桃的,又不是桃桃主动要做的,你有意见你去找经理说呀。"

在这场黄莹和孔桃桃的对战中,她们俩毫不犹豫地选择了和孔桃桃统一战线。

"恶心。"孔桃桃站起身来。

肖晓:"对啊,这样说话是有点恶心了……"

孔桃桃的目光却落在陈美玲和肖晓身上:"我说你们,真恶心。"

一口一句"我们桃桃",真恶心。

陈美玲和肖晓一时语塞,简直不敢相信自己的耳朵,指了指自己:"我……我们……"

"对啊,你们。"孔桃桃扯了扯嘴角,皮笑肉不笑,五月躲在办公室门外的自己,昨天在厕所隔间的自己全部穿过记忆与此刻的自己融合,"黄莹至少有把自己想法说出来的勇气,而你们两个,当面一套,背地一套,让人反胃。"

陈美玲和肖晓对视了一眼,因为心虚两人都红了脸,嘴唇颤了颤,反驳的话都显得底气不足。

"桃桃,我们在帮你说话啊,你怎么还这样说我们……"

两人嘴唇发颤,一脸委屈,就差落泪了。

可惜事实如何,孔桃桃心知肚明,不想再因为无关紧要的人受委屈,她清了清嗓子,开始模仿肖晓的声音,道:"天,我要是成哥,我早上得气死,自己辛辛苦苦做的方案,给别人直接拿去用,功劳还全是她的。像这种千金大小姐,不就是从小被捧着长大的吗?一路听到的都是夸奖的话吧。"

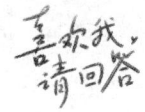

闻言，肖晓的脸瞬间惨白。

孔桃桃又开始模仿陈美玲："假话听多了只怕自己也会觉得是真的。"

这是她们昨天午休时在厕所说的话，一字不差。

看着两人慌乱的神情，孔桃桃眼眸里的攻击性更强："那么你们两个，说了那么多的假话，是不是也觉得都是真的了？"

"……"

"心里跟着黄莹骂了我几百遍了，面上还要'亲密无间'地维护我，不累吗？你们两个这样精湛的演技，留在小小的市场部真是屈尊了，不如进入演艺圈吧。"

一旁的黄莹并不感激陈美玲和肖晓把战火引走，也起身试图把孔桃桃的注意力吸引回来："你知道这说明什么吗？说明大家对你的工作能力和态度都有目共睹！大家都清楚方案不是你写的！"

"……"

"你以为成哥就只是请病假吗？我觉得成哥就是不想做了，要是成哥离职了，孔桃桃，这个项目你觉得你自己能负责得起？"黄莹越说语气越高昂，"你用不着摆你大小姐的谱，给大家脸色看，有本事你就去给院长告状，把我们大家都开了，你看看市场部只剩下你这个什么都不会的大小姐，没人给你鞍前马后打下手，还怎么运转！你这么转，不就是因为自己有个好爸爸、好姐姐吗？"

你这个什么都不会的大小姐。

不就是因为自己有个好爸爸、好姐姐。

这两句话不住地在孔桃桃耳畔盘旋，困住她的气球终于完全爆破，全身的血液都在往大脑冲。

她没有立刻反唇相讥，而是俯身滑动鼠标，给所有人群发了邮件，然后拿上U盘疾步走向打印机。

大家都看不懂孔桃桃这是要做什么，但一个个的注意力都只能警惕地追随着她。

片刻后,孔桃桃拿着一沓打印好的文件,按距离远近挨个发到每个人的手里:"这里是吴成的方案和我的方案,我不仅打印出来了,也给你们发了邮件,麻烦你们睁大眼睛好好看清楚,这两份方案是不是一模一样,我是不是什么都没做,就直接拿来用了。"

最后,孔桃桃停在了黄莹面前,直直地盯着她:"我从不否认吴成的功劳和辛苦,但这不代表我就什么都没做。三天谈成和其他医院的合作是不够厉害,但仅靠一份方案你觉得就能谈妥,现实吗?"

回忆起去医院谈合作的情形,孔桃桃自嘲道:"事实是哪怕就算我觉得自己加班加点费尽心思改良了方案,这些医院的负责人也都没看我的方案,就答应了合作。"

"那还不是因为你姓'孔'……"黄莹反驳的语气已经弱下去。

"没错,你说得对,因为我姓'孔',所以,功劳应该算在方案上,还是算在我的姓上?人脉和社会资源本来也是个人能力的一种体现,真遗憾,这种能力只怕你们就是瞧不起也同样羡慕不来。"

"……"

"工作能力的评判方式见仁见智,我不强迫你们认同,但可千万别说我什么都不会,我有个好爸爸、好姐姐、好的家庭背景,说明我有好的投胎能力。"孔桃桃往后退了两步,从面对黄莹变成了面对所有人,似笑非笑道,"哦,除了那些,我还有'好脾气',不然也不会忍到今天。"

孔桃桃这番话说下来,在场的人全部心绪复杂,黄莹和李志更是目瞪口呆。

"对我有什么不满可以当面说,表里不一可真 low。"

语罢,孔桃桃抬脚走回自己的位置,把手机塞回包包里,没看任何人一眼,走出了办公室。

不都觉得她是有恃无恐的千金小姐,来上班只是玩票,每天无所事事嘛,不翘个班都对不起她收到的"摆大小姐的谱""转"这样的骂名。

都是第一次做人,她孔桃桃不受这份委屈。

出了医院其实也不知道可以去哪儿,孔桃桃开着车漫无目的地晃荡了一大圈，最后随便开入了一家商场，从一楼逛到了五楼，她小腿酸胀就去了顶楼的花园咖啡屋。

其间她瞄了眼手机，公司的群一片太平，也没有收到办公室同事的私聊消息。

真好，那些虚假的关心都消停了。

下午三点出头，孔桃桃的手机开始振动，屏幕上跳跃的是经理的电话。

孔桃桃没有接，两个电话过后，经理给她发来微信："桃桃，下午怎么没来上班，身体不舒服？没出什么问题吧？"

看样子，上午外出了的经理对办公室发生的事情并不知情。

孔桃桃依旧没回，又过了二十来分钟，手机再次振动，只是这一回，上面显示的竟然是吴成的电话。

她最近遭受到的风言风语，归根到底都跟吴成有关，想到之前黄莹说起吴成要离职的事情，她觉得她需要跟吴成谈谈。

"喂？"孔桃桃按了接听。

"对不起，黄莹和李志都是因为我昨天晚上多喝了几杯，没控制好情绪，在他们面前吐了苦水，他们今天才想着为我出头，说了那么多冒犯你的话，在这里我跟你道歉。"像是早就备好了台词，电话那头的吴成滔滔不绝说着，"你不要迁怒他们，等完成了这个项目我就辞职，或者你需要我现在就辞职才能解气的话，我明天就回医院办离职手续。"

听到这些话，孔桃桃不难推测现在是什么情况，估计一开始大家只当她是一时情绪上头，缓缓就会回去，所以安静地观望。等到下午也不见她的人影，回了医院的经理肯定在打探她的去向，他们可能觉得事情严重了，于是给吴成打电话。

是怎么个语气说辞，孔桃桃甚至都能想象出来，一定是无辜又委屈还夹杂着一些担心被她报复的害怕吧。

孔桃桃没有接吴成的话，而是问道："你身体好些了吗？"

吴成愕然，一时不知道该怎么回答。

孔桃桃又接着问："电脑在你手边吗？或者你现在方便查看邮

件吗?"

吴成还是摸不着头脑,但听她语气平常,听不出火气来,担忧就散了些,回道:"方便,怎么了?"

"我把我自己做的方案发到你的邮箱了,耽误你几分钟的时间,我希望你可以看一下。我知道你一直在负责的项目突然交给我,你的不甘心不开心我全部都能够理解,但一直被说成不劳而获、抢人功劳,我的委屈也希望你能了解。"

吴成是事情的起因,却不是让她觉得受伤的主要原因,所以孔桃桃和他说话的语气并不冲:"你不用跟我道歉,同时我也不觉得自己做错了什么。接这个项目并不是我自愿的选择,且不论我的工作能力到底怎么样,至少在工作态度以及最后给医院带来的效益来看,我问心无愧。"

不管那些医院是出于什么原因选择了维美医美,但合作谈成是客观事实。

电话那头的吴成久久没有出声,这一长段话听下来他在惊诧之后就是内心对孔桃桃看法颠覆性的震惊。

孔桃桃坦荡又直接地表达着自己心里的看法:"可以说我心胸狭隘不够大气,但我觉得他们是欠我一句'对不起'的,这三个字你代替他们说没用。"

吴成叹了口气,再开口时语气已经不紧绷了:"但是桃桃,大家都是同事,没必要因为我闹这么僵,以后相处起来会很尴尬。"

"没有以后。"一提起他们,孔桃桃语气骤冷,"我和他们不是同事。"

"你不能这样做,他们在市场部待了这么久,你一时意气把他们都辞退,对医院也没有好处,这是很不明智的做法。"

果然,说再多她在别人眼里还是个任性的孔二小姐啊。

孔桃桃嗤笑出声,玩味道:"我们医院是正规医院,你们也都是和医院签了劳动合约的正式员工,院长是我姐姐不是我,我可没有一句话就辞退你们的本事。"像是自我调侃一般,她慢悠悠地补充道,"你们都太看得起我。"

吴成为自己狭隘的思维感到羞窘,但想到之前孔桃桃说的话,不解

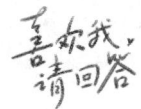

地问:"那你刚刚说没有以后是什么意思?"

"因为——我不干了。"

"什么?"

"好好养病,可以的话我明天就把项目交接给你。"孔桃桃不疾不徐地说着,声音里没有赌气也没有留念,"比起我,医院确实更需要你们。"

孔桃桃并不期望吴成有什么回应,她把自己想说的话说完,舒爽地挂断了电话。

抿了口脱脂冰拿铁,她一鼓作气地点开了和经理的聊天框:"没有不舒服,我决定辞职。"

经理秒回:"为什么突然要辞职,是跟同事之间有误会?"

为了加强说服力,孔桃桃没有打字,而是拿起手机长按语音键,用着轻快的口吻说道:"没有误会呀,原本来做市场也是抱着试试的心态,试了三个月我觉得不太适合我。而且我最近加班好多,觉得挺累的,所以我要休息一段时间。"

这条消息发出后经理沉默了很久,最后回道:"辞职不是小事,我也不能单方面许可,你找孔院长谈谈吧。"

孔桃桃扯了扯嘴角,仿佛毫不在意一般,一派轻松地回了个"好的"表情包。

她在咖啡厅发了很久的呆,积压的情绪发泄完后,心就像挖了个洞,空荡荡的。

孔敏敏的优秀是她始终追赶不上的,于是她做什么都显得微不足道。在大学毕业后,她经历了很长一段时间的迷茫期,不知道自己想做什么,可以做什么,好在家人对她都宽容,她近一年没有工作,满世界旅行乱跑也没对她有过半句微词。

来维美医美是孔敏敏的提议,她抱着"试试就试试"的心态办理了入职。

事实证明,这个尝试有多失败。

· 第二十五章 ·
醒醒，孔桃桃

孔桃桃用行动来证明自己并不是随便说说而已，当天晚上她就把自己手上所有的资料和联系人名单全部整理成一个文件夹发给了吴成。

甚至，她认真地拟了个辞呈。

折腾到天亮，孔桃桃一觉睡到中午都没醒，直到孔妈妈试探性地敲了敲她的房门。

"桃桃？在家吗？"

孔桃桃闷哼了两声："妈，好困，让我再睡一会儿。"

听到动静的孔妈妈声音反而更大了："我就说看你车还在车库，早上也没弄出一点儿动静，今天星期四你怎么不去上班，调休了？"

孔桃桃用被子盖住头。

"不上班你也不能睡到这个点啊？"孔妈妈越发用力地敲门，"早饭不吃午饭也不吃，身体还要不要了？你现在马上给我起床！要睡也吃了东西再接着睡。"

孔桃桃选择装死，祈祷着自家妈妈得不到回应就转身放弃好了。

片刻后，孔妈妈真的转身，不过她不是放弃让孔桃桃起床，而是转身回房里找全家的备用钥匙，毕竟孔家四口人，唯一不惯着孔桃桃的人是孔妈妈。

不到五分钟，睡意蒙眬的孔桃桃就听到了钥匙插入的声音，她烦躁

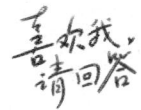

起身的瞬间，孔妈妈已经开门而入。

"既然你都坐起身来了，赶紧给我下床。"

孔桃桃顶着一头凌乱的发，闭着眼睛号道："我一晚上没睡，你让我睡一会儿行不行啊？我是不是你亲生的，能不能给一点儿家的温暖啊？"

她昨天那么难过，都没跟家人吱一声，现在只是想补个觉怎么那么难。

"为什么通宵？"孔妈妈的关注点总和孔桃桃不一样，"又是因为工作？你这部门几个人？怎么有那么多事情要你一个人做？女生熬夜对皮肤对身体都不好，我得去找你姐姐……"

"你不用找了！"孔桃桃胡乱地抓了抓自己的头发，"以后也不会因为这个工作熬夜了，因为我不干了，我辞职了，等我睡醒就去递辞呈，你让我静一静吧！"

"你说什么？"

睡眠不足本来就会带来不愉悦的心情，孔桃桃重新躺了回去，背对着门口，是拒绝交谈的姿态。

孔妈妈"嗒嗒嗒"的拖鞋声已经到了床边："好好的为什么辞职？"

孔桃桃闷在被子里回答："我心情不好，你不要再问了。"

"为什么心情不好？"孔妈妈在床边坐下，伸手去拽孔桃桃的被子，"你是不是跟那个教授分手了？他把你甩了？"

"……"

"什么理由啊？他喜欢上其他人了？什么情况你跟我说，妈妈一定……"

"不是、不是、不是！"孔桃桃三连否掀开被子重新坐起身来，睡意全消，干脆下床往洗手间走，"就是这份工作不适合我，我想换个工作环境，我跟唐泽也没有分手。"

他们两个都还没在一起，分得哪门子的手？

可即便孔桃桃妥协地起床打算洗漱了，孔妈妈也完全没有要停止的意思，一路跟到了洗手间门口："我到底是不是你妈，你怎么什么都瞒着我？都这个时候了也没一句实话，你以为这些事情你不说我就不知道吗？你大学谈的那个男朋友你以为我不知道吗？你要跟那会儿一样要死不活的，我把你扔出去！"

久远的往事蓦地被提起，孔桃桃挤牙膏的手微顿，随后将水开到最大，试图掩盖掉孔妈妈的声音。

"孔桃桃，你知不知道你多大了啊，失个恋工作就不要了？"回忆起当时孔桃桃的状态，孔妈妈就呼吸急促，"怎么一家人就你让人操心呢，你不许辞职，平常日子怎么过就接着怎么过！"

孔桃桃脑仁疼，用力地合上了洗手间的门，随即把所有的水龙头和喷头全部打开。

大学那次失败的恋情是她小心翼翼地掩藏起来的伤口，这下子又被粗暴地揭开。

为什么没跟家里提过半句？

自己男朋友张口闭口都是她姐姐如何如何优秀，她要怎么提？

就像这一次，她同样不知道该怎么跟家里人去描述，她所遭受到的质疑和非议。

因为在妈妈的眼里，她确实只是个让妈妈操心的失败者啊。

孔桃桃蜷缩着坐在浴缸里，紧捂双耳，直到妈妈拍累了门框，趿拉着拖鞋不知道是放弃呵斥她还是去采取别的措施，离开了她的房间。

孔桃桃抓住这个空当，迅速洗漱换好衣服，离开了这狂风暴雨般的家。

下午三点，翘班一整天的孔桃桃再次踏入了市场部办公室。

办公室的空气都弥漫着尴尬和忐忑，所有人都想装作若无其事，但忽然间不知道该做什么的双手和控制不住乱飞的眼神都出卖了他们的紧张。

先开口的人反而是孔桃桃，她语带调侃："不要紧张，我不是来找你们麻烦的。"说着便晃了晃手里的辞呈，"我是来辞职的。"

"……"

话音一落，耳边都是众人的吸气声，大家面面相觑，都指望着能有人出声回答孔桃桃，结束这令人窒息的沉默。

但不要说开口，这些人连直接和孔桃桃对视的勇气都没有。

好在孔桃桃也没期盼过还要和他们交谈，她环顾了下四周，发现吴成并不在，就径直去了经理的办公室。

经理也不在，来的路上绞尽脑汁想了些可能会被问到的问题和回答，也用不上了，孔桃桃把辞呈放在办公桌的最中间的位置。

走出经理的办公室，孔桃桃再没有看任何人一眼，没有去自己的座位上收拾东西，也没有磨磨蹭蹭地留恋，挺直腰背，决然地离开。

剩下办公室的其他人都处在震惊懵懂的状态。

这怎么可能呢？

他们昨天可是和院长的亲妹妹爆发了那样严重的争吵，失业的担忧让他们一整夜都没睡好，手机一响就觉得是上司来找麻烦或是被辞退的通知。

没想到一整晚安然无恙，最后竟然是以孔桃桃离职作为结尾？

而且是这样安静地离职了……

这种安静实在是可怕，还是说真的是他们误会她了？

没有了孔桃桃的办公室依旧没有只言片语，大家都陷入了沉默的反思中。

孔桃桃刚到停车场，就接到了孔敏敏的电话，她调整了下呼吸，甚至对着镜子练习了下微笑，才按了接听："喂，姐，什么事啊？"

孔敏敏直接问道："为什么突然辞职？"

"你怎么知道了，我们经理和你说啦？"孔桃桃佯作漫不经心的样子，带了几分试探地问，"你不会跟我们经理一样，劝我不要离职吧？"

"妈妈给我打了电话。"电话那头的孔敏敏微不可闻地叹了口气，"桃桃，她很担心你。"

闻言，孔桃桃大概猜到了孔敏敏听到的是什么版本了，妈妈说的话在耳边回响，她觉得胸口酸胀难受，却故意笑得没心没肺："哎，妈跟你告状去了？她不是知道你在外地嘛，怎么还去烦你？姐，你别听她乱说，不是她说的那么一回事，我就是累了。"说着甚至还伸了个懒腰来突显自己的疲惫，"你之前不是说过，这份工作我要是干着不喜欢就可以不做的嘛。"

电话那头响起清冷的女声："尊敬的乘客，您乘坐的航班EZ745即将起飞，请您马上赶到登机口准备登机。"

显然，孔敏敏此刻在机场。

"桃桃，我要上飞机了。"孔敏敏的语气里听不出生气和不悦，比起孔妈妈更像是个慈母，缓声道，"我四点四十到Z市，我们今天一起吃晚饭好吗？餐厅你选，你想吃什么都可以。"

"哎？今晚啊……不行啊，姐，我今晚已经约人了，不能放人鸽子的。你赶紧去登机，我挂了啊，拜拜！"

语罢，孔桃桃逃似的挂断了电话。与此同时，一直上扬的嘴角抿成直线，原来假笑久了，脸会这么酸啊。

她从来都不否认孔敏敏对她的关心，晚上如果见面聊天内容会是什么她大致也猜得出。

面对孔敏敏，她没办法坦诚,有些话就像是上了锁，她就是说不出口。

在车里静坐了十来分钟，孔桃桃给张沁打了语音电话，对方磨蹭了好一会儿才接听，压低的声音仿佛在捂着嘴巴说话："喂，桃桃姐？"

"你不方便说话吗？"

"没有啊……"张沁否认，声音稍稍大了一点点，"方便，很方便。"

张沁的声音很小，可背景音很嘈杂，都是噼里啪啦敲打东西的声音。孔桃桃接着问道："你在哪儿？我过来接你，我们去吃饭看电影，怎么样？"

"啊？"张沁第一次没有爽快答应，犹疑道，"桃桃姐，你工作忙完了？你有空跟我玩？"

"有空，你放心，我不会跟礼拜一一样，突然临时有事不去的。"

孔桃桃刚说完，电话那头传来一道熟悉的男声，混合在噼里啪啦的

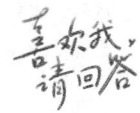

声响里:"我去,张沁你干吗呢?团战呢你竟然挂机去接电话?太不尊重游戏和队友了吧?"

是蒋盛凯的声音。

孔桃桃了然,她觉得嘈杂的声音应该是键盘声,两人现在应该是在哪个网吧开黑。

张沁和蒋盛凯会私下约着出去玩了?

对此,孔桃桃喜闻乐见,意味深长道:"看样子,是你没空啊,没事,你们玩吧。"

"咳——我——"

蒋盛凯:"到底什么电话你要接那么久?我是疯了才带你打游戏,你这个菜鸟!"

"我不菜用你带?你凶什么凶?"

电话那头嬉笑的热闹衬得停车场的孔桃桃就像是被落寞笼罩,她挂了电话,忽然很想念唐泽。

唐泽为什么要明天才回来,她感觉自己的电量即将耗尽关机。

孔桃桃的手不停地点开微信又退出,给唐泽的消息删删写写,最终也没按出发送键。

想任性地跟他撒娇,让他今天就回 Z 市,但心里另外一个声音清晰无比:醒醒,孔桃桃,你没有资格提这个要求,还要等明天你们摊牌了才知道。

·第二十六章·
你是我星系里，唯一的太阳

这一晚，孔桃桃没有回家，冲妈妈白天那个状态，以及已经知会今晚回家的孔敏敏，她只要一回家，肯定是"三堂会审"。

孔桃桃大学在外地就读，在Z市也没有几个好到可以坦然谈和家里闹了矛盾然后去人家里短住的朋友，于是她去买了洗漱用品和换洗衣服，选择了住在酒店。

陌生的环境加上心里有事，孔桃桃这一夜辗转反侧，似梦非梦，都不知道自己到底睡着了没有。

百无聊赖地蹉跎着时间，她从床移到沙发，又从沙发移到阳台，最后打开关了一夜的手机时，意外在一堆孔妈妈的信息轰炸中，看到唐泽的消息，时间断断续续，从昨晚七点到今天的上午十点。

唐泽："在哪里，方便接电话吗？"

唐泽："明天的晚餐想吃什么？"

唐泽："孔小姐？"

唐泽："我在去机场的路上了，等你消息，晚上见。"

孔桃桃揉了揉惺忪的眼，重新把消息看了一遍，认识三个月，第一次看到满屏都是唐泽的消息。

会不会是昨天孔妈妈找不到自己联系他了？

应该不会吧，以她对自己妈妈的了解，妈妈那么爱面子，就算看不

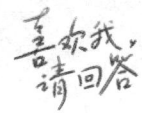

惯自己对唐泽太过主动想干预,也是让小姨出面。

一直以来"家丑不外扬"是孔妈妈的处事原则,自己"离家出走"的事情,肯定不会让外人知道的。

把担忧摘除就只剩下欣喜了,孔桃桃回道:"你下午是在医院吗?我可不可以过去找你?我不吵你工作,我在医院等你下班。"

之前会约晚饭见是因为她想到今天周五要上班,哪能想到离职来得比他回Z市更快。

中午一点出头掐着时间守着手机的孔桃桃收到了唐泽的语音回复:"我两点半要出席Z市的医学交流会,来的不全是医生也有媒体和商业人士,你如果不介意,我把地址发给你。"

许是在飞机上很长时间不曾开口,他低沉的嗓音透着刚睡醒的沙哑,格外温柔。

他的主动邀请,她当然不会拒绝。

隔着手机,孔桃桃觉得浑身像是被电了下,能量随之注入她体内。

唐泽果然是她的充电法宝啊。

孔桃桃换上自己昨天买的新衣服,在酒店简单地梳洗了下。长时间没有进食让她饿得有些乏力,为了一会儿在唐泽面前可以有好的状态,她去酒店的餐厅吃了点简餐,打着一会儿坐唐泽车的算盘便没有开车。

交流会举办的地址位于Z市市郊的五星级酒店的宴会厅,孔桃桃抵达的时候已经是三点出头,到处都挂着海报、横幅和指引的路标,去宴会厅的路很好找。

宴会厅的门口设有招待处,戴着工作牌的年轻男生迎上来,询问道:"你好,请问可以出示下邀请函吗?"

"你好,我姓孔。"好在之前细心的唐泽就考虑到了这个问题,说是嘱咐了门口的工作人员一会儿会有一位姓"孔"的小姐过来。

为了唤醒工作人员的记忆,孔桃桃莞尔补充道:"我是来找唐……"

话尚未说完,男生连连点头:"你就是孔医生的妹妹对不对?难怪看着有点眼熟,孔小姐和孔医生长得很像呢。"

孔敏敏也在?

孔桃桃微怔,这时另一个戴着工作牌的女生从拐角处疾步走来,冲男生道:"谢啦,我上完厕所了,你可以去忙你的了。"

男生点了点头,指了指宴会厅笑着冲孔桃桃道:"孔小姐是来找孔医生的吧,快进去吧。"

孔桃桃颔首,缓步踏入了宴会厅,所以没听到身后女生疑惑的声音:"姓'孔'啊?那不是来找孔医生的,是来找唐教授的啦。"

这里并不是传统意义上的医学交流会,倒像是一群社会精英的聚会,宴会厅里都是各种自助的美食,大家三三两两地凑在一起聊天。

因着刚刚工作人员的话,孔桃桃进入宴会厅的第一件事,不是找唐泽,而是孔敏敏。

早知道孔敏敏也会来的话,她就不会过来了。

甚至,此时此刻她已经开始懊恼,为什么要踏入宴会厅。

当务之急还是看看孔敏敏在哪个位置,和唐泽离得远不远,如果远她就过去找唐泽,告诉他自己在外面逛逛等他,如果离得近,她现在就转身走,去外面给他发消息好了。

可五分钟后,找到孔敏敏的孔桃桃同时找到了唐泽,因为,他们俩就立在一起,"亲密"交谈。

唐泽穿着简单的衬衣长裤,长身玉立,温文尔雅,而孔敏敏束着低马尾,穿着卡其色的长款连衣裙,配着裸色小高跟,温婉得体。

俊男靓女本就吸人眼球,他们举止优雅成熟,散发的都是知性智慧的光芒。

那光好刺眼啊,孔桃桃眼睛生疼生疼的,偏偏脚后跟像是被钉在了大理石的瓷片里,让她无法挪动半分。

这是她最不想看到的画面,偏偏耳畔响起的,还是她不想听到的议论声。

"哎,不记得之前听谁说唐教授跟孔家的千金在谈恋爱,原来是真的啊,我看他们两个聊了好久了,真是般配。"

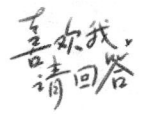

"是啊,两人都还不到三十岁吧?拿的学术型的奖已经不少了,不过孔家财大气粗,孔敏敏又有自己的医院,看样子是个女强人,也不知道唐泽吃不吃得消啊。"

"胡言乱语,孔家有钱,但人唐泽家庭也不差,自己有能力,父母又都是研究人员,两人是门当户对势均力敌。"

"哎,瞧着真是一对璧人,般配得很。这么好的基因,以后两人的孩子该有多优秀啊?"

孔桃桃越是不想听,这一字一句就越是清晰入耳。她远远地看着相谈甚欢的唐泽和孔敏敏,紧绷了好多年的那根弦蓦地断了,脑海里都是"嗡嗡嗡"的声音。

唐泽可以因为任何人拒绝她的追求,也可以选择其他女人恋爱结婚,但这个人,不能是孔敏敏。

孔敏敏是孔桃桃人生中迈不过去的坎。

可他们真的好般配啊,就像两颗璀璨的珠宝,放在一起就熠熠生辉。

这一周的遭遇本就让孔桃桃的心情沉在谷底,此刻她一直努力隐藏的自卑在这个喧哗的宴会厅像是藤蔓一样疯狂地生长,紧紧地扼住她的喉咙。

隔着远远的距离,孔桃桃一眨不眨地盯着唐泽微薄的唇,想要读出他在说些什么,但她的眼眶渐渐起了雾,模糊的视线里,她只知道,他轮廓依旧温柔,上扬的嘴角和她相处时一般无二。

孔桃桃锥心般难过。

她不知道自己就这样呆站了多久,直到孔敏敏的目光不经意地和她相遇。

孔敏敏立刻抬脚迈向孔桃桃,却被唐泽拉住了手臂。

他拉了孔敏敏,他触碰了孔敏敏。

而他们认识那么久,除了之前她沮丧时的摸头,没有过其他的肢体接触。

孔桃桃身子颤了颤,再不敢多看一眼,转身落荒而逃。

她脚步慌乱像只无头苍蝇般往酒店的院子走，脑子乱糟糟的，一直跳出唐泽和孔敏敏站在一起的画面，她心乱如麻，想直接删掉唐泽所有的联系方式，甚至连赶快离开Z市的想法都冒了出来。

在孔敏敏面前她是那样自卑胆怯，不要说像以前一样不讲理地拽着唐泽要求她不能喜欢孔敏敏，她甚至连上前问一问，他们到底是什么情况的勇气都不敢。

她只想逃，她习惯了逃。

"孔小姐。"身后似乎有熟悉的声音。

孔桃桃置若罔闻。

"孔小姐！"

孔桃桃加速了步伐，直到手腕被人拉住。

"怎么了？"唐泽没有松开孔桃桃的手，"为什么突然转身走？"

孔桃桃低垂着头，目光落在两人的手上，她张了张唇，却没有声音。

怎么了？

那你和我姐怎么了？

"大……我很担心你。"唐泽的手稍稍松了些力道，口吻像极了那天在医院哄她一般，轻轻柔柔的，"是觉得宴会厅里很无聊对不对？"

"……"

"那我帮你订个下午茶，你在酒店餐厅等等我可以吗？我这边事情处理完就过来找你。"

"不用了。"孔桃桃干涩发声，每个字都像是用力挤出来的。

唐泽另一只手安抚地碰了碰她的头，语气更加温柔："不是有话要跟我说吗？"

这种温柔的亲密让她鼻子发酸，孔桃桃倏地挥开他搁置在自己脑袋上的手，同时也甩开他拉住自己的手，向后退了一步，拉开两人的距离。

"没什么好说的了，不打扰唐教授工作了，你去忙吧。"

"孔小姐，倾诉也是一种解压的方式。"唐泽没有要离开的意思，"心情不好的话，跟我聊聊吧。"

"别再用你的专业知识分析我行不行？"

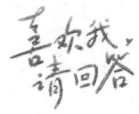

这是孔桃桃第一次大声冲唐泽说话。

唐泽微怔,孔桃桃扯出个不在意的笑容:"好,那我现在说吧,反正也就几句话。唐泽,我累了,我不追你了,以后也不会打扰你了。"

"……"

"抱歉这段时间给你带来困扰了。你说得对,我们不合适,就不耽误彼此的时间了,祝你幸福。"

道完官方的说辞,孔桃桃也不等唐泽的回应,急切地想要离开。

"因为什么?"唐泽立在原地开口,压低的嗓音里已经没有好脾气的温柔,如果孔桃桃可以抬头看他一眼,会发现他敛了笑,露着一张严肃沉重的脸,"因为蒋同学?因为……他乖?"

原来那条她很快删除的朋友圈,他看到了。

今天以前她肯定都会笑嘻嘻地把前因后果解释一遍,但此刻她连开口都费力,满脑子都是"他和孔敏敏才是一个层次的,你们不是一个世界的人"的念头,于是孔桃桃不耐烦道:"是,没错。"

孔敏敏是优秀完美,可她孔桃桃也是有人喜欢的。

孔桃桃步伐迈得急促,身后的唐泽没了声音。

以唐泽的性格,当然什么都不会说。

他会觉得松了口气吧,他果然不喜欢自己啊。她强迫自己不要回头,仿佛这样一直走就能走到新的人生。

但下一瞬,一双有力的臂膀自身后揽过她的腰,将她束缚在怀里。

隔着夏季薄薄的衣料,孔桃桃可以清楚地感受到腰间双臂的温度,后背紧贴着他的胸膛,能感受到他沉稳有力的心跳。

她今天穿的平底鞋,所以他的下巴抵在她的头顶,他迷人的嗓音带着电流自她头顶上方传来:"骗子。"

孔桃桃心跳如雷,大脑一片空白,做不出任何的反应。

唐泽……抱住了她?

"你说过等时机成熟会再跟我告白一次的。"唐泽紧了紧双臂,将她圈得更紧一些,她的身子比他想象中更娇软瘦小,"桃桃,我觉得现在时机很成熟。"

桃桃。

这是他第一次这样亲昵地唤她。

没有了往日的克制隐忍,温和疏离,这个男人那么不像她认识的唐泽。

终于听到了期盼那么久的话,孔桃桃找不出合适的言语来形容自己的心情,心里酸胀发涩,她眼睛起了雾。

"你知道你在说什么吗?唐泽,你喜欢我吗?"像我一样的,喜欢你吗?

"嗯。"许是两人的姿势看不到彼此的表情,那些往常难以启齿的话变得不再那么难以开口,"所以,不要放弃我,如果你累了,接下来交给我。"

这是孔桃桃转身离开后,唐泽最真实的想法。

成年以来他鲜有失控的时候,可刚刚那三秒,他知道如果自己就这样看着她走掉,以后一定会后悔。

闻言,孔桃桃的眼泪就像断了线的珠子,一颗颗往外冒,滴落在他抱着她的双手上。

"可你喜欢我什么?我那么差劲。"孔桃桃仿佛在自言自语,她哭得越来越厉害,语句也破碎凌乱,"她做什么事情都轻而易举,她什么都做得好,她是爸爸妈妈的骄傲。我什么都不好,我成绩不好、性格不好、没什么特长。"

眼泪储存在她身体里好久好久了,唐泽打开了泪水的龙头。

在她被同事们误会质疑的时候,在孔妈妈一次次说着"你姐就不让我操心"的时候,在孔有成对她每一次带有挑衅的叛逆都无条件纵容的时候,在身边的同学朋友都说着"你和你姐为什么差那么多呀"的时候。

眼泪滴落在唐泽的手背,他却觉得整颗心都被烫得生疼。

作为心理学教授,他当然知道这是她情绪的倾泻,于是抑制着自己给她擦拭泪水的冲动,下巴轻轻摩擦着她的发顶,示意她自己在听。

"爸爸可不可以像要求她一样要求我?合作方能不能认真看看我写

的方案？同事们能不能把关注点放在我对工作的态度上？大家能不能耐心地认识我，而不是'孔二小姐'啊？她……能不能对我差一点儿，哪怕不用现在这么好，我就可以心安理得的怨恨她啊。"

因为孔敏敏光芒万丈，所以她活在自卑的阴影里，但偏偏，孔敏敏又是她人生中会照射进来的光束。

"我小肚鸡肠、斤斤计较，我不是满不在乎，我是无能为力。"虽然一直很努力笑得没心没肺，可心里的窟窿一个接着一个，"你一直不回应我没关系，你拒绝我也没关系，没人规定我喜欢你，你就一定要喜欢我。"

"……"

"可你刚刚和她站在一起，我好难过啊。对不起，我就是这样一个糟糕的人，你和她都是银河那边的人，而我在银河这侧。"

"傻瓜。"这两个字溢满了心疼，唐泽往左侧头，薄唇凑近她莹白的耳垂，认真且笃定地说，"桃桃，你是我星系里，唯一的太阳。"

他回应了她当初的告白。

暧昧的距离，耳边都是他温热的呼吸，孔桃桃浑身酥麻，整个人都像是嵌入了棉花团里，软绵无力。

动人的词句一句句往外冒。

"在我眼里，只有你会发光。"

唯一。

只有。

这两个词给了孔桃桃最强有力的冲击，委屈、嫉妒、自卑、胆怯都被消灭了大半，一直以来她等待渴求着的，也是这份独一无二的偏爱。

于是，孔桃桃哭得更加大声，不在意形象，不看场合，闭着眼睛号啕大哭，像个被人抢了糖果，哭着等人哄的六岁小孩儿。

唐泽很心疼，但没有阻止。他知道她需要宣泄，有些伤口需要完全揭开后才会痊愈。

也不知道过去了多久，孔桃桃终于找回了些许的理智，带着哭腔一抽一抽地说道："你不要管我，你先去忙吧，让我自己哭一会儿就好。"

他会为了自己追出宴会厅,不仅主动抱住了自己,还说了刚刚那些话,她已经很满足了。

闻言,唐泽松开了环住她的双手。骤然离开的温度让孔桃桃有些失落,但下一秒,他的手下移直到拉住她的手,牵着她缓步走着,没有要离开的意思。

孔桃桃乖巧地任他牵着自己走向院子里的长椅。

"你不回去吗?"

唐泽摇头:"女朋友比交流会重要。"

孔桃桃彻底沦陷在他的缱绻温柔里,回握住他的手,一头栽进他怀里,额头抵住他的胸膛,撒娇地蹭了蹭,闷声道:"那我真的会小心眼地不放你走的,男朋友。"

"好,不走。"

他知道,她现在有多需要他。

·第二十七章·
因为是她，所以可爱

唐泽言出必行，当着孔桃桃的面给负责人打了电话，表示自己有急事要处理，无法继续出席交流会了。

孔桃桃向唐泽敞开了心门，在酒店院子的长椅上，把堵塞在记忆里的话全部说了出来。

唐泽第一次庆幸自己学的是心理学，在这个时候可以利用自己的专业知识给她更高质量的安抚。

也不知道过去了多久，孔桃桃哭累了也说累了，心情却如雨后的阳光，格外清澈明媚。

唐泽果然是她的充电宝。

眨着哭肿的眼，孔桃桃侧头盯着气质清冷的唐泽，带着几分不确定地开口："唐泽，我们现在是男女朋友了吧？"

唐泽主动握住了她的手："理论上如果你现在没有后悔的话，我们是。"

"我怎么可能后悔？"孔桃桃掰开他的手，换成了十指相扣的姿势，"你也不能后悔，后悔也没用。"

牵手的感觉原来这样好，唐泽浅笑道："女孩子应该矜持一点儿。"

"那你倒是主动一点儿啊？"孔桃桃下巴微仰，因为哭太久嗓子有些哑，"我要是矜持，我们的故事在四月就结束了，所以嘛，矜持也要分人和场合的。"

这句话唐泽是认同的,若不是孔桃桃的穷追不舍,他们后来都难以有交集,而刚刚不是他放下理智和矜持的话,他们也不会有此刻的甜蜜。

某些话忽然窜进唐泽的脑海,空着的手推了推镜框,他状似不经意地问道:"你之前说因为蒋同学要放弃我的话是真的吗?"

"当然是假的!"好不容易抱得男神归的孔桃桃才不会让他们确定关系的第一天就有误会,非常主动地解释,"还不是因为你去Y市不跟我说,答应要陪我看电影也不约我,我发那条朋友圈故意气你的,后来沁沁来找我,我才知道你有给我买票,我立刻删掉那条了,没想到你还是看到了。"

"那刚刚……"

"还不是因为我看到你和我姐聊得好开心,周围人都说你们般配,我心态崩了嘛。你知道的,如果是我姐的话,我……"说到这里,孔桃桃肩膀下垂,似是找不到合适的形容词接着说下去,"你们在说什么?学术上的事情吗?你跟我姐一定很聊得来。"

她那个角度看不到孔敏敏的表情,但可以看到唐泽专注的样子。

这样坦然不藏一点儿小情绪的孔桃桃让唐泽心底一片柔软:"我们在说你。"

"我?"

唐泽颔首,犹豫了片刻后才道:"其实你姐昨天联系了我。"

难怪她今天一开机看到那么多条唐泽的消息,一想到孔妈妈说的那些话,孔桃桃心口一紧,忙问道:"她跟你说什么了?是不是说我因为被你甩了就任性不去上班,跟大学那会儿失恋一样,要死要活的?"

前面孔桃桃说了那么多,她相信唐泽会理解她辞职不愿回家的心情,同时也该知道一切都是误会。

可唐泽的重点落在了她的后半句,意味深长地重复了一遍:"大学那会儿失恋,要死要活的?"

孔桃桃心里"咯噔"了下:"不是你想的那样,我跟你说下我的前男友吧,他……"

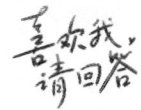

"好了。"唐泽不轻不重地紧了紧手指,打断了孔桃桃的话,"我不建议我们交往第一天就讨论你的前男友。"

"你吃醋了?"

"……"

孔桃桃歪头眯着一双肿胀的眼看他,上扬的嘴角透着得意:"这样说可能不太地道,但我看你吃醋觉得很开心。"顿了顿又接着道,"你不想听我也要说,我妈妈不了解情况,我才没有要死要活嘞,分手是我提的,因为他老爱拿我和我姐比较,我很反感。简单来说就是,喜欢过、不后悔,现在也想不起。"

从小到大都被人误会,孔桃桃讨厌误会,更加不希望她和唐泽之间有误会。

所以一切可能造成误会的点,她都会说得明明白白,就像跟上一任分手时,也把理由说得清清楚楚。

唐泽满脸都写着"拿你没办法",无奈的叹气声里是浓稠的宠溺。

她这副坦荡无谓的样子,把他心里的在意突显得毫无意义。

不要纠结过去,他们要一起迈向的,是属于彼此的全新的未来。

眼看着太阳就要西下,唐泽估算着时间,建议道:"桃桃,去和你姐见一面吧,她很担心你。"

孔桃桃立刻避开他的视线,本能地抗拒:"我不要。"

唐泽起身,试图把她从长椅上拉起来。

孔桃桃试图抽回自己的手,委屈地埋怨道:"哪有你这样当人男朋友的,我说了我不去……"

"我带你去吃饭。"唐泽将她的手牵得更紧,"小朋友可以闹脾气,但不可以不吃饭。"

因为喜欢,所以情绪总是被他拿捏得死死的。

闻言,孔桃桃立刻起身,顺势就依偎过去,模仿着小朋友的语气,嗲声道:"男朋友,你好严格哦。"

身体感受到了她倾斜过来的重量,是一种难以言说的甜蜜的负担,唐泽的眼神比天边的晚霞还要温柔。

原来女孩子这么可爱。

哦不，因为是她，所以可爱。

晚饭吃的是火锅，饭店是孔桃桃选的。事实证明，发泄也是体力活，积郁被清空后她觉得自己饿得前胸贴后背，一落座立刻开始在菜单上勾勾选选，然后迅速把单子递给服务员。

"稍等。"唐泽唤住接过单子要离开的服务员，"能麻烦给我一个冰袋吗？没有的话给我一些冰块和一个一次性手套，我自己来弄就好。"

服务员是个年轻女生，看着面前这张颜值爆表的脸和好听的嗓音实在无法拒绝他的要求，略显羞涩地热情回道："不麻烦、不麻烦，你说的店里都有，我弄好给你送过来。"

早就预谋"唐泽女友"位置已久的孔桃桃根本不需要适应时间，火速上岗就位，目光灼热地看向唐泽，道："唐教授，有女朋友了要安分守己，不要再乱放电，突然跟人要冰袋做什么？"

唐泽很是佩服孔桃桃的脑回路，伸手不轻不重按了按她的眼角，满意地听到了她吃痛地"啊"了声，才解释道："给你消肿。"

孔桃桃一秒从"吃醋女友"切换到"黏人小可爱"，笑得比花还要甜腻："就知道你对我最好啦！"

孔桃桃一直觉得对男朋友千万不能吝啬夸奖，夸奖可是感情最好的加速器。

甜言蜜语并不是只有女人爱听。

五分钟后，服务员急匆匆过来递冰袋，孔桃桃抓紧机会，在服务员离开前把整张脸往唐泽面前凑，捏着嗓子道："眼睛疼疼，你快敷敷。"

服务员：？？？

服务员身子肉眼可见地抖了抖，不适的感觉在看到唐泽好脾气地笑了笑然后拿过冰袋温柔放在"女朋友"眼睛时达到了巅峰。

猝不及防被塞了一嘴的狗粮。

她酸了。

孔桃桃对唐泽的回应很是满意，乖巧眯眼享受着他的服务，一直到火锅被端上来。她看着他给自己烫菜夹菜笑得合不拢嘴，甚至还嫌不够地用言语来表达："我觉得好幸福呀！"

"如果我的记忆没出差错的话，之前我们每次出来吃饭我也是这样做的。"

添茶布菜，他向来礼数周全。

"可身份不一样啊，现在我们是情侣。"

"……"

吃完火锅，已经是晚上八点出头，孔桃桃原本想要散步消食，但唐泽执意要先送她回酒店，理由还特别引人遐想："你不是让我主动一点儿吗？"

这话听起来，孔桃桃觉得周身都是粉色的小气泡，身体随着扑腾扑腾的心跳开始升温。

四舍五入也就是男朋友主动要和她睡酒店了。

咳——

酒店的床那么大，她一点儿都不介意和他一起分享，更何况她都已经觊觎他的美色三个月了。

可孔桃桃所期待的情节一个都没有发生，唐泽所谓的主动就是跟她一起回酒店，帮她收拾好行李，再拉着她去前台退房。

孔桃桃一头雾水地问："那我今晚睡哪儿？"

唐泽一手提着她不多的行李，一手揉了揉她的头："我带你回家。"

熟悉的摸头杀，孔桃桃难以抵挡。

她记得他父母都在外地，他目前是独居，所以是要带她回他家？

孔桃桃瞬间就生出一种流浪猫被好心人收留的感觉，欢欢喜喜就跟着他上车了。

一上车，唐泽就柔声嘱咐："路途有点久，眼睛累就先睡一会儿吧。"

虽然吃饭时唐泽给她冰敷处理了下，但双眼依旧干涩发疼，于是孔桃桃点了点头，调整了下座椅，闭上了双眼。

唐泽的车开得平稳,孔桃桃舒舒服服地睡了一觉,直到唐泽喊醒她,她才迷迷糊糊地睁眼,坐直身子,嘟囔着:"到了啊?"

"嗯,你需要整理下头发吗?"唐泽的手探向后座,去拿孔桃桃的行李。

孔桃桃摇头,反正他家又没人,一会儿进了他家第一件事肯定是洗澡,头发乱不乱无所谓了。

于是,她伸了个懒腰,打开车门下车,尚有些模糊的视线里出现的都是熟悉的景致,她仍有些回不过神地出声:"唐泽,你家怎么这么眼熟啊?"

"……"

"看起来跟我家好像哦,这灯,这门,这院子……"

说着说着,孔桃桃倏地睁大了眼,身子立马绷紧,用力地掐了掐自己的大腿。

她是不是还在梦里?

这明明就是她家啊!

·第二十八章·
往后余生?

孔桃桃恍然大悟,唐泽说的回家竟然是回她家。

他明明知道她和家人吵架了,竟然还送她回来?

孔桃桃难以置信地看向唐泽:"我说过我不回家。"

唐泽提着袋子走过去,严肃着一张脸:"桃桃,只有面对才能解决问题,这样僵着不是办法,换位思考下,你应该能想象他们有多着急和担心。"

孔桃桃压低声音怒道:"我不是你的学生,别端出老师的样子来教育我。"

她是真的很生气,别人也就算了,可他是唐泽,她下午掏心掏肺说了那么多一直表示理解和安慰她的唐泽啊!

唐泽深呼吸,随后嘴角缓缓上扬,特意放柔语气,道:"那这个表情语气可以吗?"

孔桃桃:???

"我现在是站在男朋友的立场和你说话。"唐泽微微俯身与她平视,"我不会让你一个人面对,有问题我们一起解决。"

"我们一起?"

"嗯。"唐泽牵住她的手往孔家走,"你家客厅的灯还亮着,现在还不到九点半,叔叔阿姨应该都没睡。"

其实不用做这些推测，唐泽也能确定孔桃桃的家人都没睡。

他在带孔桃桃去吃饭的路上和孔敏敏联系过了，并且承诺晚上会把孔桃桃送回家。

身为男朋友，他自然不会做加剧她家庭矛盾的事情，但今晚执意带她回家的出发点是为了治愈孔桃桃的心结。

白天孔桃桃的行为只是把心里溃烂的脓包挤掉了，他现在要做的，是趁热上药，让她最快愈合。

孔桃桃有些蒙："你这是要和我见家长？"

"够主动了吗？"唐泽半玩笑地回答。

简直是太主动了一点儿吧？他们确定恋爱关系不到十个小时啊！

孔桃桃就这样头脑发蒙地被唐泽带回了家。

像是早就料到了他们要进来一般，大门是虚掩着的，唐泽还是礼数周全地按了门铃，听到了里面的应允声才推开门。

客厅灯火通明，孔家三口人全部坐在沙发上，齐刷刷地看过来。

果不其然，就是三堂会审。

立在玄关，孔桃桃下意识地往唐泽身后躲，垂首盯着自己的鞋子。而唐泽似乎根本不紧张的样子，他礼貌地问好："叔叔阿姨好，孔医生好，很抱歉这么晚登门打扰，因为有些话觉得应该当面对你们说，我是桃桃的男朋友，唐泽。"

这番自我介绍给了孔桃桃勇气，稍稍从他身后挪出些许身子，幼稚地看向孔妈妈，用目光无声传递着：你自己听，说了我没失恋。

而孔妈妈看到她红肿的眼，又气又急。

甚至孔有成也一反慈父的常态，闻言蹙眉紧盯着唐泽，沉默地打量。

只有孔敏敏看不出什么特别的情绪，主动对唐泽道："不必客气，鞋柜前那双深蓝色的拖鞋是给你准备的。"

"谢谢。"唐泽已经开始换鞋，不忘小声给孔桃桃加油，"我们可以的，桃桃，不怕，我在。"

没得到坐下的准许，唐泽就和孔桃桃立在沙发区。

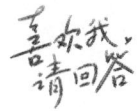

孔有成双手环臂，率先施压："都说唐先生年轻有为，既是名校的教授又是三甲医院的坐诊医生，怎么谈个恋爱却让女生伤心？优秀和能力固然重要，但年轻人更重要的是人品。"

原本孔桃桃和唐泽相亲的事情，孔有成是有所耳闻，但一来他工作忙，二来觉得孔桃桃还小玩心大，也没放在心上，直到昨天孔妈妈哭着说孔桃桃因为失恋不仅辞职还离家出走了，他立刻去调查了唐泽的资料。

谈恋爱可以，分手也可以，但让孔桃桃难过，不行。

"妈，你又跟爸乱说！"孔桃桃都替唐泽感到委屈，站出来解释，"爸，我辞职的事情跟唐泽无关，我跟唐泽是今天才在一起的。"

唐泽却一分不满也没有，微收的下巴是谦卑的弧度，很是诚恳地回道："叔叔说得对，人品比什么都重要。我和桃桃虽然刚在一起，但我在这里向叔叔和阿姨保证，往后余生都会竭尽所能给桃桃幸福，不让桃桃伤心。"

"往后余生？"

唐泽倏地牵住孔桃桃的手，沉稳有力地发声："我很喜欢桃桃，希望以后在通过叔叔阿姨的考验，获得叔叔阿姨的肯定准许后，能和桃桃结婚。"

结……结婚？

这下不仅是父母姐姐，连孔桃桃都侧头看向唐泽了。

一直以来孔妈妈在意的点都是孔桃桃对唐泽太过主动热情，唐泽还似乎对孔桃桃是爱搭不理的样子，这让她很是不爽。现在唐泽直言对孔桃桃的喜爱，孔妈妈心里的不爽就得到了缓解，紧绷的神经松懈下来。

孔有成昨晚对唐泽的调查都是好口碑和夸赞，现在的表态也深得他心，语气立刻缓和了，起身道："你跟我去书房谈谈。"

孔桃桃刚想拒绝，孔妈妈就带着斥责的口吻出声了："我有话跟你说。"

这是要分开谈话的意思。

孔桃桃才不要和刚说了要和自己结婚的唐泽分开，下意识地和他贴得更紧:"有话就在这里说。"

孔敏敏拉住正要发怒的孔妈妈,看向孔桃桃:"去我房里吧。桃桃,我们聊聊。"

孔桃桃避开孔敏敏的视线。

"我相信你说的,辞职不是因为恋爱,那么理由是什么能和我说说吗?你的辞呈我还没批。"

在三人看不到的地方,唐泽伸手轻轻抚了抚孔桃桃的腰,无声地鼓励,随后主动迈向孔有成:"好的,叔叔。"

比起无意义的挨骂,孔桃桃宁愿去孔敏敏房里,换个耳根清净。

于是,孔桃桃深吸了口气,迈向孔敏敏,也迈向她自卑怯懦的根源。

唐泽看着孔桃桃上楼的背影终于松了口气地笑笑,而孔敏敏朝他微微颔首,聊表谢意。

孔桃桃和孔敏敏的房间都在二楼,一左一右,可即便这么近,成年后孔桃桃很少去过孔敏敏的房间。

"不要打扰姐姐"是孔桃桃从小听到大的话。

步入孔敏敏的房门,孔桃桃的视线从书架上密密麻麻的书到整齐简洁的被褥,和她房间一样的格局却是截然不同的布置。

孔桃桃局促地立在靠近门口的位置,没有坐椅子上更没有坐床上的打算,快速在脑海里搜寻着合适的词汇,想一个孔敏敏会接受的辞职理由。

孔敏敏先开口:"桃桃,受了委屈为什么不告诉我?"

孔桃桃讶然抬头,没有想到会是这样一句开场白。

"抱歉,我去调了你们部门的监控。我想能让你做出那样强烈的反应,一定是受了很大的委屈吧。"

监控只能看到画面听不到声音,而孔敏敏看到后不是责备孔桃桃在工作时间意气用事,甚至任性翘班,她的反应是:孔桃桃受委屈了。

孔桃桃鼻子发酸,说不出话来。

"如果你不想说这些,姐姐不问了。"孔敏敏一直仔细观察着孔桃

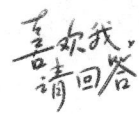

桃的神色,"桃桃,我们真的很久没有好好聊过天了。"

"……"

孔敏敏并不介意孔桃桃的沉默,像是回忆起了什么,轻柔了笑了笑:"我记得我读初中那会儿,你还很黏我。每次放学你都吭哧吭哧地跑过来,就像一颗小肉丸子,抱住我的腿不松,真的很可爱。"

说到这里,孔敏敏忙打开抽屉拿出一个木质的盒子,走到孔桃桃面前,翻找出一张年岁久远的照片递过去:"你看,这是你幼儿园毕业时我给你拍的照片,你笑得多灿烂啊,你们班那么多小朋友,没有一个比你可爱。"

孔桃桃觉得今天的自己过于脆弱,话说不清楚,只想哭。

"你看这个,这个是我初中毕业,妈妈帮我们拍的合照。"孔敏敏就像抱了个回忆的箱子,一件件翻阅着,"还有这个,这个是你小时候画的贺卡。"

泛黄的贺卡,蜡笔画的四个拉手的小人依旧色彩鲜艳,上面笨拙地写着四个字:我的一家。

"桃桃,你对我而言是很重要的家人,我长你六岁,所以比你更早明白爸爸妈妈的期望。我一直以为只要我足够努力,变得足够优秀,那些压力就不会落在你的身上,你可以永远无忧无虑,笑得灿烂。"

"……"是啊,所以孔有成对她从来没有要求。

"可今天和唐泽聊完,才发现自己错了,我自以为替你扛了压力,却没想到自己成了你压力的根源。"孔敏敏又转身走向书架,伸手在顶层翻找,"我并没有你想的那么厉害,桃桃你看,我比赛也拿过第二名,大学的时候……"

孔敏敏接下来的话因为孔桃桃突然扑过来的拥抱戛然而止。

"姐姐……"孔桃桃哽咽着,紧紧环住孔敏敏的腰,任由泪水浸染她的后背,"我真坏,我心眼又小……你对我那么好,可我还总是偷偷嫉妒你,我还老吃醋……吃醋爸爸跟别人说你是他的翻版,吃醋你做什么决定妈妈都支持,而我做什么她都说我胡闹。"

孔敏敏静静地聆听。

"我也想变得跟你一样。我初中的时候模仿你说话走路,可大家都笑话我……我真的很笨吧,这次明明是个误会,我却连跟妈妈解释清楚的能力都没有。"孔桃桃抽噎着,"可我明明说了不是,为什么妈妈永远不相信我?姐,我好难过……虽然我从来都表现得不在乎,可其实……其实我好想听妈妈夸夸我啊……"

"……"

"同事们排挤我就算了,连妈妈都不相信我在认真地工作,我真的很难过。我虽然平庸,可我也是……她的孩子啊。"

"哐——"

未曾合上的房门被人激动地推开。

两姐妹循声侧头,就看见孔妈妈眼眶泛泪,激动地朝她们走来:"你这孩子为什么不早说?"

孔桃桃松开孔敏敏,条件反射性地抱住头,来躲避孔妈妈习惯性的栗暴,哭喊着:"我说了的,我明明都说了的,是你从来都不相信我,不心疼我,仿佛我只是你从垃圾桶里捡回来的!所以我大学才一定要报外地,反正你根本不在乎我!"

孔桃桃咆哮着说完,无力地抱头蹲坐在地上,把脸埋在双膝之间。

孔妈妈已经是泪流满面,顺着在她身边蹲下,伸手抱住她的头:"都是我十月怀胎生下来的,我怎么会不心疼不在乎你?你昨晚没回来,我急得一晚上没睡,哭了一整夜,你要是我捡来的,我管你回不回?"

而一旁强忍着泪水的孔敏敏,张开双臂,拥住哭得正凶的母女。

孔妈妈字句破碎地找着母爱的证明:"你那几天熬夜工作,我夜里起身看了你好多回,直到你房里的灯没了才安心睡。你以为我不想纵着你吗?可你爸你姐都惯着你,我想着你心性就跟小孩子一样,家里总得有个人唱黑脸管着你。我嘴上说着不赞同,哪一回不是背地里帮你?"

"……"

"桃桃,妈妈是用错了方式爱你,不是不爱你啊。"

撕开了伪装的膜,三人的话似乎一夜也说不完。

许久后,在门外看到相拥而泣的母女三人的唐泽和孔有成,很默契

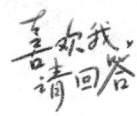

地一言未发。

  此情此景唐泽知道自己最好的处理方式就是当作什么都没有看到,于是他和孔有成下楼,礼貌地告别:"麻烦叔叔帮我跟阿姨、桃桃说一声了,今天太贸然了,叔叔阿姨允许话,我改日再登门造访。"

  孔有成颔首。

· 第二十九章 ·
亲亲抱抱举高高

这一夜,孔桃桃睡在了孔敏敏的房里。早上孔敏敏起床时她迷迷糊糊翻了个身,顺着孔敏敏给她盖被子的姿势埋入被子里,又沉沉睡去。

再次醒来,已经是下午一点了。

孔桃桃睡到自然醒,伸了个懒腰走出孔敏敏房间时,回想起昨天发生的种种仍然有种不真实的感觉。

但……心结已解,她浑身舒坦,连下楼的步子都很轻盈,连声唤着:"妈!妈!我亲爱的妈妈!"

可惜孔妈妈并没有像往常一样从楼下客厅或者厨房冒出头,而是从三楼走道探头看她。

"我在这儿。"

孔桃桃立在一楼到二楼的楼梯上,仰头朝孔妈妈看过去,见她穿着真丝睡裙,诧异道:"妈,你也睡到现在?"

昨晚母女三人谈心到太晚,孔妈妈会生物钟紊乱,孔桃桃觉得情有可原。

但孔妈妈打了哈欠摇头否认:"我刚躺下打算补个觉。"

昨晚孔桃桃哭累了和孔敏敏睡了后,妈妈一点儿睡意也没有,询问了孔有成和唐泽的谈话内容,又自责自己这些年没有当个合格的母亲,

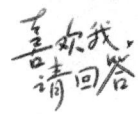

两夫妻聊到了后半夜。

一想到昨晚,孔妈妈连忙露出了春风般和煦的笑容,作势要下楼:"饿了吧?想吃什么?妈妈给你做。"

孔桃桃从头到脚趾都感到不适:"不用,你补你的觉,不用管我。"

"没事,给你做完再睡也一样,说吧,想吃什么。"

"妈,你还是像以前那样跟我说话吧,你这样我头皮发麻,像是一个陌生人占据了我妈的身体。"

"……"不能生气,一定不要生气!

"我自己去冰箱看看啊,我随便吃点垫垫肚子就可以了,晚上我和唐泽出去吃。"

闻言,孔妈妈搭着栏杆冲着孔桃桃往厨房走的背影喊道:"你让唐泽来家里吃饭,我给你们做好吃的。"

昨晚唐泽主动把闹别扭的孔桃桃带回来,充当了他们家庭摩擦的润滑剂,让孔妈妈对他颇有好感,尤其是在知道了他和孔有成的谈话内容后,简直就认定他是自己的女婿了。

"妈,你以前可不是这样说的啊。"家人能喜欢唐泽,孔桃桃自然开心,但又忍不住从厨房探出头嘴欠地问,"不是说咱家有头有脸的,父母不能随便见的吗?你喊他过来吃饭不合适吧?"

"孔桃桃你怎么说话的,要是你姐姐……"意识到自己惯性地脱口而出,孔妈妈连忙住嘴,很是担忧和关切地望着孔桃桃,"桃桃,妈妈不是那个意思……"

昨晚是把话说开了,可这么多年形成的习惯不是一朝一夕就能更改的。

孔桃桃无所谓地耸肩,扬声道:"好啦妈,我没那么脆弱,我现在不会再胡思乱想了,你真的就像以前那样跟我说话就可以了。"

如果孔妈妈从此和自己说话都要这么小心翼翼,那昨晚发生的一切都没有意义。

孔桃桃不怎么饿,在冰箱拿了盒酸奶和苹果,就回自己房间了。她急切地想要联系唐泽,想问问他昨晚跟孔有成聊了什么,然后约他晚上出来见面。

简单地洗漱后,一点开手机就看见来自唐泽的未读消息,孔桃桃啃着苹果笑嘻嘻地点开。

唐泽:"醒了告诉我。"

孔桃桃立刻回了个猫咪撒娇的表情包过去,回道:"你的小可爱醒啦!"

不过几秒,唐泽直接回了个电话,孔桃桃嘴里还有未咽下去的苹果,含糊地说着:"嗯哼,反应这么快你是刚好在玩手机吗?"

唐泽听她的语气就知道她状态不错,答道:"因为整天都在等你消息。"

手里的苹果突然就不甜了。

"这算是甜言蜜语?"

"实话实说。"

"哼,你这么忙有一整天的时间来等我消息?小心我现在就让你出现在我面前哦。"

"好,你大约多久能出门,我这边过去你家半个小时左右。"

女生在恋爱里要的都是男人一个爱自己的态度,孔桃桃抱着电话傻笑:"当你女朋友的待遇真好,以前得眼巴巴地等你消息,现在你不仅会主动给我打电话,还来我家接我去约会哎。"

唐泽低笑:"那半个小时后见?"

"不行,我刚起床呢,眼睛还有些肿,你至少得给我一个小时的时间。"

"好。"

挂完电话,孔桃桃火速扔掉苹果,敷着急救眼膜和面膜的同时在自己的更衣室挑挑拣拣,确定关系后第一次正式的约会,她当然要精致完美。

当孔桃桃坐上唐泽车的副驾,已经是一个半小时后的事情了。

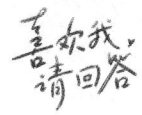

戴了浅褐色美瞳的双眸朝唐泽眨了眨,孔桃桃左手将不久前用卷发棒烫卷的发梢到耳后,露出修长的脖颈线条,番茄红的唇微微上扬:"我是不是美炸了?"

很直接,很"孔桃桃"。

回想起她昨天惨兮兮的样子,唐泽肯定地回道:"嗯,美炸了。"

"真羡慕你有这么好看的女朋友,所以多等了半个小时的唐教授应该不会生气的吧?"

"不生气。"唐泽把自己的手机递给孔桃桃,"想实行第几条计划?"

孔桃桃接过唐泽的手机,界面停留在备忘录上,罗列着三条计划,她的目光一一略过那些"美术馆""摄影展"等等溢满文艺气息的字眼,停留在最平凡最大众的"看电影"上面。

"我选计划三。"语罢,她还不忘夸赞一番,"也好羡慕我自己,有个逻辑清晰做事井井有条的男朋友哦!"

唐泽笑着启动了汽车。

孔桃桃应景地挑了部新上映的爱情片,期待着在旖旎的氛围里,可以和唐泽有些脸红心跳的小动作,弥补第一次看电影时的遗憾。

可惜,在周遭都是搂搂抱抱、卿卿我我的情侣的情况下,唐泽都是状似认真地看电影,每当孔桃桃控制不住一颗躁动的心朝他伸出手时,他总是快速地把爆米花递到她的嘴边。

次数一多孔桃桃不乐意了,当他再次把爆米花递过来的时候,她顺势咬住他的手指,不轻不重地啃了啃。

指尖传来她唇部的柔软,湿润的舌若有似无地扫过他的指腹。

唐泽身子一僵,她的牙齿仿佛啃在他的心上,下意识地想要抽回手,她却反应极快地抱住他的手,得寸进尺地含住了他的手指,用行动来宣泄:让你不理我!

唐泽浑身紧绷,侧头凑到她耳旁,沉声道:"桃桃,别闹。"

也不知道是不是太久没开口,他声音沙哑低沉,说不出的诱人。耳边是他温热的呼吸,孔桃桃只觉得自己脖子上的汗毛都竖起来了。

一时之间分不清到底是谁在捉弄谁。

电影散场后,所有人都缓缓往外走。

在爱情里女生总是有敏锐的雷达,于是,孔桃桃在拥挤的人流里不经意地对上一双不甘的眸子,对方随即装作没看见一般,避开孔桃桃的视线。

这算是命运的巧合吗?她和唐泽第一次正式约会,竟然碰到了吴倩。

看样子,老天也想让她宣示主权。

于是,孔桃桃低垂着头默不吭声地走,浑身都在透露出一个"不开心"的讯息,就等着唐泽开口问了。

好在唐泽配合地按她的剧本演出,关心地问道:"怎么了?是觉得电影不好看?"

孔桃桃抬头,长长地叹了口气:"没有,我只是想要别人家的男朋友。"

唐泽:???

"别人家的男朋友,会和女朋友亲亲抱抱举高高。"孔桃桃今天化了个粉嫩的少女妆,精致的眼妆衬得一双眸越发水灵,她可怜巴巴地看他,"而我的男朋友,走路都不牵我的手。"

唐泽低笑一声,主动拉了她的手:"这样可以了吗?"

孔桃桃顺势整个人靠在他身上:"还有抱抱。"

唐泽读书时心里装的都是课本,后来在Z大任教,为人师表更不会和哪个异性在大庭广众下太过亲密,感受到路人陆陆续续投来打量的目光,他难为情地咳了一声。

孔桃桃越发觉得新奇好玩,下巴搁置在他的胳膊上,像只小猫般轻蹭了下,语气越发绵软:"抱抱嘛。"

唐泽的一颗心也变得很软,他无力抗拒,耳朵泛红地松开拉她的手,改为搂住她纤细的腰。

孔桃桃得逞地笑,仰头嘟嘴:"亲亲。"

旁边的路人已经捂嘴笑出了声,更有胆大一些的人已经开始跟着起哄:"吻她,吻她!"

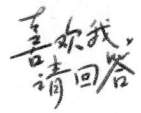

看着她鲜红的唇,之前在看电影时那种柔软湿润的触感涌了上来,唐泽如遭电击,只能克制地向后仰头,拉开两人的距离,沙哑的嗓音里都是无奈:"桃桃,很多人看着呢。"

"意思是要在没人看着的时候亲亲吗?"

"……"

"偷偷摸摸的,你是要跟我偷情吗?"

"桃桃,别闹。"唐泽招架不住,甚至都说不出新的词汇。

孔桃桃站直身子,目光直接锁定围观人群中的吴倩,意有所指地开口:"哦,我知道了,你根本不想要其他人知道我是你女朋友。"

顺着孔桃桃的目光看过去,唐泽这才发现了立在人群里的吴倩。

四目相对,吴倩扯出一个僵硬的笑容,隔着不远不近的距离,朝他点头问好。

唐泽恍然大悟,垂首看着小脸紧绷的孔桃桃,没有先回应吴倩的打招呼,而是抚了抚她的头,哄道:"乖,不许乱想。"

唐泽想,爱情除了会让身体分泌多巴胺和血清胺,还会让人做一些以前觉得无聊且不会做的事情。

他看穿了她的小情绪,并想要安抚她的小情绪。

于是下一刻,他揽着孔桃桃的腰,走向吴倩,清冷地开口:"吴小姐,好久不见。"

"是啊,好久不见。"吴倩笑容更显僵硬,"你们……"在一起了?

即便他们亲昵的姿态已经说明一切,吴倩还是不死心地想从唐泽嘴里要个确切的回答。

唐泽轻应一声:"很幸运,桃桃答应和我在一起了。"

言下之意是:他追的她。

在吴倩的心里,一直觉得是孔桃桃对唐泽死缠烂打,这句话无疑给了她一记响亮的耳光。她脸上的笑容再也挂不住,憋出一句"祝你们幸福"便仓皇离开。

孔桃桃对唐泽这波操作很满意,时隔两个月唐泽再次帮自己在吴倩面前争回了面子。

吃晚饭时，孔桃桃问道："对了，你昨天跟我爸聊什么了？"

"这是男人之间的秘密。"唐泽卖了个关子。

"那之前你送蒋盛凯回去，和他说什么了？"真的就是讨论蒋盛凯的喜好？

"这也是男人之间的秘密。"

孔桃桃撇嘴，忽然笑眯眯地冲唐泽道："你想玩我的手机吗？"

唐泽摇头。

孔桃桃把自己手机解锁推向唐泽："真的，你随便翻随便看，我一点都不介意，我对你完全没有秘密。"

唐泽已经很了解孔桃桃，于是立刻把自己的手机递过去。

"你主动把手机给我看？那不太好吧？"孔桃桃做作地发言，手却已经拿起了他的手机，"你忘记解锁啦。"

唐泽比孔桃桃更坦荡，直接把密码告诉了她。

掌握了唐泽手机密码的孔桃桃心花怒放，为她接下来要做的事情继续铺垫道："唐泽，你也希望大家都可以祝福我们的恋情对吧？"

唐泽看她那样就知道她肯定又在盘算什么，却还是心甘情愿地顺着她的话点头。

其实孔桃桃倒没打算窥探唐泽的隐私，她点开唐泽的微信，也没去翻阅他和其他人的聊天记录，目标明确地点开自己的朋友圈，找了几张自己的自拍，然后发到了唐泽的朋友圈，配文：分享我的心动女孩。

之后，她心满意足地把手机还给了唐泽。

这样无论是吴倩还是张倩、李倩、王倩，通通可以闪一边去了。

不到十分钟，唐泽的手机彻底炸了，消息目不暇接，一条接着一条。他蹙眉打开手机，聊天框跳得太快他根本看不过来，朋友圈消息提醒鲜红亮眼，他点开一看，才知道孔桃桃拿自己的手机做了什么。

一抬头，孔桃桃拿着刀叉，笑容无辜又得意："怎么样，收到大家对我们恋情的祝福了吗？"

她就像只有恃无恐的猫，唐泽推了推眼镜："又胡闹。"

斥责的话用着宠溺纵容的口吻,便像是动人的情话。

唐泽不想两人独处的时间都用来回消息,于是把手机调到免扰模式放回了口袋。

晚饭后,唐泽主动提议在附近散步消食,走到人烟稀少的绿化带时,他忽然在孔桃桃面前蹲下身子:"上来。"

"你这是要背我?"

"嗯。"

孔桃桃欢欢喜喜地趴上他的背,双手圈住他的脖子:"我重不重?"

"不重,很轻。"

"你是不是也辅修了恋爱心理学专业?是高分毕业的吧?"

"没有这个专业。"说完,他又嫌不够严谨地补充道,"至少目前国内没有。"

"嗯哼,那你为什么这么懂?不是没谈过恋爱吗?"

"因为爱是人类的本能。"

孔桃桃趴到他耳边,占便宜道:"我听懂了,你的意思是爱我是你的本能。"

唐泽的回答是轻轻将她有些下滑的身子往上提了提,缓步走了十多分钟,他忽然开口道:"还想要别人的男朋友吗?"

"嗯?"

"背你也算举高高了吧。"

"举高高"这样的叠词从唐泽嘴里说出来,孔桃桃想笑,但又觉得幸福得不可思议,难怪他会提议要散步,原来一直记得她电影散场时随口说的话?

孔桃桃很想看看他此刻的表情,于是挣扎着从他背上下来,与他面对面站立,直勾勾地盯着他:"那亲亲呢?亲亲去哪里了?"

唐泽下意识地环顾了下四周,随即俯身在她额头落下一个羽毛般的吻。

孔桃桃莞尔笑,伸手环住他的脖颈往下拉的同时踮脚贴上他的唇,动作利落,一气呵成。

鼻尖弥散开去的都是她身上浅淡的果香,下午指腹感受过的柔软湿润终于传递到了唇边,唐泽有一秒的愣怔,随即伸手揽住她的腰,化被动为主动,品尝她唇齿间的甘甜。

爱是人类的本能,接吻也是。

他原本是个喜欢寡淡的人,现在才知道,原来甜腻的滋味,那般的好。

· 第三十章 ·
可以哄我睡觉吗?

孔桃桃和唐泽的共同好友并不多,除了张沁就是唐泽办公室的老师,所以那条朋友圈下她能看到的回复并不多。

刘欣点赞后回道:祝福,祝久久。

张子恒:????!

张子恒:笑死,没想到我们唐老师恋爱后的画风是纯情小男孩啊,"我的心动女孩"这几个字打出来脸红不脸红?

孔桃桃点击回复张子恒:这几个字是我打的,有意见?

按完发送,孔桃桃几乎可以想象到张子恒看到时的表情,脸红的人会是谁还不一定呢。

而张沁点赞后没有留言,直接给孔桃桃进行了信息轰炸,文字夹杂着表情包,一口气连刷了几十条。孔桃桃没有耐心一条条去翻开,干脆回了个电话,按了免提放在洗漱台上,打算一边卸妆一边和张沁聊天。

"啊——"电话一接通就传来张沁的尖叫,"过分啦桃桃姐!我竟然也变成了要看到表哥朋友圈才知道你们在一起的人了!"

孔桃桃开始摘美瞳:"胡说,你明明是最早知道的。"

"什么?"张沁有些反应不过来,"我最近没收到你消息啊……"

"六一的时候你不是已经叫我'表嫂'了吗?"孔桃桃把沾了眼部卸妆油的化妆棉盖在眼睛上,"哦,更早的时候我们第一次见面,你就说我是唐泽的'初恋'了,你难道不比所有人都早知道吗?"

孔桃桃总有些似是而非让人无法反驳的逻辑,微顿后,张沁笑嘻嘻道:"是哦,反正我一早就把你跟表哥这对CP锁死了,不过表哥会发这样的朋友圈我真的蛮诧异的。"

"因为那是我拿他手机发的。"孔桃桃并不觉得这有什么好隐瞒的。

"哈哈哈,那表哥真的超级宠你了。你是不知道我们家那些亲戚看到这条朋友圈都炸了,我一会儿截图给你看家族群里的聊天内容哦,发个微博我觉得能火哎。"

闻言,孔桃桃还是小小忐忑了下,她当时就想着大大方方地宣布唐泽结束单身状态,没去考虑长辈们看到这条朋友圈会怎么样。

那……唐泽的父母是不是也看到了?

想到这里,孔桃桃的心"咯噔"了下:"他们是什么反应,叔叔阿姨怎么说?"

"你说我舅舅舅妈啊?"张沁抓住了孔桃桃的在意点,"舅舅舅妈好像在做什么研究,估计根本不会刷朋友圈,但他们肯定会喜欢你啊,大家都很喜欢你的。你是不知道,平常家族群里可无聊了,不是分享些学术报道就是养生,现在是喜大普奔,跟你们要结婚一样喜庆热闹。"

孔桃桃悬着的心落了地,一边洗脸一边接着张沁的话回答。

等到她开始刷牙了,张沁微顿了下,似是有些小心翼翼地开口问道:"那个……桃桃姐,你告诉蒋盛凯了吗?"

小女生的心思非常好猜,孔桃桃把电动牙刷移开,带着几分笑意,回道:"没有,你需要我去告诉他这件事吗?"

"什么叫作我需要啊?"张沁语气里多了份扭捏,"桃桃姐可不要打趣我!"

"我跟他加了微信也没说过话,莫名其妙给他发这个也没必要,你下次和他出去玩的时候随口提一下就可以了。"

言下之意,她和他没有联系,以后也不打算联系。

暗喜涌上张沁的心头,她连声应着好,又后知后觉地回道:"你怎么知道我和他出去玩了?"

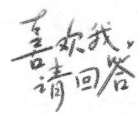

"我应该不会变成要看你们朋友圈才知道你们在一起的人吧?"

"桃桃姐——"

小女生面子薄,孔桃桃怕自己说多了适得其反,漱了下口后回道:"好了不开你玩笑,反正你以后就是Z大的学生了,多跟学长玩玩挺好的。"

"嗯嗯,没错,我就是这样想的。"

张沁接受了孔桃桃给自己找的"理由",但提到这个她就像打开了话匣子,接下来一长段时间里全部在吧啦吧啦说她和蒋盛凯的事情,从打游戏到日常的拌嘴,嫌弃里都是快要按捺不住的心动。

孔桃桃一边做着自己的事情一边听着,偶尔回应几句,听着听着思绪就飘远了。

喜欢一个人就是这样,控制不住地就会和身边的人絮絮叨叨地提起。

那么唐泽呢?

在她不在场的时候,是否也会这样提起自己?

挂了张沁的电话已经是十一点出头,孔桃桃一点开微信,唐泽的消息刚好跳出来:"睡了吗?"

孔桃桃:"在等你说晚安以及你为什么这么晚没睡却不联系我?"

唐泽:"刚处理完与你有关的事情。"

孔桃桃微愣后了然,知道他说的肯定是朋友圈的事情,想直接给他弹个语音,结果因为趴着的姿势不慎点到了视频邀请。

万万没想到的是,唐泽会按了接听。

率先看到的是他浅灰色的睡衣,顺着翻领往上看,还能看到些许的下巴。

"你半坐着的啊?"孔桃桃猜测着,越发认真仔细地去看手机屏幕,想看看他房间的布局,"手机往上一点,我看不到你的脸啦!"

唐泽配合地把手机往上抬了抬,自下而上的死亡角度,他的脸还是好看得惊人。

他只开了一盏晕黄的床头灯,加上前置摄像头像素相对较低,模糊的画面让摘了眼镜的他透出一种奇异的温柔。

孔桃桃真的很吃唐泽的颜，更加确信他戴眼镜就是为了掩藏自己的颜值。

唐泽接视频本来就在她的意料之外，所以她也没来得及整理下自己的仪容，甚至还维持着趴在枕头上的姿势。

"咳——"唐泽的视线有些躲闪，不自在地开口，"我建议你换个姿势。"

闻言，孔桃桃瞄了眼手机右上角的自己，画面里的她穿着吊带睡裙，长发凌乱，一侧肩带已经滑到手臂，露出大片细腻雪白的肌肤，胸前的春光若隐若现。

孔桃桃倒是不介意，但对于一本正经的唐泽而言似乎是有些不太合适的样子，于是她翻过身，转换成跟他一样半坐在床上的姿势，还不忘贫嘴道："张老师说得没错啊。"

"嗯？"

"你恋爱后就是纯情小男孩啊。"

"……"

唐泽越是无言以对，孔桃桃就越来劲，她冲着屏幕风情万种地撩了下头发，同时眨眼咬唇放电，娇媚地开口："唐教授，什么时候一起睡个觉？"

唐泽似是没握稳手机，画面忽然晃了下。

孔桃桃仍嫌不够，右手食指摩擦了几下自己的下唇，凑近摄像头："哎，真想和你一起睡觉。"

唐泽一颗心就像被一根羽毛轻轻撩拨着，他向来克己，但对喜欢的人似乎没办法隐忍，视线随着她的手指落在她的唇，记忆里那甘甜柔软的感触使得她的话引发的遐想更加鲜明。

不可以继续想下去。

他沙哑出声，制止她："桃桃。"

"怎么了嘛？"孔桃桃故作无辜地眨眼，"难道你不想和我睡觉？"

怎么可能不想？

但怎么可能此刻承认？

唐泽下意识地揉了揉鼻梁,试图分散彼此的注意力。

"我们现在就一起睡觉吧,你……"

"孔桃桃,别闹了。"唐泽声音紧绷地出声打断。

孔桃桃已经伸手关掉照明灯,和他一样只留下一盏晕黄的床头灯,然后侧躺着,冲摄像头坏笑:"你反应这么大,是不是想歪了?"

"……"

"我是想说你也躺下,这样看起来我们就像是一起睡觉了。"

唐泽听到自己心底浓厚的叹气,无奈地笑笑。他如她所言,和她姿势一样的躺下来,隔着一个手机,两人仿佛面对面躺在床上。

她的眉眼近在咫尺,他想,幸福大概就是往后余生,每天闭眼前和睁开眼后,看到的都是这张脸。

原来他也可以这样思念一个人,要是现在可以伸手把她揽入怀里就好了。

"唐泽。"

"嗯。"

"好想你呀,想现在就钻到你的怀抱里。"

唐泽的心变得很软,柔声笑道:"我也是。"

因为她的大胆直接,所以他心里的念头可以这样含蓄地说出口。

孔桃桃又往屏幕上凑了凑,后知后觉地问:"你是从什么时候喜欢上我的?"问完,又忍不住自己猜测,"是Z大才艺秀总决赛的那天吗?你自己明明开了车,还说没开让我送你回家,然后你跟我说,我没有自作多情,你也没有无动于衷。嗯哼,所以后来暑假,沁沁一跟你说我和蒋盛凯在吃饭,你不顺路也过来了,还说什么是来接沁沁回家的。"

"不是那个时候。"这一长段唐泽只否认了时间,"你再猜。"

"喂,你好歹告诉我刚刚猜早了还是猜晚了吧。"

"晚了。"

意思就是更早之前就喜欢上她喽?

这个认知让孔桃桃猜得更起劲。

"那是我小姨和你们主任演戏把我们凑一桌吃饭那一天？我以为你根本不会收电影票的，结果你不仅收了还邀我看电影，又是买爆米花又是给我拧矿泉水瓶的。"

"不对。"

"那就是六一了，你带我吃肯德基，就是为了给我想要的玩具。"

"不对。"

孔桃桃皱了皱鼻子，努了努嘴："这也不对那也不对，你该不会要说你跟我一样是对我一见钟情吧？那你'五二〇'那天还拒绝我告白？唐泽，作为一个教授我觉得你要说甜言蜜语也该尊重下逻辑，我又不傻。"

"嗯……大概就是'五二〇'我拒绝你之后吧。"

"哈？"孔桃桃问号脸。

似是想到了那天的场景，唐泽嘴角上扬："你说你会继续加油，你说你再努力努力等时机成熟，你眼里有光，比尾箱的彩灯还要亮。"

"那为什么要等到现在才跟我在一起？"浪费多少时间啊！

唐泽郑重道："二十七年来，我的人生都平凡无奇，我习惯了什么都在我的掌控里，而你的出现，让我的情绪开始起伏。我需要花时间去确认这种起伏是喜欢还是一时的新奇。桃桃，我跟你不一样，你是烟花，有火苗就会绽放，而我是火山，需要很久的沉淀才会喷发。"

在这段感情里，孔桃桃一直以为自己单方面地追逐了他很久，原来，他只是不言不语地积累着。

撩人的情话孔桃桃张嘴就来："不是哦，你不是火山，你是火苗，只要你在，我的爱就一直绽放。"

隔着屏幕，两人相视而笑，心的距离又更近了些。

"男朋友，可以哄我睡觉吗？"

"好，可我不会说故事，也不会唱歌。"

孔桃桃扯了扯被子："不用，你就给我复述下，你前两天发在朋友圈的那篇跟心理学有关的链接。"

讲专业知识是唐泽擅长的，难得她还主动想听，于是唐泽清了清嗓子，开始娓娓道来。

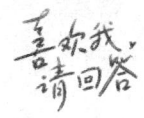

不到两分钟,孔桃桃酣然入睡。

因为孔桃桃的手机倒了遮盖住摄像头,屏幕上他已经看不到她那边的画面,他把视频通话切换成语音通话,然后把手机搁置在枕头边,听着她均匀的呼吸声闭上眼。

"晚安,桃桃。"

·第三十一章·
一座又一座的高峰

二十三岁的孔桃桃觉得自己跟走上人生巅峰没什么差别了,如愿以偿地和自己的男神陷入了甜蜜热恋,和家人的心结也解开了,双方家庭也都很支持他们的恋爱,每天就像活在蜜罐里,好不快活。

但谁让她的恋爱对象是长她四岁,血液里流淌的都是积极向上正能量的唐泽呢,所以她的人生没有巅峰,只有一座又一座的高峰。

放任她过了一段咸鱼般的生活后,唐泽开始用糖衣包裹着人生的大道理和她展开意味深长的对话,试图带她攀越人生新的高峰了。

当然孔桃桃也会借着抱怨撒娇:"男朋友,你好严格哦,你是不是嫌弃我的思想觉悟不高了?你干吗不直接找一个比我更优秀的女朋友嘛,哼!"

"不是的。"已经摸清楚孔桃桃心性的唐泽很清楚如何安抚她,"在我眼里,没人会比你更优秀。"

孔桃桃立刻一脸傲娇地仰头。

唐泽给她一个坚定的眸光:"桃桃,我比谁都清楚,你会有多优秀。"

"就是说我现在不优秀呗。"孔桃桃故意挑刺。

唐泽拉住她的手,温声道:"傻瓜,我是想参与你的人生,陪你一起成长。"说完感性的话,微顿后就搬出理论知识,"在马斯洛的需求理论中,自我价值的实现是最高的需求,而基本的需求……"

喜欢我，请回答

孔桃桃踮脚以吻封缄，片刻后稍稍离开他的唇，笑嘻嘻道："孔氏禁言术。"

唐泽配合地闭嘴，满眼宠溺。

小作怡情，大作就伤感情了，这个分寸孔桃桃一直拿捏得刚刚好。

虽然嘴上会抱怨唐泽"严格"，但她心里其实是欢喜的，他希望自己变得更好，他相信自己能变得更好，刚好弥补了她从小到大觉得家人对她毫无要求的遗憾。

孔桃桃认真地思考了，从维美医美离职，有意气用事的成分在，但她也不后悔，而且三个月的上班经验，那场在别人眼里并不成功的Z大活动的策划，却带给了她莫名的成就感和对市场策划的兴趣。

孔桃桃决定了，她要投身广告行业，并且一定要离开有孔家庇护的圈子，只有摘掉了"孔二小姐"的光环，才能实现她"孔桃桃"的自我价值。

这年头有手有脚的本科生，只要不是好高骛远，愿意从底层做起，工作是不难找的，于是很快，孔桃桃就在Z市一家刚创立不久的广告策划公司上班了。

为此，她甚至挪动自己的小金库换了款便宜低调的轿车，把招摇的玛莎拉蒂搁在孔家的车库。

孔妈妈在知道孔桃桃的决定后，血压直线上升，但看她这欢欢喜喜又热情满满的样子，不住在心里跟自己说：不能干预、不能干预，一定要支持，要像鼓励敏敏一样鼓励桃桃。

于是，孔妈妈干笑了几声："呵呵呵，加油啊桃桃，你的想法没问题，我们全家人都支持你。"说完还是抱有一丝希望地问，"你跟唐泽说了吗？他怎么说？"

"他也很支持我！"

"呵呵呵，那就好、那就好。"

眨眼，就是九月。

孔桃桃在新的公司上了半个月班了。

公司不大，加上老板也就七个员工，没有复杂的人际关系，大家对待她时也不再小心翼翼，所以即便常常加班，下班没个准信，拿着两千出头的底薪，她还是很开心。

唐泽又开始了医院学校两头跑的工作，空闲时便是以孔桃桃为主了。

张沁成了Z大的新生，在高温的环境里开始军训生活。

九月十三号，连续加班一个礼拜的孔桃桃提早半天迎来了中秋假期，于是她决定去Z大慰问下正处在"水深火热"中的张沁，然后等唐泽下课了，一起吃个晚饭。

去之前孔桃桃给唐泽发了消息，说了下自己的想法，然后去市里买了张沁平常爱喝的奶茶，掐着时间点，五点过十分到达了新生军训的操场。

军训下午结束的时间点是五点半。

等到了操场，孔桃桃直接傻眼，这整整齐齐的着装，她哪知道谁是张沁……

绕着操场边凝神寻了好一会儿，没找到张沁，另一道熟悉的身影却落入了孔桃桃的视线。

是许久未见的蒋盛凯。

到底是还在蓬勃生长的少年，快两个月未见，孔桃桃觉得他似乎又高大了些。他手里拿着冒冷气的矿泉水瓶，穿得干净整洁，不像刚做完运动的样子，那么他和自己一样，是来看望张沁的？

孔桃桃兀自揣摩着，蒋盛凯不经意间和她的视线撞了个正着，随后吓了一跳般，颤了颤。

"噗——"孔桃桃笑出声来，"我有那么吓人吗？还是你在做什么亏心事，所以心虚？"

蒋盛凯摇头，手足无措地摸了摸后脑勺，随后深吸了口气，咧唇笑道："恭喜你啊。"

四个字里糅杂着失落、坦诚，还有释怀。

孔桃桃颔首，望向他手里的矿泉水，颇有深意地挑眉回道："也恭喜你啊。"

蒋盛凯涨红了脸:"误会啊,根本不是你想的那样。之前我和张沁 solo 游戏,她使诈,我输了给她送一个礼拜的水!"

孔桃桃摊手:"我可什么都没说。"

说完,她顺着他刚刚的视线方向看过去,果然没多久就看到了"齐步走"着的张沁,她朝张沁晃了晃手里的奶茶。

短暂沉默后,隔着不远不近的距离,又听到了蒋盛凯的声音:"那个……有件事我想告诉你。"

孔桃桃的目光还在随着张沁游走:"什么事?"

"就是那一回,我加你微信的时候,你问我唐老师跟我说过什么……"

"你撒谎了?"有关唐泽的,孔桃桃立刻侧头。

"我没有撒谎,我只是有一段没说。"蒋盛凯垂首避开她的目光,"当时我问唐老师我可不可以喜欢你,他的回答是'你可以,这是你的自由,但我不希望,这是我的私心'。"说完,他像是卸下了心口大石,复而抬头看她,诚恳道,"对不起,我那天就知道唐老师是喜欢你的,却没有告诉你,幸亏你们也没被我耽误,哈哈哈——"

"臭小子,你笑什么呢?"张子恒爽朗的声音由远及近,"大老远就听到你在笑。"

同张子恒一起走过来的还有唐泽,他自然亲昵地揽过孔桃桃的腰,噙着浅淡的笑一同看向蒋盛凯,漫不经心地问:"是啊,聊什么呢?"

感受到腰间温热有力宣示所有权的手掌,再看看他云淡风轻的样子,孔桃桃暗自笑得开心。

啧啧啧,男人。

蒋盛凯嚷嚷:"聊什么你们问师母嘛。"

他聪明地用"师母"两个字解除了所有隐患,也把问题抛给了孔桃桃。

孔桃桃仰头看着唐泽,笑弯了眉眼,意有所指道:"聊——男人之间的秘密。"

张子恒自然听不懂,傻乎乎地问:"啥秘密啊,说给我听听呗?"

孔桃桃还是盯着唐泽,故意道:"你说我要不要告诉张老师?"

唐泽了然，不轻不重地捏了捏孔桃桃的腰："又胡闹。"

"咿呀呀呀——"张子恒嫌恶地发声，"够了啊你们俩，明天是中秋节，是阖家团圆的日子，不是七夕啊喂，能不能麻烦你们看一眼我们啊？这个世界不是只剩下你们两个人啦！"

张子恒话音一落，一声哨响，下午的军训在操场上整齐的鼓掌声中结束了。

穿着迷彩服的张沁一路小跑着跑到四人面前，接过孔桃桃递过来的奶茶，甜声问好："表哥表嫂好，张老师好。"

"喂——"一旁被无视的蒋盛凯不满地出声，"你为什么无视我？"

张沁这才面向蒋盛凯，突然问道："我正步踢得怎么样？"

"还行吧。"他可没胆子当着她的亲友团说她不好。

"屁嘞，你根本就没看我！我踢正步的时候你根本没看我！你在和桃桃姐聊天！"

女生的心眼在喜欢的人面前通常比针眼都小。

"我怎么没看了？我前面看了好一会儿了！"蒋盛凯拿矿泉水瓶戳了戳张沁，"我好心给你送水，你凶什么啊，水还喝不喝了？"

"你这臭小子真没眼力见儿，沁沁手里有桃桃给的奶茶，怎么会喝水？"插不进孔桃桃和唐泽之间的张子恒强行插入蒋盛凯和张沁之间，伸手去拿矿泉水，"我刚好有点渴了，给我喝吧。"

张沁："不行！"

蒋盛凯："不行！"

两人异口同声地拒绝。

张沁伸手接过蒋盛凯手里的矿泉水，冲张子恒道："谁说有奶茶就不能喝矿泉水了？明明是张老师没有眼力见儿，才不是蒋盛凯没有。"

刚刚还在和蒋盛凯斗嘴的张沁，矛头一下子就对准了张子恒："还有张老师，你不要老叫他臭小子，他有名字的啦。"

张子恒：？？？

张子恒想找人评评理，一侧头就看见孔桃桃靠着唐泽的肩膀，笑得合不拢嘴，他瞬间觉得自己没什么开口的必要了。

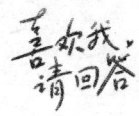

唐泽笑道:"走吧,大家一起去吃饭吧。张老师你不是说自己很饿了吗?"

"我饱了!不吃了,你们去吃吧!"

在他们四个人面前他根本就是多余的,他已经感受到这个世界对单身狗的恶意。

可惜这四个人并不放过他,蒋盛凯和唐泽默契地伸手拉住他,强行要拉他去吃狗粮。

· 第三十二章 ·
这样完美的男朋友,太让人上头了

中秋节唐泽是在孔家过的,邀请是孔桃桃收到孔妈妈的暗示发的,毕竟唐泽的父母还在外地没回Z市,他一个人。

这一回唐泽做足了功课,备了满满一后备厢的礼物,孔桃桃看到后都觉得有些夸张,腻歪地抱着他的胳膊,仰头笑道:"唐泽,你这样像是来下聘的。"

立在门口等着的孔妈妈听得一清二楚,佯作没听到般,轻咳一声打断两人:"桃桃你别干站着,动手帮帮唐泽啊。"

言下之意:你不要一直抱着人胳膊。

但唐泽已经大包小包全部揽在自己身上了,笑道:"没事的阿姨,我一个人就可以。"

孔桃桃挽着唐泽往家里走,一脸骄傲:"看,我的男人就是有担当。"

孔妈妈伸手揉了揉太阳穴。

唐泽只是好脾气地笑。

鉴于唐泽要来,孔有成提前把这一天空出来了,孔敏敏有些事实在推不开,晚饭时才会赶回来。

午饭吃得其乐融融,孔有成和唐泽聊着聊着就从日常生活到了学术领域,越聊越起劲。孔妈妈多次暗示,也完全停不下来。碗筷一放,孔有成就邀请唐泽去书房看看他的藏书。

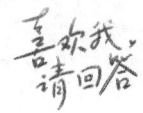

孔桃桃望着生命中最重要的两个男人上楼，感慨道："妈，我怎么觉得爸爸比我还喜欢唐泽？"

"没个正经。"孔妈妈戳她额头，"快和我一起收拾干净了，跟我讲讲你的新工作。"

"好嘞，女神！"

日子就这样到了十月中旬，孔桃桃的公司接了个针对少儿兴趣爱好的教育机构的推广策划，满腔热血都投到了工作里，从她去医院或学校找唐泽，变成了唐泽风雨无阻地接她。

同事撞见了好几回，和孔桃桃关系熟稔了些后，就调侃她找了个金龟婿，每每在窗户边瞟到唐泽的车，就会冲孔桃桃嚷嚷："桃桃，你家金龟婿来接你下班了。"

孔桃桃早就收到了唐泽的信息，并不意外地"哦"了声，就埋首工作了。

同事玩笑道："桃桃，事业心太重小心金龟婿跑掉哦。"

孔桃桃头都没抬："不会的，虽然他是金龟，但我可是豪门。"

"桃桃真幽默，你家那位就是被你有趣的灵魂迷得不要不要的吧，改天记得开豪车带我们兜风，让我们也体验下豪门的感觉。"

"行吧，改天开玛莎拉蒂带你们兜风。"

"哈哈哈——"

办公室所有人都被孔桃桃这一本正经的语气逗得前俯后仰，加班的疲惫一扫而空。

孔桃桃一头扎进了工作里，唐泽欣慰之余也开始有些许的后悔，这个小家伙现在满心满眼都是工作，和他相处的时间都变少了，每每见她一上车就开始打哈欠，他都觉得心疼。

十月下旬，Z市的秋风已经有了沁人的凉。

孔桃桃最近都和另一个女同事跑户外，为负责的教育机构寻找合适的做大型户外活动的场地。单身的女同事很黏她，每天忙完了工作就拉着她一起逛街吃饭，孔桃桃怕相处不自在，也就没让唐泽来接她了。

正好唐泽最近似乎也挺忙的，孔桃桃舍不得折腾他，与其让他当个背景板陪着她和同事，不如让他早点回家休息。

这天忙完了工作还不到六点，同事喊着降温了好冷，拉着孔桃桃去吃火锅。刚进了火锅店的门，孔桃桃的手机就开始振动，点开一看是张子恒的微信。

张子恒："桃桃，你和唐老师还好吧？"

孔桃桃一头雾水地回道："为什么这么问？我们为什么会不好？"

就算没有每天见面，也很久没好好约会过了，但是每天晚上睡前都有视频聊天，分享白日里的生活的琐碎，以至于唐泽还没正式跟她的同事们见面交谈过，就已经记住她每个同事的名字和相关事例了。

张子恒："我的意思是……你们没吵架吧？"

孔桃桃："没啊。"

同事正在点菜，孔桃桃刚好无事就盯着屏幕，见聊天框上一直显示着"对方正在输入……"，想着张子恒是不是在写什么小作文，半晌后却跳出一条简短的消息："那你最近怎么都不来学校了？"

孔桃桃："忙工作啊。"

又是一番长久的输入，孔桃桃都怀疑他是不是在用脚打字了。

张子恒："再忙也常来学校走走啊。"

孔桃桃觉得张子恒似乎有些欲言又止，于是回道："你今天好奇怪，你到底想表达什么？是唐泽怎么了吗？"

这次张子恒秒回："不是，跟唐老师没关系！"

张子恒："是我好久没吃狗粮了，饿得慌。"

孔桃桃随手翻到平常和唐泽的自拍发送过去，张子恒回了句"打扰了"，结束了话题。

同事把点好的菜单递过来："我点好啦，你看看你要吃什么。"

孔桃桃把手机挪开去接菜单，但张子恒这样一提，原本被工作和同事分散的对唐泽的想念，全部又凝聚成了一团。

怪想他的。

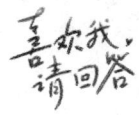

思念是会在心口上爬来爬去的小虫,孔桃桃心痒难耐,瞅了眼时间,估摸着唐泽这会儿应该是从Z大开车回家的路上了。

于是,她把桌面上丰富的食材拍照发给唐泽,问道:"饿吗?"

下一句"要不要过来一起吃"已经敲打好,就等着唐泽回复后,发送过去。

她今天不想当顾虑单身人士心情的体贴同事,只想当个黏黏糊糊的女朋友。

可惜的是,一直到这顿火锅快要吃完,唐泽的回复才姗姗而来:"刚看到。"

刚看到?

那前面干什么去了?

而隔着屏幕,这三个字散发的全是冷漠的气息。

孔桃桃的脑内剧场已经不受控制地演到了"热恋期过了,男人腻了"的戏码,于是敲打出了一句全天下女朋友最经典的台词发过去:"你不爱我了。"

不出三秒,屏幕上开始闪烁着"我的泽泽"四个字,孔桃桃压下因为窃喜而上扬的嘴角,清了清嗓子,接通电话后,故意用冷漠的语气刁难道:"被我猜中了来和我说分手吗?"

正在喝可乐的同事闻言一颤,差点没握稳杯子,朝孔桃桃投去担忧的目光。

电话那头唐泽的吸气声清晰可闻,良久后,他沉声道:"桃桃,这两个字不能随便拿来开玩笑。"

压低的嗓音,紧绷的声音,再加上郑重的口吻,孔桃桃立刻就放弃了演苦情戏的念头,甜声撒娇:"好嘛,人家只是想让你哄哄嘛,谁让你那么久不回我消息,也不解释说干什么去了,人家有小情绪了嘛。"

剧情转变太快,同事手里的可乐终于在这一声声让人不适的"人家"中跌到了桌面上,溅出褐色的液体。

可孔桃桃完全沉浸在和唐泽的电话中,连个余光都没分给同事。

"前面接待了个患者,一直忙到刚刚才看手机。"唐泽语气随之缓和,"对不起,没能及时回复消息。桃桃乖,不生气了,好不好?"

他在哄她。

孔桃桃十分受用,小情绪早就烟消云散,托腮笑得像朵含苞待放的花,继而关心地询问道:"患者?你去医院了?"

她记得她今天是在Z大上课的,看样子是有紧急情况又赶去了医院,难怪会忙到现在才看到她的消息。

"没有,是Z大的学生,一点儿突然情况。"

大学都设有心理咨询室,供学生进行心理求助。

孔桃桃了然,毕竟当了心理学教授女朋友一段时间了,她知道保护患者隐私是医生的第一条准则,所以不再多问,而是心疼地感慨:"那你好辛苦哦,还上了一天的课。"

"之前有点,现在不了。"

"休息好了?"

"嗯,听到你的声音,就不累了。"

孔桃桃抱着手机,笑得甜蜜蜜:"会说话你就多说点哦。"

"你吃好了吗?"微顿后,唐泽道,"地址给我,我去接你。"

"不用了吧,我和同事在一块,而且你都辛苦一天了。"这话既是说给唐泽听的,也是说给自己听的。

"不是想让我哄哄你吗?"压低的嗓音带着诱惑人心的沙哑,"桃桃,我觉得当面哄,效果更好。"

这谁扛得住?

反正孔桃桃是扛不住,她选择缴械投降。

挂了电话,见同事目光直直地看着自己,孔桃桃捂唇,笑道:"我男朋友一定要过来接我,我知道你一定很羡慕我。"

同事无语地叹了口气,她听不到唐泽的声音,就刚刚单方面地看着孔桃桃那样,深刻地体会到了"恋爱中的人智商都不高"这句话,她真的一点儿都不羡慕。

二十分钟后,唐泽一身浅灰色系着装,风度翩翩地出现在孔桃桃和

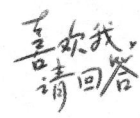

同事面前。

　　之前也远远见过几次，印象里只觉得气质出众，现在近距离一看，无论是相貌身材还是举手投足，都是一般人无法企及的。同事忽然觉得自己的脸很疼，她实名羡慕了，能有这样的男朋友，变成弱智也没关系啊！

　　唐泽自然地牵住孔桃桃的手，落落大方地自我介绍："你好，我是桃桃的男朋友唐泽。"微顿后又礼貌道，"你是丽丽吧，经常听桃桃提起你。"

　　简短的两句话让人好感倍增，丽丽回道："你好、你好，桃桃也总把你挂嘴边。"

　　唐泽浅笑："这么晚了，我和桃桃先送你回家吧。"

　　想过二人世界，但把丽丽一个女生扔下，有失风度，重要的是担心影响到孔桃桃的职场社交。

　　"不用，我自己打车就可以了，太麻烦了。"

　　孔桃桃与唐泽十指相扣，一起劝丽丽："没事，你别这么客气。"

　　唐泽已经侧了侧身子，朝着他车停的方向："应该的，桃桃小孩子心性，喜欢闹腾，平常多谢你们包容和关照她了。"

　　孔桃桃不满地嘟囔："你胡说，我哪有？"

　　"好好好，我胡说。"唐泽宠溺地顺着孔桃桃的话，但也不忘对丽丽补充道，"改天挑个你们大家都有空的日子，我请大家吃饭，谢谢大家这么照顾我家桃桃。"

　　一番话礼数周全滴水不漏，让人觉得不对孔桃桃好都不行。

　　丽丽完完全全能理解孔桃桃在火锅店接电话时为什么那样的状态了。

　　这样完美的男朋友，太让人上头了。

　　丽丽酸了，甜甜的恋爱什么时候才会轮到她？

· 第三十三章 ·
桃桃要出击了

一个礼拜后,顺利结束教育机构户外推广活动的孔桃桃,接到了张沁的电话。

现场过于喧嚣,孔桃桃往僻静的拐角走,问道:"沁沁有事吗?"

张沁倒是很少给她打电话,现在年轻人不到紧急情况都是愿意发上百条微信也不打一个电话。

"桃桃姐,我记得你之前说,你那什么户外活动是今天结束?"

"嗯啊。"

"那你今天来不来Z大啊?"张沁立马发出邀约,"来吧、来吧,桃桃姐你都好久没来找过我们了。"

孔桃桃调侃道:"你不用和你的蒋学长一起单独用餐再去开个黑什么的吗?"

孔桃桃说的都是张沁现在的日常。

"当然不用!"

同事还在一边等着,孔桃桃也不好闲聊太久,于是问道:"给我打电话就是喊我去Z大?"

"对的,后街新开了家店,叫上表哥,我们一起去吃吧。"

"改天吧沁沁,我今晚要和同事们去聚餐。"

"不要改天!"张沁反应强烈,"就今天吧!桃桃姐,今天……哦

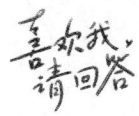

不,你现在就来Z大吧!"

孔桃桃察觉到不对劲,问道:"怎么了?"继而又联想到了之前张子恒的反应,她敏锐地发现了关键点,接着沉声问,"是不是唐泽怎么了?"

"我……表哥……他……"张沁闪烁其词,"我不知道怎么说,反正你快点来Z大吧,我觉得事情很严重!"

有关唐泽的、不知道怎么说的严重的事情。

听到这样的前缀,孔桃桃已经没有办法安然地和同事们去聚餐了,匆匆忙忙和同事告别,立刻赶往Z大。

去的路上,孔桃桃有给唐泽发消息和打电话,一直是没回和无人接听的状态,这让她越发担忧。

张沁是个急性子,直接就在校门口等孔桃桃。

孔桃桃驶入Z大的时候,隔着远远的距离就看到张子恒和张沁言辞激烈地在校门口拉扯,发现孔桃桃的车,立刻抬脚走过来。

张沁坐了副驾,张子恒坐了后座。

气氛无形中被渲染得十分沉重,孔桃桃蹙眉出声:"唐泽出什么事了?"

张沁一边系安全带,一边欲言又止,倒是后座的张子恒率先发声:"哪有什么事,沁沁就是小题大做,看把你桃桃姐吓得多紧张!"

张沁不满地反驳:"你们男人都是一伙的,就会帮着我表哥说话。什么小题大做,真要等表哥和那女生有什么了才能说是吧?等等……"意识到自己说漏嘴的张沁立即住嘴看向孔桃桃,"我不是说表哥劈腿了的意思,我……我……"

"呼——"

闻言,孔桃桃终于把堆积在心口的气吐了出来:"下次有这样的情况,你直接说不要支支吾吾的,吓得我以为是唐泽出了什么大事。"

"这还不算大事……"张沁蒙了。

对于孔桃桃的反应,张子恒也是目瞪口呆,原本他和张沁争论也是担心孔桃桃听了胡思乱想,再去和唐泽撕心裂肺地大吵一架,之后开始痛哭流涕。

万万没想到正主淡定得不能再淡定。

孔桃桃之前紧绷的背脊松懈下来,缓缓驶向停车场,淡然道:"说吧,是什么个情况?"

在一段感情里最重要的是信任,孔桃桃不会因为虚无缥缈的三言两语,就怀疑唐泽。

何况,"劈腿"两个字和唐泽是如此格格不入。

孔桃桃这个样子,张子恒也就不紧张兮兮了,大大方方道:"就是吧……从上个月起,有个大三的女同学总是来找唐老师。当然我们唐老师是心理学教授,有学生向他求助是很正常的……"

"这么频繁还正常?"张沁忍不住插嘴,"我都撞到好几回了,上次我还看到她给表哥送礼物了。"

"送礼物也很正常啊,我们唐老师在学校的人气,桃桃也很清楚的啊。"

孔桃桃笑:"真觉得正常张老师你一直喊我来学校做什么?"

张子恒摸了摸鼻子,讪笑道:"那句话怎么说来着?未雨绸缪……对对对,就是这个词,我就是想给你提个醒,不像沁沁说风就是雨的。"

"我哪说风就是雨了?夏纱……就是最近找表哥的女同学,她今天又来找表哥了,明明两天前才找过!桃桃姐,我觉得我直接和你说也不合适,所以想叫你过来看看,表哥肯定是不会喜欢夏纱的,但我觉得你很有必要过来让夏纱知道你的存在!"

听到这里,孔桃桃也就都明白了,为什么他们俩都一直让她来Z大,敢情都操心着让她过来宣示主权呢。

可孔桃桃听了重点都在今天夏纱又来找唐泽这一点上,唐泽没有回她消息有了合理的解释。

在去停车场的路上,张沁和张子恒你一言我一语绘声绘色地描绘着唐泽和女同学夏纱的种种,在亲眼所见之前,孔桃桃都不置可否。

停好车,张沁就拉着孔桃桃往Z大的心理健康辅导部走,而张子恒不赞同地阻止，虽说现在孔桃桃表现得很大度，但如果有了具体的画面刺激，情绪失控也有可能，所以去办公室等是最好的选择。

孔桃桃扶额，看两人争得面红耳赤，从包里去摸手机想要看看时间，拿出来一看，就看到三分钟前唐泽回了自己一个电话。

于是，孔桃桃挥了挥手机，做出了决定，冲两人道："直接去心理健康辅导部，唐泽的心理辅导结束了。"

首先唐泽会不会回办公室还是个未知数，其次既然已经来了Z大，孔桃桃就想尽可能快一点见到他。

张沁立刻挽住孔桃桃的手，步伐迈得又快又急："桃桃姐，我带你过去！"

又不能用蛮力拖着两个女生，张子恒连着叹了好几口气，无奈地跟了上去，祈祷着一会儿不要发生什么不可控的场面。

三人还没走到心理健康辅导部，就看到唐泽缓步走了出来，身边跟着个瘦小的长发女生，两人隔着不到半米的距离，女生低垂着头，头顶不到唐泽的肩膀，显得娇小玲珑。

孔桃桃想，那应该就是他们嘴里的夏纱了，于是投去打量的目光。

"表哥！"张沁扯着嗓子，那声音架势仿佛嘴边放着个扩音器。

果不其然，唐泽驻足看过来，夏纱像只受了惊的兔子，身子颤了颤，下意识地往后退了一步。

孔桃桃与唐泽四目相对，看不清他具体的眸光，但能感受到他面部的神色，短暂的错愕后是惊喜，并没有半分心虚的影子。

孔桃桃肯定，唐泽没有做任何对不起她和他们感情的事情。

张沁又扬声道："快过来啊表哥，我跟嫂子都等你很久了！"

她特意加重了"嫂子"二字的发音。

唐泽推了推鼻梁上的眼镜，抬脚迈过来。

同时，立在孔桃桃和张沁身后的张子恒，抱着给唐泽打个预防针的想法，开口道："哈哈哈，桃桃是被沁沁打电话叫过来的，还特意去校门口接的，唐老师要是忙完了，我们就一起去吃饭啊。"

以唐泽的智力水平，再结合张沁的表现，张子恒相信他一定能听懂自己的言下之意。

唐泽走到孔桃桃面前，联想到上次的情况，温声解释道："刚刚在给学生做心理辅导，所以没有及时回复你的消息和电话。"

孔桃桃莞尔，面上看不出半分的不悦，柔声回道："我知道。"

听到这样的语气，张子恒忍不住绕过来看孔桃桃的表情，是否真的一点儿都不生气。

唐泽亲昵自然地伸手，浅笑着把孔桃桃被秋风吹到脸颊的发丝挽到耳后："饿了吗？想吃什么？"

眼前的剧情发展正合张沁的心意，于是她笑着松开孔桃桃的手，把位置让给唐泽。

孔桃桃做思考状，把目光落在远处一直垂首立在原地的夏纱身上，亲切又友好地开口："夏纱同学吗？"

骤然听到自己的名字，夏纱猛地抬头，一张小脸上都是不知所措的绯红。

另一个紧张的人是张子恒，心里想着的都是：来了来了，桃桃要出击了。

孔桃桃笑吟吟地望着她："应该也没有吃饭吧？"

夏纱点头。

孔桃桃："要不要一起去吃饭？"

夏纱愣怔后直接看向了唐泽。

张沁：！！！

张子恒：？？？

夏纱这个反应，显然是在场所有人中她最在乎也最相信唐泽。孔桃桃压抑着内心涌上来的醋意，侧头嗔了一眼唐泽，娇娇软软地开口："唐老师，我是不是长得太凶了，夏同学看起来有点怕我呢。"

孔桃桃那点小心思唐泽心知肚明，他无奈地笑笑，揽过她的腰，看向夏纱，道："你师母热情好客，愿意的话就一起吧，但不愿意也不用勉强，你师母脾气很好，你不用觉得为难。"

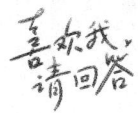

字里行间都是对孔桃桃的夸奖,一口一个"你师母",已经哄得孔桃桃心花怒放。

夏纱目光闪烁,随后怯生生地摇了摇头,连着说了好几声"谢谢"后抬脚离开。

直男张子恒可没有那么多弯弯曲曲的小心思,愣怔后感慨道:"桃桃啊,我发现我以前对你有误解啊!我还以为你会生气呢!"

谁知道想象中的"修罗场"不仅没出现,她还大大方方地邀请夏纱一起吃饭。

大气啊!

孔桃桃眯眸,皮笑肉不笑:"张老师啊——看样子在你心里我挺小家子气的啊。"

傻子才会当着这么多人的面为了子虚乌有的事情跟唐泽闹脾气呢。

在她眼里,唐泽是全世界最完美优秀的,有人喜欢是再正常不过的事情,她只需要确定唐泽喜欢的人是自己就可以了。

张子恒尴尬地笑:"呵呵呵,怎么会……"

唐泽敛了笑,难得一脸严肃,目光在张沁和张子恒面前来来回回,沉声道:"你们两个,不要总在桃桃面前说些有的没的。"

孔桃桃靠在唐泽肩膀上,维护道:"就是,我们唐教授深情又专一,才不会是劈腿出轨的人。"

张沁和张子恒又被塞了满满一嘴的狗粮,默契地对视了一眼,"我太难了"四个字印在脸上。

·第三十四章·
果然每个女生心里都住着个霸道总裁

孔桃桃并没有把夏纱的事情放在心上,也并不觉得夏纱会对自己和唐泽的感情有所影响。

直到十一月下旬,她才知道人生多的是身不由己的意外。

度过了"双十一"这样一年一度的大促,孔桃桃经历了在新公司任职后最高强度的工作期,好在和同事相处融洽,做的事情也是自己喜欢和乐意尝试的,除了身体的疲劳,心理上满满的都是成就感。

孔桃桃有了几天假,就和唐泽商量着,看他能不能挪出几天空当,两人一起去Z市附近的城市转一转。

对此,孔桃桃算是"预谋"已久。

许是因为两人确定恋人关系的第一天唐泽就上门见了孔家父母,以至于之后每次约会虽然甜蜜但都短暂,短暂体现在……唐泽一定会送她回家,任凭她怎样婉转地暗示,也不让她在外过夜。

她这恋爱谈得比很多高中生都纯情。

可去了外地就不一样了,孔桃桃连酒店都看好了,这一次,她一定要和唐泽有突破性的进展。

在孔桃桃卖惨加撒娇的攻势下,唐泽笑着答应。

唐泽只有周末两天的时间,两人定好自驾去车程不到两小时的W

市。W市是临近Z市的小城市,是个保留了不少历史文化的古城,每逢节假日都有不少来自外地的游客。

唐泽周五需要在医院坐诊,于是提议周六早晨出发。可心里打着小算盘的孔桃桃一口就否决了,头头是道:"周六早上去周日晚上回?我觉得那样太颠簸了,我们还是周五你下班后出发吧,那样周五晚上还能好好睡一觉,养精蓄锐,周六就可以好好玩了。"

好不容易能一起过夜,当然要两晚!

眼看着唐泽脸上仍有犹疑,孔桃桃又接着劝道:"而且我周五也没事,白天可以把行李收拾好,等你快下班时我去接你,开我的新车去,低调又省油,我是不是很会过日子?"

触及她眼里星星点点的光芒,唐泽嘴角微扬地点头:"嗯,很会过日子。"

"那你还等什么呢?"孔桃桃咧唇笑得开心,圈住唐泽的脖子,仰头笑吟吟地看他,娇软道,"马上占为己有吧。"

她眼眸里盈盈的水光让"占为己有"四个字充满挑逗的暧昧。

唐泽身子微僵,别过头轻咳了一声。

视线里是唐泽微微泛红的耳朵,孔桃桃玩性大起,伸手去捏他轮廓分明的下巴,把他脸转回来,狭隘地笑:"耳朵这么红,我们衣冠楚楚的唐教授该不会在想些什么不可描述的画面吧?"

唐泽一手圈住她纤细的腰,一手握住她作乱的手,哑声道:"桃桃,别闹。"

孔桃桃无辜地眨眼:"我哪闹了?明明是你自己想歪了。"

"……"

"我让你占为己有就是让你赶紧把我娶回家,毕竟像我这样美貌与智慧并重,又会过日子的女人,你不抓紧点小心变成别人的老婆了……"

这句话的尾音消失在唐泽的嘴里,他利落地吻住她的唇,堵住那些让他心口发涩的话,惩罚性地咬了下她的下唇。

他可以纵容她的一切胡闹,但在原则性的问题上他不允许,哪怕只是她随口说的气话,也不允许。

下唇有微麻的痛感,孔桃桃心满意足地闭上眼。

果然每个女生心里都住着个霸道总裁,孔桃桃觉得唐泽此刻透着薄怒的占有欲格外迷人。

尤其,他平日里是那样温和的好好先生。

星期五。

过于兴奋的孔桃桃一大早就醒了过来,哼着歌收拾着行李,从包包衣服鞋子到香水化妆品,把二十四寸的行李箱塞得满满当当。

中间孔妈妈有来孔桃桃房间,瞅了眼她还未合上的行李箱,问道:"不是只去过个周末吗?"

孔桃桃还在两双鞋子中挑挑拣拣,头也没回地"嗯"了声。

"那你带这么多东西做什么,跟要出去个十天半个月似的。"

孔桃桃回头,明明大学时满世界的游,这会儿却像个要出去春游的小朋友,眸光闪闪地问道:"妈,你说哪双鞋好看点?算了,我还是都带上吧。"

孔妈妈扫了眼行李箱里已经放好的两双鞋,无语地摇头:"孔桃桃,你这是要出去玩还是要去走秀啊?"

显然孔妈妈的意见对她而言并不重要,孔桃桃把两双鞋放进了行李箱,嘴巴就像是抹了蜜:"不,我是去展示你遗传给我的优良基因。"

"你啊——"

孔妈妈撩了下额前的碎发,优雅地转身。

一切都准备就绪了,时间也就下午两点出头,期待把时间拉得格外漫长,距离唐泽下班前的每一分每一秒都有些难熬。

接到张沁电话的时候,还不到下午三点,孔桃桃正窝在沙发上浏览着有关W市吃喝玩乐的分享,于是接通后按了免提,继续查看着:"喂,沁沁。"

"桃桃姐,不好了!"张沁像是在操场跑步,喘得不行,背景都是

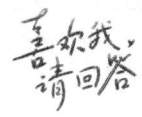

嘈杂的人声，"夏……夏纱……"

孔桃桃点开 W 市一家情侣餐厅的评价，略显敷衍地回道："夏纱怎么了，你先缓缓再说，不着急。"

有了之前的事迹，对于张沁这一惊一乍的"不好了"，孔桃桃已经很淡定，只觉得又是什么无关紧要的周边消息。

张沁应该是跑到了相对安静的地方停了下来，咽了咽口水，道："夏纱自杀了！"

"什么？"孔桃桃一时之间没反应过来。

"夏纱自杀了……怎么办啊……怎么办啊桃桃姐……"

孔桃桃把手机音量调到最大，问道："什么时候的事情？她现在人怎么样了？"

还……活着吗？

"好像是昨天夜里，送去医院抢救了，现在还不知道消息。"

也就是还有生机。

孔桃桃只当张沁是第一次如此近距离地感受身边人的"死亡"所以慌乱，安抚道："沁沁你别慌，要是你很担心的话，告诉我是哪家医院，我帮你打听下消息，一会儿就把情况告诉你。"

"就是表哥在的中心医院。"张沁的情绪非但没有稳定下来，声音还带了哭腔，"他们非说夏纱自杀是因为表哥，夏纱家里人上午来学校闹了，知道表哥不在学校后，嚷嚷着要去医院。"

"……"

"表哥怎么可能会跟夏纱有什么？就算是发现她在坠楼前有给表哥的信，也只能说明她喜欢表哥，怎么能说表哥跟她……跟她……反正就是夏纱家人乱说，夏纱室友也乱说！桃桃姐，舅舅舅妈都不在 Z 市，我现在是不是应该把事情告诉我爸爸妈妈啊？"

孔桃桃顿觉无力，手一软，手机砸到了木地板上。

听到响声的张沁扬声询问道："喂？桃桃姐，你怎么了？"

孔桃桃努力让自己镇定下来，可弯腰去捡手机的手却控制不住地发颤。

她不能慌，至少不能让张沁感受到她的慌，不然张沁会更焦灼担忧。

"沁沁，你先不要跟你爸妈说。我马上去医院，有情况我会联系你。"孔桃桃的第一想法就是不要让事情扩大。

张沁连声应着，又忐忑地出声问："桃桃姐，你是相信表哥的吧？"

"当然。"孔桃桃捡起手机，去拿车钥匙和包包，又笃定地重复了一遍，"我当然相信他。"

她的男人，她为什么不信任？

孔桃桃揪着一颗心往中心医院开，手机并没有收到来自唐泽的任何消息和电话，她祈祷着唐泽正一切如常地工作着，不要受到任何的影响。

想要马上出现在他的面前，确认他一切安好，如果可以，她希望在那些流言蜚语传到他的耳畔之前，不管不顾地拉他离开。

就像他之前每次都在自己能量快要耗尽时，让她立刻能量满满一样，这次，换她给他力量。

还只开到了临近中心医院的街区道路就开始堵了，孔桃桃摇下车窗去看路况，堪比龟速的挪动，还不如路边行人的步速。

见孔桃桃很是着急的样子，有大妈探头看过来，扬声道："小姑娘，你是去看病还是去看病人啊？要是不急就改天吧，医院这会儿有人闹事呢……"

听到"闹事"两个字后，接下来大妈说的话全部变成了"嗡嗡嗡"的声音，孔桃桃往左打着方向盘，驶离了开往医院的长队，把车停在医院附近一个小卖场的停车场，下车后一路狂奔。

孔桃桃不喜欢跑步，上次这样奔跑还是大学的 800 米体育测试。

但此刻双腿仿若上了发条，她朝着心理科的门诊大楼跑，唐泽的门诊室在二楼，一楼大厅已经满满当当都是人，她试图拨开人群上楼，就被医院的保安拦住了。

"我不是来闹事看热闹的。"孔桃桃忙不迭地解释，"我是职工家属，你快让我上去。"

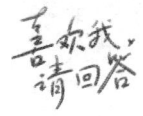

孔桃桃庆幸自己平常没少往中心医院跑，大厅里有个护士认出她来，远远地唤了声："孔小姐？"

孔桃桃循声侧头："是我。"

护士走了过来，冲保安道："这是唐医生的女朋友，不用拦。"

闻言，保安却并没有收回拦着孔桃桃的手，他目光中有几分同情，劝阻道："那我建议你不要上去，唐医生在上面被病人家属围着闹呢……"

孔桃桃心里"咯噔"一下，顾不得说什么场面上的话，推开保安的手，直接上了扶梯。

记忆里干干净净的长廊此刻一片狼藉，地板上、椅子上都是印满声讨字眼的纸张，孔桃桃只稍稍瞥一眼，从零碎的字符已经不难猜测完整的句子是什么。

妇人时高时低的尖锐嗓音以及众人嘈杂的声音从唐泽半开的门诊室传来，孔桃桃弯腰俯身，把入目所见的纸张全部捡起来，用力地撕碎扔到垃圾桶里，随后才走向门诊室。

还未走到门口，就看到小小的门诊室已经挤满了人，她的角度只能看到地板上坐着个头发凌乱的妇人，仰着脖子又是叫唤又是哭嚷，而她身边围了一圈身材魁梧的青壮男人，把想要上前的保安和医院工作人员阻拦开来。

唐泽呢？

唐泽在哪儿？

孔桃桃屏住呼吸迈进去，视野范围扩大，她终于看见了他。

唐泽仍旧坐在他那黑色的转椅上，平日里一尘不染的白大褂上依稀可以看到分布不均的黑色污渍，而之前扣得严实的衬衣扣子散开了两颗，细框眼镜遮挡住他褐色的眸光，习惯性上扬的嘴角此刻抿成一条直线。

不难想象他都经历了什么，孔桃桃心口生疼，她从未见过他这样狼狈的一面。

心理科的护士认出了孔桃桃,担忧地出声:"孔小姐……"

护士话音一落,之前仿若雕像的唐泽倏地抬头看过来,他眉心微蹙,朝孔桃桃轻轻摇头。

这个轻微的动作要传递的意思太多,他既想告诉她,不要相信今天听到的看到的一切,不要伤心难过,也想让她赶紧离开这是非之地,不要过来。

"摇头是什么意思?不想负责吗?"一直紧盯着唐泽的妇人开始扯着嗓子哭喊,"丧尽天良啊,你这样道德败坏的人也能当老师医生,这要祸害多少人啊!"

因为孔桃桃来了,原本已经解释过决定不再做任何回应的唐泽又沉声道:"夏夫人,我已经解释过了,夏纱的意外与我无关,我同夏纱没有半点超出师生情谊的关系。我很理解你的心情,发生这样的事情我也感到惋惜。"

这是说给夏纱妈妈听的,更是说给孔桃桃听的。

夏纱躺在急救室,只留下那些理不清的线索,在夏家人笃定的问责里,他的解释都变得苍白无力。

其他人怎么误会,他没有心力去管,也并没有那么在意,但他害怕会看到孔桃桃受伤和质疑的目光。

"你这个衣冠禽兽!怎么可能跟你无关?纱纱要是有个三长两短,我也不活了,我今天就是把命豁出去了,也要你给我家纱纱一个交代!"

辱骂声让孔桃桃的太阳穴跳个不停,她死死抠着自己的大腿,才抑制住上前与之对骂的冲动。孔桃桃侧头低声询问一旁的护士:"报警了吗?"

"应该快到了。"护士点头后又补充道,"孔小姐你先走吧,之前唐医生嘱咐我们了,要是看到你不要让你进来,他等院长过来,处理完就会去找你。"

孔桃桃怎么可能走?

"你这么担心夏纱的话,应该去急救室外候着。"孔桃桃强忍着满心的怒火,冷冷地俯视坐在地上的夏纱妈妈,"在这里吵闹,影响医院的正常运转,难道夏纱就会醒过来?"

"你是谁?"夏纱妈妈厉声尖叫,指着唐泽朝孔桃桃歇斯底里地喊,"是他害死了我的女儿!是他把纱纱变成这个样子的!我不会放过他!"

孔桃桃忍无可忍,抬脚上前。大抵是因为看起来瘦瘦弱弱又没有穿医院的工作服,那些护着夏纱妈妈的男人并没有防范她,她一把抓过夏纱妈妈指着唐泽的手,像是要把夏纱妈妈对唐泽的所有指控都斩断。

她不允许有人指着唐泽说这样恶毒的话语。

"桃桃!"唐泽立即起身。

随着唐泽的动作,那些闹事的男人立刻怒目圆瞪紧盯着他,有人开始低头冲孔桃桃吼道:"你谁啊你,别动手动脚的!这件事跟你这个小丫头片子没关系,不想惹麻烦就赶紧给我们滚远一点儿!"

孔桃桃却置若罔闻,她半蹲在地上,非常用力地抓着夏纱妈妈的手,一眨不眨地看着对方,道:"那你知不知道你这样做会害死多少来医院急救的人?夏纱的命宝贵,其他人的命就一文不值吗?"

"你是医生还是医院的负责人?"夏纱妈妈完全没料到眼前瘦小的女生竟然有这么大的力气,痛得直抽气,"你给我松手,打人了!医生打人了!医生不仅害死人现在还动手打人了!"

男人们闻言,立刻俯身去拽孔桃桃。

"别动她!"唐泽低吼一声,心急如焚地绕过桌子,俯身弯腰将孔桃桃护在自己怀里。

夏纱妈妈还在不住地重复着"医生打人了",场面瞬间就被激化,男人们的拳头毫无章法地落在唐泽的后背、手臂。

保安和医护人员见状,连忙上前帮忙。

现场一片混乱,唐泽担心会压到孔桃桃,身子绷紧,为她撑起一道人肉屏障。

耳畔是拳头砸在唐泽身上的声音,孔桃桃抬头,发现唐泽的眼镜已经不知道在剧烈的晃动中掉到了何处,眉头紧皱,薄唇紧抿。

孔桃桃忍不了了，她想要反抗，却被唐泽死死圈在怀里，他闷声在她耳边道："冷静桃桃，乖，桃桃。"

在孔桃桃来之前，面对夏纱妈妈如何诋毁挑衅，唐泽都是默不吭声不予理会，所以两方一直是僵持着，没有动起手来。

那些拳头没有落在孔桃桃身上，却比落在她身上更疼。

她又难过又愤怒又无措，她想听唐泽的话，可身体每个细胞都想要反抗。

中心医院的院长和警察在这个时候冲进了小小的门诊室，警服起到了一定的震慑作用，遏制了混乱的场面，夏纱妈妈那一群人终于停了下来。

大家去搀扶唐泽，而唐泽像是被打的人不是自己一般，小心翼翼揽着孔桃桃起身，看着她一眨不眨地望着自己，温声询问："是不是吓到了？"说着上下抚着她的双臂，安慰着，"别怕，没事了。"

孔桃桃就像是被人掐住了脖子，什么话都说不出来。

唐泽大笨蛋！

白白被人打了那么久不知道反抗！还对她说没事！

夏纱妈妈一把扑到就近的警察身上，哭诉道："警察同志，不得了了，医生打人！"

弄掉了眼镜的唐泽，只能朝着夏纱妈妈的方向，沉声否认："没有，医生不会打人。"

医生不会打人。

孔桃桃终于明白，为什么唐泽可以这样隐忍克制，因为他的职业操守不允许。

唐泽话音一落，在场医护人员的情绪都被调动起来了，再忍不住地喊道：

"就是！我们都好声好气跟你们说多久了，是你们不分青红皂白就动手，刚刚我们也只是看你们在打唐医生，拉开你们而已！"

"欺人太甚了！医院都有监控的，警察可以调看监控，看到底是医生打人还是你们打医生！"

有警察打量着那些动手的男人，开口道："你们有些眼熟，职业医闹？"

"哪能啊？"男人们面面相觑，个个都低眉垂首，试图避开警察的目光，"警察同志，这话可不能乱讲。"

警察冷哼一声："医闹是违法行为，根据《治安管理处罚法》，可以对你们予以处罚，甚至追究刑事责任。"

"她——"夏纱妈妈激动地指着孔桃桃，"警察同志，刚刚她就动手拽我了，我没有撒谎，他们医生就是打人！"

"我不是医生，别把我的个人言行扣到'医生'两字上面。"孔桃桃立即反驳，"还有，请你分清楚'拽'和'打'，我是拽着你不让你乱指人了，但动手打人的可是你们。"

"你明明就是医生！你……"

夏纱妈妈又要骂骂咧咧，这时院长站出来，出声道："这位女士，我是本院院长，请您冷静一点儿，在相互尊重的情况下，我们沟通解决误会，不要妨碍医疗秩序，影响其他病人就诊。"

"哪有什么误会？我女儿就是你们医院医生害死的，你们医院招这样道德沦丧的医生，哪个病人还敢来你们医院看病？"

院长："在没有证据的情况下，请您不要如此的恶言伤人，唐医生的口碑一直很好，据我了解，令千金治疗的费用你们拒缴，也是唐医生垫的，何况令千金还在抢救，您这样用词未免不太合适，而……"

"呸——"夏纱妈妈出声阻断，"那是他良心过不去，本来就是他造成的，他就该付钱，我辛辛苦苦把女儿拉扯大，就这样给他毁了！他必须赔偿我！"

孔桃桃真的是气到心肝脾肺肾都痛，忍不住要出声时被唐泽拉住。

唐泽不卑不亢，冲警察道："我相信司法的公正，愿意配合你们做一切调查。"继而又冲院长俯了俯身子，歉然道，"抱歉，给医院带来不好的影响。"

院长摇了摇头，叹气道："你今天提早下班吧。"

夏纱妈妈："不许走！我家纱纱脱离危险前，他都不许走！"

"嚷嚷什么？"警察呵斥了一声，"我现在要带唐医生去做笔录，你不让他走，是想妨碍公务？"

这话一出，夏纱妈妈嘴唇张张合合，果然不敢再拦着了。

警察侧身留出一条路："唐医生，这边跟我去做个笔录。"

唐泽颔首，随即安抚地握了握孔桃桃手说了声"等我"后就跟着警察离开。

来的警察不少，唐泽出了诊室后，也有警察带着夏纱妈妈以及闹事的青年男人们分别去做笔录。

有认识孔桃桃的护士想要上前安慰她，但孔桃桃都摆手拒绝，走到院长面前，恳切地看着他："院长，唐泽是无辜的，请您一定要相信他。"

周围的人闻声对孔桃桃都露出赞赏的目光，之前事情闹起来的时候，半信半疑的人会对她抱有同情心，毕竟听起来也像是唐泽"脚踏两只船"，而相信唐泽的人也会替他苦恼要怎么跟孔桃桃解释。

没想到，孔桃桃没有一丝质疑，坚定地站在唐泽身侧。

充满信任感的爱情，真让人羡慕。

院长双手交叠搁置在腹前，道："在唐医生复职之前，你多陪陪他吧。"

"复职？"孔桃桃难以置信地重复了一遍，"院长，唐泽明明什么都没做错，为什么要停职？"

太不公平了，在这个事件里，他才是受害者！

"是，做出这个决定我们也很无奈，但如果病人家属一直这样闹，医院无法正常运营。"院长顿了顿，安慰道，"你放心，这只是权宜之策，像唐医生这样的人才，我们都很珍惜。"

孔桃桃心里仿佛有一万只羊驼奔腾而过，但一想到刚刚唐泽护着自己，生生受着那些拳头，就为了那句"医生不会打人"，她就强迫自己冷静。

她不能跟院长起冲突。

她不能再给唐泽添乱了。

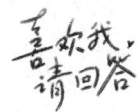

　　反复地握紧拳头又松开，良久后，孔桃桃开口问道："停职的事情你们通知唐泽了吗？"

　　院长摇头："还没来得及。"

　　"那可以让我来通知吗？"

　　短暂沉默后，院长点了点头。

· 第三十五章 ·
最好的安慰

在等唐泽的时候,孔桃桃也没闲着,她先是去找了唐泽掉落的眼镜,却发现他的眼镜早就在刚刚的混乱中被踩得稀碎,之后又联系了张子恒询问Z大的情况,却得知校方的处理和医院一样,让唐泽先停课等通知。

孔桃桃的心情,比那日在医美和同事起冲突离开时,还要沮丧。

做完笔录,唐泽第一时间走向孔桃桃,细细打量着她的神色,温声询问:"有没有吓到你?"

没戴眼镜的唐泽,褐色的眸仿佛蒙了层薄光,越发温良无害。

孔桃桃一颗心肿胀发涩,到这个时候了,他关心的还是她。

她摇头,唐泽伸出右手从她左耳的位置探向她的后脑勺,插入发丝,手掌和头皮贴合,随即轻柔地按了按,安抚道:"再等我五分钟,我去换个衣服。"

"嗯。"孔桃桃点头。

等待的间隙,孔桃桃走到扶手边去看楼下大厅的状况。闹事的已经被警察控制住,可依旧有看热闹的人,熙熙攘攘的一片。

"桃桃。"

低唤声从身后传来,孔桃桃立刻转身迎上去,牵住唐泽的手,往电梯口走,故作平常的口吻絮叨着:"坐电梯比较快,不去停车场了吧,开我的车。我的车停在医院外小卖场的停车场了,我们走过去也很快的,反正我们腿长嘛。"

目睹了刚刚夏纱妈妈闹起来的阵势,孔桃桃无法确定唐泽的车是否"安然无恙",电视剧里看过的各种车子被涂鸦的画面闪现脑海。

唐泽看到会难过的吧。

哪怕只有百分之一的可能性,孔桃桃也想尽可能避免让他看到一切会让他不开心的画面。

出了电梯,孔桃桃拉着唐泽一路疾走,她庆幸自己平常没少往中心医院跑,熟门熟路,让她可以最大限度地避开人群。

一直到安然地上了车,孔桃桃第一时间锁了车门,系安全带的同时看向副驾驶座的唐泽。脱掉白大褂的他仿佛卸掉了护身的盔甲,整个人笼罩在疲惫里。

被人闹了一天吧?

"困了吧?要不你把椅子调下去睡一会儿?"孔桃桃说着就去调整车上的导航,输入今晚要入住的W市酒店的地址,"我昨晚睡饱了,今天由我来开车吧,而且哦,行李我也收拾好了,后备厢都塞满了。"

孔桃桃心里想的都是赶紧带唐泽离开Z市,远离那些议论,也远离他被停课停职的消息。

唐泽食指抵住自己的太阳穴:"桃桃,我的行李还在车里。"

"没关系,大不了去W市买,很方便的。"

"桃桃。"唐泽沉了声。

孔桃桃被感染,嘴角控制不住地往下垂:"没事,你不想去W市的话,我们去别的地方也可以,或者……"

"桃桃。"唐泽再次出声打断,放下手,侧头看向孔桃桃,一脸歉然地开口,"对不起,这次度假要延期了,夏纱还在急诊室,我暂时不方便离开Z市。"

孔桃桃调试导航的手僵在屏幕上,骤然静了下来。

发生了这样的事情,她也没有心情去玩乐,不过是一时之间想不到可以缓解唐泽心情的办法。

而这落在唐泽眼里，担心是自己刚刚话说得不够清楚明了，引起孔桃桃的误会了，立即解释道："桃桃，我跟夏纱绝对没有任何超过师生或者医生和患者之间的情谊，你不要……"

"我知道。"出声的同时，孔桃桃解开束缚住自己的安全带，探身扑入唐泽的怀抱，把头埋入他的肩窝，她在他耳畔呢喃，"你不用解释，我从来没有怀疑过你，我相信你的啊。"

唐泽双手环住孔桃桃的后背和腰，将她抱得很紧。

不用言语，贴近的心跳，是治愈一切的良药。

唐泽脸上的疲惫太过明显，孔桃桃舍不得折腾他，径直开车去了他家。

交往以来，虽然没有留宿，但孔桃桃也去过唐泽家好多回，路径地点都很熟。

路途中，孔桃桃难得安静，没有像以往一样，絮絮叨叨找着话题，她放着舒缓的音乐，一路留心听着他的手机是否有动静。

怕有跟夏纱相关的事情会找他，也怕有人来告知他被停职停课的消息。

当车子顺利地驶入他家小区的停车场，两人下车后，孔桃桃思索着要怎样自然地把她放在后备厢的行李顺势提到他家去时，她听到了微信的提示音，从唐泽的口袋里传来。

谁给他发微信了？

要说夏纱的事情吗？

眼看着唐泽就要把手探入口袋里，孔桃桃连忙挽住他的手臂："晚饭我们在家里吃怎么样？"

"好。"唐泽的注意力成功被转移，"想吃什么？"

"你家冰箱里还有什么？"

唐泽摇头："原本计划着今天去W市，冰箱空了没补。"

正合孔桃桃心意："那我们去隔壁超市逛一逛，好不好？"

"嗯。"

孔桃桃一直紧挽着唐泽的手,但凡疑似听到一点儿手机响动的声音,她就会立刻像个好奇宝宝向他提出无数的问题。

仿佛突然发生的意外并没有能够影响到他一般,唐泽依旧用着稀松平常的口吻回复着她。

孔桃桃是盘算着操刀晚餐的,于是逛了一圈没买太复杂的食材,就买了两份牛排和一些酱料水果。

等回了唐泽家,孔桃桃就嚷嚷着要露一手给他看。

唐泽提着食材搁置在厨房的料理台上,目露犹疑:"你确定?"

孔桃桃点头,忽然严肃着一张脸,道:"其实有一件事我一直没跟你提过。"

"你说。"

"我有个外号叫'中华小当家'。"孔桃桃最擅长面不改色地编故事,随时随地入戏,"今晚,你将成为全城最幸运的食客。"

"……"

"好啦,你就让我下厨嘛。"切换"撒娇"攻击。

唐泽没辙,摸了摸她的头,拿过围裙一边给她系上一边道:"我去换个衣服拿下备用眼镜就过来帮你。"

"哎呀,我都说了我能行,给我点信任可不可以?"趁着他双手绕到身后打结,她顺势将手探入他的衣服口袋摸过手机,"不用你帮忙,你在外面等着就可以了,只要把你的手机留给我就好了,我手机没电了,用你手机看食谱。"

围裙已系好,唐泽站直了身子,挑眉道:"中华小当家需要用手机看食谱?"说着食指轻点她的脑袋,"食谱不应该在这里面吗?"

"容量有限,遇见你以后,容量就满了。"

孔桃桃的情话,永远都是一本正经地张嘴就来,唐泽无奈地笑笑,走出了厨房。

看食谱不过是留下唐泽手机的借口,他手机剩余电量不多,她在出厨房前把电耗光并不难,到时候她就帮他关机充电,这样至少很长一段时间,他都接收不到消息了。

在她想好的解决方法前,能缓多久是多久吧。

不到十分钟,换好衣服戴好眼镜的唐泽重新出现在厨房门口,没能说上两句话,又被孔桃桃轰了出去,嚷嚷着让他去外面等。

唐泽默不吭声地看了她好几秒,留下一句"那我去书房了"就走出厨房了。

孔桃桃连连点头,等唐泽一走,立刻展开计划,用他手机播放视频,再有模有样地开火热锅,准备开始煎牛排。

孔妈妈电话打过来的时候,她才刚把牛排放进锅里不久,为了不耽误手上的动作,她按了免提,把手机放在了料理台上。

"你在哪儿啊?去W市了?你那边怎么那么吵?"一接通,孔妈妈就一句接一句,听到唐泽手机的视频声,孔妈妈嗓音拔尖,"你在看电视?都什么时候你还有心情看电视,唐泽的事情你还不知道吗?"

孔桃桃立即把唐泽手机的音量调小,心里一沉,紧张地问:"妈,你怎么会知道?"

"唐泽学校那主任给你小姨打电话了,你小姨又马上给我打电话了,我能不知道吗?唐泽跟那学生到底是怎么一回事,你清楚吗?哎哟——我这血压一直往上飙,我都快急中风了!"

"妈,你冷静一点儿。"孔桃桃口吻笃定地回复关键问题,"你听到的都是假的。"

"唐泽被停课也是假的?"

"这个是真的……"孔桃桃脑仁生疼,"他跟夏纱清清白白的,妈,你要相信我,相信唐泽。"

唐父唐母都不在Z市,如果这个时候,连他们都质疑唐泽,唐泽得多受伤啊。

"我当然相信!"孔妈妈语气依旧很急,"可我们相信有什么用?现在风言风语传播的速度你又不是不清楚,你小姨说好多记者都去Z大采访了,怕不是要上电视新闻啊?唐泽又是老师又是医生,风评太重要

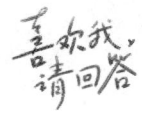

了,这样下去还不得影响他事业啊?"

闻言,孔桃桃醍醐灌顶。

她天真地觉得只要外面的声音不传到唐泽的耳朵里,就可以隔绝伤害,但他不可能永远不碰手机不走出这间房子,不去回到他原本的生活轨迹。

她和唐泽在这儿粉饰太平,外面的风雪只会越积越大。

"妈,我先不跟你说了,我要去给爸打电话,爸爸一定可以把这些不实报道压下来的。"最后的一句话,她是说给孔妈妈听,也是说给自己听的。

在Z市,孔有成是有几分薄面的,以前总是自己赌着一口气,想要摆脱身上"孔二小姐"的标签,她是不屑利用家里的社会资源的,但此时此刻,她如此庆幸自己是"孔二小姐"。

孔桃桃挂了电话,越是着急双手就越抖,她在通讯录里找着孔有成的电话,尚未拨出去整个人就被圈入一个温暖宽厚的怀抱。

唐泽自身后抱住她,双手圈住她的腰,下巴搁置在她的发顶。

孔桃桃僵住了。

他什么时候来的?

他听到她跟妈妈的电话了吗?

"煳了。"唐泽的右手从她腰间离开,向前关掉了煎牛排的火,复而重新搁置在她腰间,将她揽得更紧,头从她脑袋右边垂下去,移至她莹白的耳旁,喃语道,"抱歉,让你这么担心。"

他都听到了。

他怎么会看不出孔桃桃今天的反常,所以他并没有去书房,一直就在厨房门外立着。

在有一点上,他们惊人地默契,那就是为了不让彼此担心都佯作平常的样子,一样的交谈相处,压抑着心里的慌。

孔桃桃的眼眶瞬间就红了,情绪涌了上来,划破了表面的平静:"是,我真的很担心你,也觉得自己好没用,什么都帮不了你。在医院的时候,还因为我的冲动,害你被打。"

"傻瓜。"唐泽的语气越来越温柔,"我没有你想的那么脆弱,我自己可以把事情处理好的,而且……"

"跟你脆不脆弱没关系!"孔桃桃忽地转身打断他,换成面对面的姿势,仰头红着眼看他,"我爱你,所以你就算是无所不能的超人,我同样会担心紧张,我想跟你一起解决问题。可你一副什么事情都没有的样子,我甚至连简单的安慰都做不了。"

唐泽俯身,额头抵住她的额头,但他换了个黑框眼镜,框架比他之前戴的细框要大上许多,于是局促地抵在二人鼻梁之间。

"桃桃。"他抱着她的腰,低沉的嗓音里透着沙哑,"帮我把眼镜取下来,好不好?"

上挑的尾音,带着诱哄。

孔桃桃乖乖地抬手,帮他摘下眼镜。

下一瞬,唐泽歪头,准确无误地吻上她的唇。

这个吻极尽缠绵,薄唇在她温软的唇边辗转反侧,仿佛他吻的是世上最娇嫩的花朵。

良久后,他才松开气喘吁吁的孔桃桃,稍稍拉开两人的距离,道:"你怎么可能什么都帮不了我?有你在身边,就是最好的安慰。"

从事情发生到现在,她不曾有过一句质疑,这才是他到目前为止都能云淡风轻的原因啊。

一个吻,一句话,就把她刚涌上来的那些情绪,全部解决。

酝酿的眼泪没来得及滑出眼眶,化成一层薄薄的水汽氤氲了她的双眸:"恋人不就是彼此需要吗?我真的很需要你,也希望你能需要我。"

这话说出来绕口又矫情,却是最吻合孔桃桃心境的。

唐泽眸色渐深:"我不是无所不能的超人,我现在只是一个被停课停职的无业游民,桃桃,你会嫌弃我吗?"

"绝对不会!我又不是养不起你!"说完,她又觉得不对,补充道,"当然我的意思不是说你会被一直停课停职,事情一定会解决的!"

"嗯。"唐泽声音越发沙哑,用额头轻轻摩擦着孔桃桃的额头,"桃桃,我很需要你。"

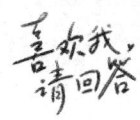

"车钥匙在我包里。"

"嗯?"

"我的行李在后备厢,你去拿吧。"孔桃桃顺势说出心中的算盘,"既然你这么需要我,今晚我就留下来陪你吧。"

"……"

·第三十六章·
你永远不要觉得挫败

孔桃桃如愿以偿地留在了唐泽家。

趁着唐泽去停车场取行李,孔桃桃给孔有成和孔敏敏都打了电话,她准备了一大堆为唐泽解释的话语却没有机会说出口。

大家对唐泽的人品,一致的信任。

孔有成听完后,只问了孔桃桃一个问题:"桃桃啊,是唐泽让你跟我打电话的吗?"

"不是,他不知道。他看起来跟个没事人一样,但我很担心这件事会给他带来负面的影响……"

"不用担心。"孔有成的语气一派轻松,"一帆风顺的人生也不一定好,男人嘛,受点风雨是好事,重要的是他面对风雨的态度。这也是锻炼他担当的好机会,以后可以更好地照顾保护你。"

"他现在对我的照顾保护我已经很满意了,爸爸,我爱他,不想让他受风雨。"

电话那头的孔有成久久没有发声,他真情实感地酸了。

应允了孔桃桃的要求后,孔有成挂了电话,在办公室长长地叹了口气。

自己宠了二十多年的宝贝女儿,心里满满当当装的都是唐泽了。

得到孔有成的应允,孔桃桃仍是不放心地又给孔敏敏打了电话。这些年孔敏敏常常接受媒体的采访，孔桃桃寻思着她跟新闻媒体的关系应该不错，说不定处理起唐泽的事情来，会比孔有成效率更高。

只是和孔敏敏的电话并没有打太久，孔桃桃听到了钥匙插入门孔的声音，立刻挂断了电话。

她不想让唐泽知道。

晚饭期间，唐泽的手机一直响个不停，感受到孔桃桃小心翼翼投过来的视线，他并没有特意避讳，神色如常地回复着消息，之后有电话打了进来，他直接按了免提。

"唐老师，都什么时候了你还这么倔？"张子恒急切道，"既然他们说夏纱每次去心理辅导室找你是'私会'，你把夏纱找你求助的内容说出来不就好了吗？"

"私会"两个字让孔桃桃的心里"咯噔"了下，唐泽却不疾不徐地回道："我说过了，张老师，病情是患者的隐私，而尊重保护每一个患者的隐私是一个心理医生的职业操守。"

"职业操守重要还是你的清白前途重要？"张子恒音调拔尖。

"职业操守。"唐泽毫不迟疑给出答案。

电话那头传来张子恒大喘气的声音："唐老师，我觉得隔壁教马克思的黄老师说得很对，特殊问题要特殊对待，具体问题要具体分析。"

"……"

"你现在又被停课又被停职，学校里都是风言风语的，你就算自己不在意，你就不担心桃桃听到后误会你吗？"

唐泽看向孔桃桃，道："她不会。"

"她怎么就不会了？女人最容易胡思乱想了，你只要把夏纱的问诊情况公开，问题就都解决了！"

孔桃桃对上唐泽的双眸，道："我不会。"

骤然听到孔桃桃的声音，张子恒显然蒙了下，用来劝说唐泽的理由被一一驳回，他又气又闷又急："哎，桃桃，我原本还指望你帮着我一起劝劝唐老师的！"

"劝他去做违背自己原则的事情？"孔桃桃口吻坚定，"我不会做那样的事情。"

对于刚刚唐泽给予张子恒的回答，她不会觉得是倔，相反，她觉得坚持原则的他浑身都泛着光。

这个最先让她因为颜值而沦陷的男人，用人品让她沉沦。

张子恒挂了电话后，孔桃桃放下餐具，眸光闪烁："夏纱……"

"嗯？"

"她的情况是不是很严重？"问完，孔桃桃立即补充道，"我不是要问你把她的问诊内容告诉我，我知道这是隐私，我……我就是有些后悔。"

唐泽有些不解。

孔桃桃垂眸，视线落在餐盘上："后悔上次见到她的时候，光想着要宣示对你的主权了。"

"……"

"虽然不清楚原因，但她应该有很严重的心理困扰吧，不然也不会选择跳楼。如果……"

"没有如果，你也不需要愧疚。"唐泽伸手握住她的手，心底一片柔软。

孔桃桃回握住他的手，与之对视："那你也不要自责，我相信你一定尽你所能帮助夏纱了。"

在夏纱出事后，面对夏纱家人的无理取闹，还能垫付夏纱的诊费，这样的大度不是每个人都能做到。

唐泽抬了抬眼镜，忽地叹了口气，颓然道："桃桃，我只是……有点挫败。"

印象里，他是第一次在自己面前露出这样的神色语气。

孔桃桃倏地起身，绕过桌椅，不由分说地把他的头揽入怀里，一边抚摸着他的头，一边模仿着大人哄小孩儿的口吻，道："你是我见过的最最最最棒的心理医生，是你治愈了面对家人超级敏感自卑的我，是

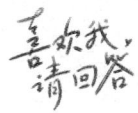

你让我和家人相处的隔阂消失。要是没有你，我现在肯定还是个觉得没有家庭温暖，每晚偷偷躲在被子里哭的别扭精呢。"

"……"

"唐泽，你不仅仅是我见过最棒的心理医生，你还是我见过最最最优秀完美的男人！如果，如果我将来还会遇到比你更完美的男人的话……"

唐泽自她怀里抬头，眉心微蹙。

"我会当看不到。"孔桃桃眉眼弯弯，"所以，你永远永远不要觉得挫败。"

她站他坐的姿势，让他耳畔都是她清晰可闻的心跳。

唐泽没来由地生出一种安心来。

原来被她以一种保护的姿态拥抱的感觉，这样的好。

他也可以是软弱的、有负面情绪的。

可这一晚注定不会安静，为了不错过夏纱的消息而没有关机的唐泽，手机响个不停，除了同事亲友，还有许多媒体的电话。

而时间已经是晚上十点多。

孔桃桃这边也不清闲，张子恒创了个微信群，把张沁拉了进来，一边描述着Z大师生对这件事的看法，一边让孔桃桃去劝唐泽把夏纱的问诊情况公布。

看着他们转述的那些不明事理的人对唐泽负面的评价，孔桃桃的太阳穴突突突跳个不停，气得想骂脏话，可她只能硬生生地压下去，免得身畔的唐泽察觉。

直到同事丽丽也发来委婉的询问，孔桃桃就越发焦虑心急。

交际圈最小的她现在公司的同事们也知晓了，可见这件事的传播速度与程度。

孔桃桃不着痕迹地往沙发的另一侧挪了挪，拉开和唐泽的距离，点开了和孔敏敏的聊天框。

很想跟孔敏敏求助，很想让孔敏敏帮忙联系媒体。

可一想到晚饭时唐泽一脸严肃让她不要去麻烦家人,相信他,他会处理好的样子,她的手便一直迟疑地悬在手机屏幕上。

发还是不发,孔桃桃兀自纠结。

"桃桃。"

乍然听到唐泽的声音,孔桃桃心虚得差点没握稳手机,忙抬头看他:"哎?"

唐泽把手机收回口袋起身,沉声道:"你愿意一个人在这儿睡吗?还是说我现在送你回家?"

"什么意思?"

唐泽已经起身去取外套:"夏纱醒了,我得去医院看看。"

孔桃桃几乎是立刻从沙发上弹了起来:"我和你一起去!"

夏纱醒了!夏纱活过来了!

这真是如此压抑低落一天中最好的消息了,无论是对夏纱来说还是对唐泽来说。

唐泽却没有马上应允:"桃桃,我也只收到了夏纱醒了的消息,具体什么情况还得等检查结果出来,我也不清楚今晚会弄到什么时候,到时候可能没办法抽身送你回来休息。"

唐泽素来思维严谨,对于不确定的事情,用的都是"可能""也许"这样不确定的词汇。

都什么时候了,这个男人还在考虑她的休息问题。

"你不让我去我自己待着也是瞎想担心,也不可能休息的。"孔桃桃也利落地裹上了自己的外套,认真道,"说好了的呀,今晚我要陪着你的。"

片刻沉默后,唐泽走过来,替她把压在外套里的头发撩出来:"好,我们一起去。"

这个情绪起伏的忙碌夜晚,在孔桃桃原本的想象和期待里是浪漫旖旎的。

还没来得及打开的行李箱里,装着她精心准备的睡裙以及情调满满的香薰蜡烛。

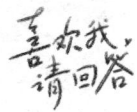

就算是没有得到夏纱清醒的消息,他不用赶去医院,拿出来也不合时宜。

所以能陪着唐泽一起待在医院里,孔桃桃莫名地轻松。

她和唐泽来日方长,现在没有什么比夏纱安然无恙更重要了。

· 第三十七章 ·
保护家人也是我的原则

中心医院。

离开还不到七个小时,唐泽和孔桃桃又回到了医院。

没有了白日里众人围观的拥堵,进出显得要方便了许多,孔桃桃一直悬着一颗心,担心会有闹事的家属或者等待的媒体,直到走到了明亮却空荡的走道,视线里只有值班的医护人员后,她的心才落下来。

"病人家属已经在里面了。"值班的护士指了指重症监护室,"唐医生,我帮你做个登记吧。"说完略显为难地看了眼孔桃桃。

好歹也算是出身于医学世家,孔桃桃自然明白重症监护室不像普通病房,不可能让所有人都进去探视,于是立刻松开唐泽的手,体贴道:"我在外面等你。"

"好。"

长廊里设有供人休息等待的座椅,只是孔桃桃忧心着重症监护室里的情况,也没办法安心坐着等,一直来回踱步。

每分每秒都变得漫长难熬,孔桃桃索性掏出手机,告诉一直关心事态进展的张沁他们,夏纱醒来了的消息。

片刻后,孔桃桃耳畔传来一阵急促的脚步声,在夜晚寂静的医院长廊显得十分响亮。她下意识循声看过去,视线里是一个穿着黑色棉袄神色焦急的年轻男人。

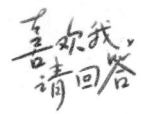

是哪个病人的家属吧?

重症监护室不止有夏纱一个病人。

这样想着孔桃桃便别开了视线,直到下一秒,她听到男人的声音:"住这里,就是这什么重症监护室,得多少钱一天?"

"具体费用要根据患者的病情来决定。"护士的回答很官方,"先生是哪位病人的家属?需要探视的话我现在给你做登记。"

"我不是来探视的。"男人立即否认,又问,"那你们现在这些病房里有哪个病人没付钱的吗?"

连续的两个问题都围绕着钱,丝毫没关心病人一句,这让孔桃桃忍不住蹙眉看过去,入目所及是护士否认地摇头,和男人如释重负的表情。

孔桃桃远远地给了个白眼,暗骂了句:人渣。

临近十二点,又是重症监护室,此刻长廊上除了值班的护士就剩下孔桃桃和她眼里的人渣,她摸不准唐泽什么时候会出来,又实在不愿意和这个男人待在同一片区域,于是抬脚迈向洗手间。

既然他不是来探视的,也得到了自己想要的回答,估计等她上个洗手间回来,他就离开了吧。

万万没想到的是,当她缓步从洗手间走回来,隔着远远的距离又再次听到了这个男人的叫嚷声。

他怎么还没走?

在医院喧哗真的好没素质。

他在冲谁嚷?和他的家人吵起来了?

看他刚刚那对病人毫不关心的态度,和家人吵起来也正常。

孔桃桃这样想着恨不得上去骂这个人渣几句,但转瞬想到自己今天下午在唐泽的门诊室,因为没控制住自己的情绪,害得场面失控,让唐泽平白挨打,她就告诫自己一定要冷静,唐泽已经焦头烂额,她不能再给他添乱。

"钱你到底是给还是不给?"男人趾高气扬,"我告诉你,不要以为我妹脱离了生命危险,这件事就这样算了,我妹妹自杀都是因为你,你得负责!"

自杀?

这两个字眼让孔桃桃敏感地想到了夏纱,小跑着走近,果然看到了夏纱妈妈和刚刚的男人站在一起,气势汹汹地面对着唐泽,值班的护士在一旁不住念叨着"不要吵了、不要吵了"。

她之前在心里吐槽的男人竟然是夏纱的哥哥?

而唐泽面对夏纱哥哥的无礼推搡,没有半点反抗的动作,坚守着自己的立场——医生不会打人。

孔桃桃气得不行,径直跑过去,毫不客气地拉开夏纱哥哥推搡唐泽的手,杏眸里是熊熊的火,怒道:"别碰他!"

之前沉默不语的唐泽立即去拉孔桃桃的手,沉声唤了句:"桃桃。"

语气里有劝阻,孔桃桃当然听得出来,可说她脾气不好,不够冷静大度也罢,她当下就是没办法看着别人对唐泽动手动脚还忍气吞声。

医生不会打人,可她又不是医生。

这个人渣要是再动唐泽一下,她不介意"以暴制暴"。

突然冒出来的孔桃桃让夏纱哥哥愣了下,随即恶声恶气道:"你又是谁?医生还是护士?你们这是什么态度?我要投诉你们!"

"我不是医生也不是护士。"孔桃桃冷声撇清自己言行和医院的关系,"你尽管去投诉。"

夏纱妈妈扯了扯夏纱哥哥的胳膊:"她是这医生的对象。"

"怪不得这么维护。"夏纱哥哥露出轻蔑的笑,"美女,找对象只看脸是要吃亏的,你知不知道他背着你在学校勾搭我妹妹?我妹妹年纪轻轻一个前途无量的重点大学的大学生,因为他自杀了,你还在这儿维护他,脑子里装的是屎吗?"

言辞粗鄙,和之前孔桃桃在心里对他的评价完全吻合:一个没素质的人渣。

唐泽上前抬手将孔桃桃护在身后,防止夏纱哥哥对她进行任何有可能的肢体碰触,向来温和的俊脸此刻紧绷着,褐眸里除了隐忍克制,反常地透出森冷来:"先生,请注意你的措辞。"

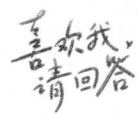

　　他被误解、被泼脏水，怎么样他都能调节自己的心态不去针锋相对地回应，可唯独不能忍受旁人对孔桃桃用一点点难听的词汇。

　　他可以受委屈，她不行。

　　"我呸——"夏纱哥哥侧头吐了口痰，态度越发嚣张，"老子爱怎么说话就怎么说话，要你这个垃圾管？"

　　"你才是无论外表还是内在都是排泄物的垃圾败类人渣！"孔桃桃气得身子发颤，绕开唐泽冲夏纱哥哥怒骂，"张口闭口就是钱钱钱，你妹妹躺在里面你没关心一句，来了就问护士费用多少、钱付了没付，你算哪门子的哥哥？我看你根本巴不得夏纱死了，你好趁机敲一笔，你就是个把妹妹当摇钱树的吸血鬼！有你这样的亲人，难怪夏纱会自杀！"

　　夏纱哥哥开始大喘气，孔桃桃的话就像是戳到了他的痛处，让他跳脚，说不出反驳的句子，便龇牙咧嘴扬手握拳朝孔桃桃挥过来。

　　唐泽反应极快，抬手扼住他的手腕，继而用力朝他的右后侧狠狠一扯。

　　夏纱哥哥所料不及，力道的惯性让他控制不了自己的肢体，再加上比唐泽矮了半个头，直接摔坐在地上。

　　片刻间，唐泽已经完完全全把孔桃桃庇护在自己身后，他俯视着地上一脸难以置信的夏纱哥哥，薄唇紧抿，之前自然垂在身侧的双手此刻正在蓄力，随时准备再次镇压他的暴力。

　　夏纱妈妈赶忙蹲下来去扶夏纱哥哥，尖声道："你……你是医生……你打人！"

　　"现在是我的私人时间，我的言行也仅代表我个人。"唐泽沉稳道，"夏夫人，我现在做的和你今天一整天做的并没有本质的差别，都是对家人的维护，希望你理解。"

　　家人。

　　这是普通却温暖有力的字眼，孔桃桃视线里是唐泽越发显得宽厚能让人依靠的后背，和记忆里五月二十号那天他拿着小票单出现在刘欣和吴倩面前的身影重叠。

　　印象里的唐泽，是遇到再无礼再不可理喻的人，也都面不改色地浅浅笑笑,一言不发。

原来总是淡然的好脾气先生也会有怒火迸发的时刻。

孔桃桃爱死这样的时刻。

夏纱哥哥干脆如老赖一般往地上一坐:"别扯这些有的没的,你就是对我动手了,医院肯定有监控的吧,不想事情闹大就赶紧给我赔钱,连同我妹妹的费用赔偿一起全部打给我!"

唐泽伸手抬了抬眼镜,不动声色却攻击性满满:"哦,那就报警吧,除了让监控和警察来证明我刚刚是正当防卫,我更想与你一起在警察面前谈谈'谋杀',夏纱醒了,警察也会来了解她跳楼的原因。"

夏纱哥哥面色惨白,嘴唇发颤:"什……什么谋杀……"

"不是只有亲手把夏纱推下楼才是谋杀,那些把夏纱逼上窗台的理由和人,才是真正的凶手。"

"你胡说八道些什么?"

"我有没有胡说你心中有数。"唐泽眸光如炬,意味深长道,"我秉着对我的学生对我的患者的尊重缄口不言,但并不代表对事情真相一无所知。"

"……"

"夏纱脱险了你还没去看过吧,不好奇她说了什么吗?经历了生死,怯懦会变成勇敢。"

学了这么多年的心理学有这么多的临床经验,要击溃一个意志力并不坚定的人的心理防线是轻而易举的,不过取决于唐泽愿不愿意。

夏纱哥哥一句话都说不出来,眼珠躲闪地四处瞟动,浑身发抖。

夏纱妈妈根本没听懂唐泽这似是而非的话,很努力地想把夏纱哥哥扶起来。

而之前孔桃桃一出现就转身去找安保的值班护士,带着安保一路跑过来。

没有了夏家人的胡搅蛮缠,唐泽转身牵住孔桃桃的手,离开稍显混乱的现场。

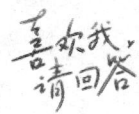

一直到进了电梯,唐泽按下楼层后侧头,对上孔桃桃直勾勾的目光,他敛去刚刚面对夏纱哥哥时的那份漠然和锐利,温声道:"吓到了吗?"

孔桃桃点头。

唐泽安抚地摩擦她的手心:"以后面对夏纱哥哥那类人不要正面起冲突,你毕竟只是个女孩子,动起手来,你要吃亏的。"

其实并不是因为差点被打到而吓到,但望着面前男友力爆棚的唐泽,她突然觉得做个被他保护的小女孩挺好的,于是乖巧温顺地点点头,复而眸光闪烁地开口:"刚刚的你让我好意外。"

"嗯?"

"我第一次看到你那么……嗯……凶?"孔桃桃一时之间找不到准确的词汇来形容,"白天在门诊室,他们都那么过分了,你还忍下来了。"

"白天我还在职。"

孔桃桃了然,再次点头。

"桃桃。"

"嗯。"

"医生不会打人是我的原则。"

"我知道。"

"保护家人也是我的原则。"

孔桃桃回握住唐泽的手:"我知道。"

·第三十八章·
嗯,想把她占为己有

孔桃桃乖乖让唐泽牵着,走出电梯后问道:"夏纱怎么样了?"

"已经没有生命危险了。"

孔桃桃长舒了口气,又想到之前唐泽和夏纱哥哥的对话,于是问道:"夏纱跟你说了什么?她跳楼该不会真的跟她家人有关吧?"

"她只有在我们接到通知赶过来时短暂醒了下,因为颅内还有积血又陷入了昏迷。"

虽然唐泽没有回答自己后面的问题,但一想到夏纱哥哥听了唐泽的话那心虚的模样,孔桃桃觉得自己猜得八九不离十。

或许这就是唐泽不愿公开的,夏纱的问诊情况?

思及此,孔桃桃也就没有再细问,十分同情夏纱,有那样的哥哥,不难想象夏纱成长有多艰辛。她忽地想起那句"幸福总是相似的,不幸却各有各的不同"的话来,和夏纱一比,她从小所经历的甚至认为的家庭带来的伤害几乎不值一提。

孔桃桃跟着唐泽一路去了给夏纱操刀检查的医生的办公室,了解到了之前不敢多问唐泽的有关夏纱的情况。

万幸夏纱的寝室在二楼,楼层不高,加上及时被人发现送到了医院抢救,这才躲过一劫,但现在除了颅内仍有积血,她全身也多处粉碎性骨折,没有个半年来休养,也很难恢复。

喜欢我，请回答

操刀的医生开始拿出各项夏纱的检查和唐泽越聊越深入，措辞也多半是专业的医学用语，孔桃桃听不太懂，随着他们的描述，记忆里瘦瘦小小的夏纱渐渐被脑补成血肉模糊的样子，她瘆得慌，于是借口口渴走出了办公室。

已经是凌晨一点出头，折腾了一天的困倦让夜晚越发寒冷，孔桃桃不知道唐泽和医生要聊到什么时候，于是打算去便利店买几杯热饮。

好在去的路上她智商在线地瞅了眼手机，发现已经没电关机了，充电器和零钱现金都落在了车里，所以她步伐一转，先去了停车场。

途中，她恰巧路过了唐泽的车，看见一个穿着深色棉夹克的陌生男人一直在唐泽车子附近哈气搓手踱步。

他是谁？

他要做什么？

孔桃桃下意识地凝神多打量了几眼，但下一秒出于自我防卫，她别开视线，加快了步速。

半夜的停车场，有些鬼鬼祟祟的男人，怎么都是危险的信号。

"哎——小姐！"男人却已发现孔桃桃的存在，开始扬声招呼。

听到靠近的脚步，孔桃桃强作镇定，头也不回，步子迈得更快。

"孔小姐！"

听到男人唤出自己的姓氏，孔桃桃驻足微愣。

孔桃桃这个反应，让男人脸上的疲惫一扫而光，跑步上前，张开手臂拦住了孔桃桃，目光直接打量她："孔小姐，真的是你！"

孔桃桃被他的目光盯得发毛，向后退了两步，拉开两人的距离，先看了眼停车场的摄像头，暗示男人他的行为都会被记录，随后沉默不语地看他，并没有承认自己就是他口中的"孔小姐"。

而男人神色笃定，根本不在意孔桃桃的不予回应，难掩兴奋地开口问道："请问你半夜出现在医院，是因为夏纱自杀的事情有什么新的进展了吗？"

"……"原来是蹲守的记者。

夏纱的事可谓是今日Z市的社会热点新闻，记者们以唐泽的人际圈展开调查，认出孔桃桃并不奇怪。

"你出现在医院是不是表明唐医生此刻也在医院？我在这儿等了一个晚上了，请问唐医生方便接受一个简单的采访吗？"

孔桃桃：？？？

孔桃桃死死咬住下唇，才把心里涌上来的各种脏话字符全部咽下嗓子眼。

呼——

不能骂，不能骂，骂了以后指不定会被歪曲乱写成什么样子再扣到唐泽的头上。

孔桃桃不住地吸气呼吸，稍稍偏头看他，慢悠悠道："我是唐泽？"

记者摇头。

"那你要采访唐泽，问我做什么？"

怼完后，孔桃桃抬脚欲走，又被记者不死心地拦住："那我能采访一下你吗？"

说完，记者便语速极快地抛出一堆的问题："孔小姐是陪唐医生过来的吗？孔小姐去看望过夏纱了吗？今天以前孔小姐对夏纱的存在知情吗？对于……"

孔桃桃扬手制止记者喋喋不休的发言："你第一个问题是什么？"

记者以为是自己说得太快，于是放慢语速，重复道："孔小姐是陪唐医生……"

"我问的是这个之前的问题。"

"我能采访一下你吗？"

"不能。"

孔桃桃觉得自己已经很克制了，既没有破口大骂，声音语调也都尽量保持平缓，但记者依旧作死地挑战她的底线，无视她的拒绝，紧接着又问道："作为唐医生的女朋友对于唐医生'骚扰'学生夏纱，导致夏纱自杀的说法你怎么看？这么晚出现在医院，是和夏纱家属谈赔偿事宜吗？"

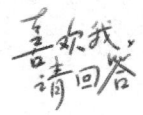

忍无可忍就无须再忍，孔桃桃黑了脸，危险地眯眸："你在哪家媒体工作？给我一张你的名片。"

记者眼珠子转了转，慌乱、惧怕、猜测、不屑、质疑都闪过眼眸。

白天里他调查过唐泽，自然也对孔桃桃的家庭背景有所了解，加上下午还沸腾想跟热点博点流量的同行晚上大半都被领导打招呼压下来了，他不难猜到应该是孔家出面公关施压了。

但他觉得同行都不做的新闻如果他做出来了，一定有高流量，加上他个人主观意愿立场都是偏向"受害者"夏纱的，所以才会在进医院探访医院职工遭拒后又在停车场找到唐泽的车子来蹲守。

"孔小姐，真相或许可以隐藏一时，但早晚会浮出水面的。"

"你上过语文课吗？考试及格了吗？语文老师没教过你不要胡乱遣词造句吗？还是你没上过思想道德修养与法律基础，老师没有教你不要污蔑别人？你知不知道，诽谤和破坏他人声誉是犯法的啊？"

"……"

"哦，你刚刚的话说得很对，真相早晚会浮出水面的，唐泽和夏纱清清白白，夏纱自杀的行为也并非唐泽导致，你们做媒体的要噱头，要夺人眼球我能理解，但是胡编乱造，不怕遭报应啊？"

记者觉得眼前纤瘦的女生气场迫人，顷刻间竟半句反驳的话都说不出来。

说完，孔桃桃脑海里却忽然闪过了一个念头，敛去言语中的锋利，道："我手机没电了，你记下我的号码吧。"

话题的跳跃性让记者怀疑自己是不是漏听了什么，说话都有些不利索了："号……号码？"

"嗯，你怎么称呼？"

"我姓刘。"刘记者一脸蒙。

"夏纱已经脱险了，她把真相说出来是早晚的事情。而你如果真的迫切地想知道事情的真相应该去蹲守夏纱的家人。"

孔桃桃觉得自己今天听到的看到的夏纱家人的言行，但凡能有个媒体在场记录下，都不至于用这样恶劣的词汇来形容唐泽。

"刘记者,我们谈个合作怎么样?"

孔桃桃的坦荡与问心无愧已经让刘记者对自己一开始的猜测有了动摇:"什么合作?让我写一篇澄清唐医生的报道?抱歉,孔小姐,没有确定的真相我不会报道。"

就像他虽然主观地觉得夏纱是因为唐泽而跳楼的,但是也没有直接就发布相关的报道,而是过来蹲守唐泽。

孔桃桃摇头。

"那是?"

"你好好跟踪采访了解一下夏纱的哥哥,而我要你所有的跟踪采访的内容。作为报酬,无论你是要钱还是要资源,我都会尽我所能。"

刘记者的脸上已经写满了困惑。

孔桃桃:"我是为了唐泽。"

看夏纱哥哥那副贪得无厌的样子,肯定不会放弃对唐泽的勒索,唐泽修养好、脾气好大概懒得和他掰扯,但孔桃桃从来不是"以德报怨"的主儿,不会看着别人欺负自己的爱人无动于衷。

而夏纱哥哥显然也不是什么心思缜密有脑子的人,不然之前在重症监护室外就不会有那么多引人诟病的言行,所以刘记者如果在他身上花点时间和精力,绝对能收集到更多的素材。

这些素材既可以成为夏纱哥哥再招惹唐泽时的回击。

也是为了夏纱。

如果夏纱的跳楼真的跟家人有关,那么在她完全苏醒后,要是想要反抗,这些素材也能成为她的舆论武器吧。

存了孔桃桃的联系方式,刘记者对她的说法和提议还是持了保留态度,强调道:"孔小姐,就算你今天不提,我也会去采访了解夏纱的家属,最后我只会做真实的报道。"

他强调了"真实"二字的发音。

孔桃桃耸肩,轻声道:"那真是求之不得。"

即便在停车场耽误了不短的时间,孔桃桃去车上拿了零钱和充电器

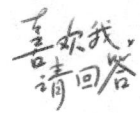

又去便利店买了热饮回到之前医生的办公室时,唐泽和医生竟然还在交谈,甚至姿势和她离开时一般无二。

可想而知,他们有多专注。

孔桃桃把热饮给他们递过去,唐泽顺势触了触她的手,传来温热并不冰凉的触感后,他微皱的眉心稍稍舒展,问道:"怎么去了那么久?"

虽然很清楚当下的重点是夏纱,但发现唐泽并没有完全忽视她,有在意她离开的时间时,心里的温度比手心的热饮还高。

恋爱中的女人果然是既小心眼又容易满足的生物。

"去车里拿这个了。"孔桃桃拿出充电器晃了晃,然后指了指医生右后方那张给病人检查时躺着的床,床边有个充电的插座,向医生询问,"请问我能去那里坐着充电吗?"

医生点头:"当然可以,谢谢孔小姐的咖啡。"

"不客气,那你们接着聊哦。"

语罢,孔桃桃便拿着充电器和手机挪到那张单人床上了,极低地削弱自己的存在感,不干扰他们。

孔桃桃半坐在床上,有些疲乏地靠着墙,发着呆想等着手机充到能开机的电,但或许真是太困太累,加上唐泽和医生那仿若天书的背景音的催眠,她只觉得眼皮越来越沉重,控制不住地下垂闭合,脑海里有两个小人正在疯狂地 battle。

——不可以,孔桃桃,你疯了才在这种时间地点睡觉!

——不睡不睡,只是眯一会儿,不睡着,眯一会儿手机充上电能开机了,就睁开眼玩手机。

然而意识一旦有了松懈,睡意立刻侵占大脑和躯体,孔桃桃坐在床边,贴着墙,就这么睡着了。

半睡半醒间被揽入一个熟悉的温暖怀抱,她下意识地往他怀里钻了钻,寻了个舒适的位置。

恍惚间听到医生开口道:"孔小姐真的是善解人意,唐医生好福气啊,这辈子记得好好珍惜人家。"

意识蒙眬间,孔桃桃原本是想睁眼感谢下这个医生会说话,顺便再夸赞下唐泽的优秀完美，奈何实在是太困，这些话都变成了她在唐泽怀里口齿不清的嘟囔。

像极了撒娇的小猫，软萌可爱。

唐泽只当是她被吵醒，于是揽住她的手像是哄小孩子睡觉一般轻抚她的背，低沉悦耳的声音越发轻柔，道："下辈子也会好好珍惜。"

医生随之配合地压低声音调侃："哎？没想到我们院绝对理性的唐医生也会说这么肉麻的情话，看样子爱情的力量真伟大，真能改变人啊，可惜正主睡着了。"

"不是的。"唐泽口吻温柔坚定，"是桃桃改变了我。"

遇到孔桃桃后，他渐渐没办法像以前一样，无论遇到什么情况场景，都面不改色地淡然一笑，他开始有了那么多专业知识无法调控的情绪。

他喜欢这样的改变。

医生艳羡地笑了笑，送上祝福："结婚的时候，可别忘了通知我。"

"一定。"

孔桃桃是喜欢闹腾的情绪化的小女孩，却在今天表现得成熟体贴得出乎他的意料。

他刚刚看到她贴着墙睡着的侧脸，一颗心酸涩心疼又柔软得不可思议。

他忽然想起之前她关于"占为己有"的玩闹话。

嗯，想把她占为己有。

想快点把她娶回家。

唐泽没有看到，此刻在他怀里的孔桃桃，像是做了个美梦，笑容清甜。

·第三十九章·
正义也许会迟到，但绝不缺席

孔桃桃彻底醒过来的时候，已经在自己的床上了。

她昨晚迷迷糊糊断断续续醒了好几回，但因为转瞬又睡着了，对发生了些什么记得并不太清楚，原来是被唐泽送回了家。

那唐泽呢？

还在医院还是回自己家了？

送她回家的时候肯定有和她的家人见面，父母……有因为夏纱的事情为难他吗？

孔桃桃很想现在就下床出门，去问问孔妈妈情况，但转瞬又觉得孔妈妈会有更多的问题来反问自己，所以打消了这个念头。

还是先探探唐泽的情况比较好。

这样想着，孔桃桃坐起身来，一侧头就看到自己的手机摆在右侧的床头柜上。她摸过来，手机是有电的，时间是下午一点出头，摸不准唐泽此刻的处境，不知道方不方便说话，于是她点开和他的微信聊天框："你在哪儿？"

等待唐泽回复的间隙，孔桃桃翻阅着来自同事以及张沁、张子恒的未读消息，句式各异但内容都挺一致的。她快速地滑动屏幕，最下面还有孔妈妈的消息，凌晨三点四十九分一条，凌晨三点五十五分一条，凌晨四点零九分一条。

看样子是忧心得一晚上没睡。

孔桃桃只觉得压力更大了。

"咚——咚——咚——"

敲门声随之而来。

不是吧,怕什么来什么啊?

孔桃桃在心里哀号一声,懊恼昨晚自己为什么要不争气地在等手机充电开机的时候犯困,导致她现在对夏纱这件事的进展以及唐泽后续要怎么做一无所知,一会儿妈妈要是问起来,她不能妥善地回答上的话,不仅孔妈妈又会血压上涨,她也担心会影响家人对唐泽的好印象。

在唐泽回复消息前,她干脆装死好了。

耳畔又传来了两声敲门声,不疾不徐的节奏倒和孔妈妈平常敲门的声音不太一样。

"桃桃。"低沉的声音从门后传来。

孔桃桃讶然出声:"唐泽?"

"是我,我在这儿。"隔着房门,他回答着她在微信上发过来的问题。

孔桃桃连忙翻身下床,穿上鞋小跑着去开门,视线里果然是唐泽好看的脸,她欣喜地问:"你怎么在这里?"

恋爱三个多月,第一次打开自己的房门就看到朝思暮想的脸。

唐泽的目光从她的睡衣落到裸露在外的脚踝和脚后跟,严肃道:"你先去穿外套和袜子。"

"没事,有暖气呢。"孔桃桃侧过身,伸手拉住他的胳膊,怕孔妈妈听见声音,小声道,"你快进来呀。"

唐泽扬手覆盖住她的手背,探了探体温,感受到温热后微蹙的眉头才舒展开,但并没有跟着她进房。

"还困吗?"

孔桃桃摇头,轻哼了声,道:"你为什么不进来?也不回答我的问题?"

唐泽抬手安抚地揉了揉她的头:"阿姨半个小时前出门了,你的问题等你洗漱穿好衣服后我再回答,我先去厨房做饭。"

孔有成和孔敏敏是孔家两个大忙人,白天会在家的概率极低,而孔妈妈也出门了,也就是她家现在就剩她和唐泽了?

孔桃桃瞬间松了口气,想着不用压低嗓音了,然而唐泽已经转身走向楼梯口,几步后又驻足回眸,再次嘱咐道:"暖气足也要记得穿袜子。"

望着唐泽的身影消失在楼梯拐角,孔桃桃心里升腾起来的,都是满满的幸福感。

孔桃桃快速地洗漱换上厚一点的家居服,乖乖穿上袜子直奔楼下的厨房。她才刚到厨房门口,听到声响的唐泽一边忙活一边开口:"你先把料理台上的温水喝了。"

享受着唐泽的细心体贴,孔桃桃眸光里都是亮闪闪的笑意,"咕噜噜"喝下大半杯温水,半趴在料理台上,侧头看着他。

"你在煮面条啊?"

"嗯,你刚醒吃得清淡简单点比较好。"唐泽搅动着锅里的面条,"而且面条煮起来快,不用等很久。"

"咦——你现在的样子好像我妈妈。"调侃完,她才发现煮面条的唐泽已经脱掉了外套,露出格纹的家居服,"这是我爸爸的衣服吧?"

疑问的句式,笃定的口吻。

这衣服虽然没见孔有成穿过,但从衣服风格加上唐泽穿着并不怎么合身来看,她显然没有猜错。

"嗯。"唐泽轻应了声,面条已经煮好出锅,他垂下眼眸,满意地扫了眼她穿上袜子的脚,端着两碗面走出厨房。

孔桃桃像个尾巴般跟在他的身后,两人一前一后地在餐桌落座,她一肚子疑问没开口,唐泽道:"我抱你上车的时候,看到了阿姨给你发的消息,阿姨那么晚都没睡,一直在担心你,所以我觉得送你回来既可以解除阿姨的担心,也能让你睡得更舒适些。最后我觉得自己有必要亲自向他们解释下夏纱的事情。"

虽然他清楚孔桃桃肯定已经跟孔父孔母说过了,但他亲口去解释是他作为孔桃桃男朋友该有的态度和担当。

"然后我父母就留你过夜了?"

唐泽颔首:"盛情难却。"

唐泽和孔有成谈完已经是早上五点,担心他疲劳驾驶加上一直对这个"未来女婿"的印象很好,于是孔妈妈强留他在客房睡一晚。

"呼——"孔桃桃笑弯了眉眼,压在心口的石头被粉碎,"太好了。"

夏纱没有了生命危险,而父母家人也没因此对唐泽有看法和隔阂。

"吃吧,吃完我们去看电影?"

"哎?"孔桃桃握筷子的手微顿。

"不想看电影?"唐泽接着提议,"那美术展怎么样?或者你有其他想法?"

"不是,我只是诧异你现在会这样说。"

唐泽讪笑地摸了摸鼻子,自嘲道:"我现在是'无业游民',无论你想做什么我都有时间。"

孔桃桃惆怅地眨眼:"可惜我后天就要上班了。"

"抱歉,如果不是我的原因,我们现在就在W市了,是我……"

"不许你胡说!"孔桃桃伸手捂住他的嘴,郑重道,"不是你的原因,不许你瞎背锅,等夏纱醒了,他们就知道自己冤枉你了!"

唐泽抓住她的手,顺势吻了吻她的掌心,柔声道:"好,我不胡说,不胡说。"

孔桃桃这才肯埋首吃面,片刻后又想起什么似的,眸光闪闪地抬头看他,故意捏着嗓子,娇滴滴地唤了声:"唐教授。"

唐泽挑眉:"嗯?"

"只这辈子和下辈子珍惜我可不够,下下辈子,下下下辈子,每一辈子你都要珍惜我哦。"

"……"

她……都听到了。

主流的新闻媒体那边虽然孔敏敏都打过招呼了,但处在信息化的时

喜欢我，请回答

代，即便没有主流媒体的报道，夏纱家属闹事时也有不少的围观群众，把拍的照片视频发到朋友圈，不了解真实情况，人云亦云自己添油加醋的编辑文字，吸引了大量的所谓"网络正义人士"的扩散转发。

当孔桃桃看到同事们把朋友圈看到的截图转发过来时，真是气得想摔手机，偏偏又一点办法也没有，只能期盼着夏纱可以早日出面辟谣。

星期天的晚上，夏纱从重症监护室转移到了普通病房，她清醒了，但因为颅内的积血导致发音困难，无法与人正常交流，全身多处粉碎性骨折，也让她没办法用文字和人沟通。

大家能做的依旧只能是等待。

孔桃桃原本是想请几天假陪陪唐泽的，但遭到了唐泽毫无商量余地的拒绝。

暂时失业的唐泽开始准时准点地接送孔桃桃上下班，一切迁就着孔桃桃日程安排来，对比之前两人都在繁忙工作的日子，一下子就多了许多约会独处的时光。

这算是"因祸得福"？

但如果可以选择，孔桃桃不希望这些甜蜜黏腻的陪伴是因为唐泽蒙受委屈得来的。

礼拜二的下午，孔桃桃接到了刘记者的电话。

攸关唐泽和夏纱，孔桃桃非常重视，好在手上也没有什么要紧的工作，她临时请了半天假，约在离双方都不远的咖啡厅见面。

孔桃桃一推开咖啡厅的门，刘记者就在角落的位置冲她招手："孔小姐，这边。"

落座后，孔桃桃瞟了眼他手边的热饮，于是冲跟过来的服务员道："一杯热拿铁，谢谢。"

"孔小姐，首先我为我之前带有个人偏见的看法和猜测向你和唐医生道个歉。"刘记者歉然地颔首，诚恳道，"对不起。"

也就是他拿到可以证明唐泽清白的证据了？

孔桃桃无所谓地摆摆手，切入正题："你去采访了夏纱哥哥？了解到了什么？"

"我没能采访到他。夏纱哥哥名叫夏英男,是夏纱继父和前妻生的孩子。"

"他们不是亲兄妹?"

"不是,他们是组合家庭,夏纱原本姓'黄',是母亲二嫁后改随继父姓的。继父常年酗酒,夏英男初中就辍学了,一直游手好闲和当地的混混厮混在一起,夏纱的处境可想而知。夏英男欠了高利贷,近期一直被追债,他想通过夏纱自杀的事情,讹一笔钱来还高利贷。"

孔桃桃了然地颔首,那晚夏英男的反应就是一副只要钱管夏纱是生是死的样子。

"夏英男联系过记者媒体,想扩大事情影响,借用社会舆论的压力让唐医生给钱……"眼看着对坐的孔桃桃眉心越皱越紧,刘记者忙道,"当然,没有人敢接,孔小姐打过招呼了吧?"

打招呼的人是孔敏敏。

孔桃桃不置可否:"然后呢,你接着说。"

"我一开始表明身份说要采访的时候,他也只关心能否从唐医生那儿拿到赔偿金,对于我提出的有关夏纱以及他们原生家庭的问题他反应很大,之后拒绝了我的采访,于是我跟了他一段时间,拍到了这些。"刘记者从随身携带的包里掏出一个牛皮纸袋,搁置在桌面上,推向孔桃桃,"夏英男找了 Z 市一家高额借贷公司,借了钱来还在 U 市借的高利贷。"

U 市是邻近 Z 市的三线城市,夏纱是 U 市人。

孔桃桃打开纸袋,映入眼帘的都是各种喧嚣的市井场所,而夏英男出没在酒吧、夜宵摊、牌桌,拍摄的角度各异,但每张照片里他大多是叼着烟吊儿郎当的模样,搂着身边浓妆艳抹的女人,笑容放肆轻佻,看不出半分至亲躺在医院的悲伤来。

不堪入目。

多看一眼都觉得污染了眼睛,孔桃桃嫌弃地把照片塞回纸袋里,又触到一处凸起,拿出来一看,是支录音笔,她鼓捣着按了两下,音频响了起来,嘈杂的背景音里麻将和桌子的撞击声清晰可闻。

——"夏英男你可真不是人,要不是你逼着你妹要钱,你妹这会儿能在医院躺着吗?你倒好,这吃喝玩乐没消停。"

——"呸,你别乱说话,要不是老子大方,你们这几天能从U市来Z市吃香喝辣?"

——"敢情不是我们哥几个帮着你闹完学校闹医院的?"

——"得得得,一会儿去吃夜宵,我买单!等过几天我们再上医院学校拉个横幅什么的,我不信那个姓唐的医生不给我们钱。"

——"可你妹不是脱险了吗?你就不怕你妹不配合你啊?"

——"她敢?我妹没别的,就是听我的话。"

——"是听你'拳头'的话吧,哈哈哈!"

听到最后一句话,孔桃桃胸膛起伏,真是后悔那晚没狠狠揍夏英男一顿。

夏纱那么瘦小的一个女孩子啊!

刘记者伸手切换了另一条音频:"你再听听这个。"

——"你是把你妹妹卖身给其他金主了?哟,价格很高嘛,你还能把钱还上了。"

——"不……不是的……强哥,我妹自杀了,这是赔偿金。"

——"死了?那真可惜,我还等着你把妹妹送过来抵债呢,毕竟你妹脸蛋不错。啧啧啧,清纯女大学生,想想就带劲。"

他原本打算把夏纱拿去抵债?

夏纱是活生生的一个人啊!

直面如此丑陋的人性,孔桃桃抑制不住地浑身发抖,简直不敢相信,这样的情节会真实地发生在现实生活中。

刘记者:"这些足够证明唐医生是无辜的,但如果夏纱本人能出面,就更好了。"

"辛苦了。"孔桃桃从包里去拿自己的手机,"多少钱?"

刘记者按住牛皮纸袋,摇了摇头:"孔小姐,我不要钱。"

"那是要资源?"

"不,我只有一个要求,就是希望唐医生能接受我的采访,关于夏纱的事情,我想做个独家报道。"他眼里有光,"我想以家暴和医闹为切入点,深入探讨下原生家庭和再生家庭对人的影响,唐医生作为事件当事人夏纱的心理老师,一定能给予很多专业上的意见和看法。"

他有信心,一定能借此收获不错的流量数据,一来他确实痛恨夏英男的行为,二来这说不定能让他的事业上一个台阶。

孔桃桃巴不得能曝光夏英男的恶行,让他受到应有的惩罚,但接不接受采访,她没办法代替唐泽回答。

犹疑间手机开始振动,像是有心灵感应一般,孔桃桃一垂眸就看到了唐泽的来电。

"桃桃,我今天不能去接你下班了。"唐泽接着补充道,"夏纱能说话了,她想见我。"

"我马上过来。"

夏纱能说话了,孔桃桃只觉得这些天的阴霾终于要散去了。

两人约见的咖啡厅离中心医院并不远,孔桃桃和刘记者到得比唐泽要早,她还沉浸在看了刘记者的照片、视频以及录音的愤慨中,怕到了病房按捺不住暴脾气和夏英男发生冲突,她决定等唐泽一起。

十分钟后,唐泽匆匆赶来,目光落在刘记者身上,略显诧异和疑惑:"这位是?"

孔桃桃的交际圈唐泽几乎都见过,而面前的人是全然陌生的面孔,难道是她公司新来的同事?

刘记者怀着既愧疚又崇敬的心情,眸光发亮地微微俯身朝唐泽伸出手,自我介绍道:"唐医生您好,我姓刘,是《Z市热点在线》栏目的记者,我们公众号也有近十万的粉丝,作为主笔,我想就您的学生夏纱跳楼事件做一期关于……"

"抱歉。"唐泽敛去了温和的面色,鲜见地打断别人说话,"我和我的学生都不接受采访。"

刘记者也不知道是自己的心理作祟,还是专业人士都自带不怒自威的气场,明明唐泽说话的语气并不凌厉锐利,但就给他一种没得商量的

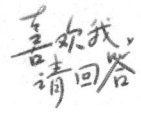

感觉,他求助地望向孔桃桃。

"他没有恶意的。"孔桃桃尝试着劝说,"唐泽,刘记者拍到也录到了夏纱哥哥夏英男拖欠高利贷并且日常恐吓殴打夏纱的证据,这些都可以证明你不是造成夏纱跳楼的原因。"

唐泽蹙眉,沉声唤道:"桃桃!"

孔桃桃的心"咯噔"了下,抿唇小心翼翼地看他。

他第一次用这样严厉的口吻。

他生气了。

片刻后,唐泽叹了口气,放柔了语气:"我一会儿和你细说。"

随后,他看向刘记者,道:"考虑到我学生的健康状况和心情,并不适合采访,请刘记者不要进病房了。"

"但唐医生,您不能代替夏纱回答吧?"

"我不能。"唐泽并不恼怒,"刚刚是我从医生和老师的角度对她目前的病情做出的决定,等她病情稳定了,如果想接受采访,我会尊重她的个人意愿。"

条理清晰,有理有据,刘记者无从反驳。

"还有,要麻烦刘记者先在外面等我下,等看望完夏纱我想跟你具体谈谈,那些录音视频我恳请你不要外泄和报道,我想付费买下来。"

语罢,唐泽转身,长腿迈向病房。

孔桃桃忙不迭地跟上去,忍不住问出声来:"为什么啊?"

他用了"恳请"两个字。

他被误解,被人恶意编排,他可以淡然处之不去主动解释,但现在有个辟谣的机会,他为什么是一副反感想要规避的样子?

孔桃桃想不明白。

唐泽的手搁置在门把手上,动作一滞,道:"桃桃,公开后,夏纱会是什么处境?又是否有面对这些的勇气,你想过吗?"

孔桃桃微怔,忽然觉得有些委屈:"我承认我没有想过,我爱你,当然会以你为中心来思考问题。"

唐泽叹了口气:"夏纱……有严重的抑郁倾向。"

即使他之前对夏纱的心理状况一直绝口不提，孔桃桃也猜到了，从小生活在那样的家庭环境里，不抑郁也会发疯。

孔桃桃别过头，避开他的视线："我希望也愿意帮助夏纱摆脱过往，我错了吗？"

是因为有这层原因，她才会把刘记者一同带到医院来。

"你没有错，桃桃，我也希望夏纱可以勇敢，但我不能劝她勇敢。"

"……"

"作为一名心理医生，我只能引领患者去发现困扰自己的心理问题，而患者本身才是解决问题的专家。"

这段话孔桃桃一时之间难以完全消化，她最直观的感受是：眼前的这个男人，真的是位尽职尽责的心理医生，他可以深陷流言的泥沼，也一定会确保自己的病人能站在安静的土壤。

他是发光的。

孔桃桃伸手推开了病房门。

夏纱妈妈就坐在病床前，带着哭腔一直重复地念叨着："你说话啊，你倒是和我说说话啊……"

全身多处粉碎性骨折，病床上的夏纱一动不动，浑身是纱布和夹板，被纱布包裹的头只有因受伤肿胀的五官露在外面。

但凡有点同情心，看到这一幕心里都不太好受，孔桃桃难受得不行。

立在病床前，唐泽轻唤了声："夏纱。"

闻声，夏纱缓慢且僵硬地转头，露在纱布外的双眸瞬间潮湿，潸然泪下，终于发声："对不起……唐老师，我食言了。"

夏纱最后一次去心理健康辅导室找唐泽的时候，抑郁症已经有了明显的好转，她甚至主动向唐泽表示，她决定好好生活，面对新的人生，不再试图自杀了。

"没关系的，夏纱。"唐泽的表情语气一如每次她来咨询时般温和，"你活过来了，现在就是新的人生了，一切都会好起来的。"

"报警。"似是用尽全力，夏纱嘴周的皮肉都在发颤，"我要报警。"

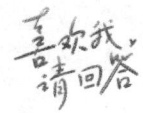

唐泽和孔桃桃都是一脸愣怔，有些怀疑自己的耳朵。

"不可以！你疯了！"夏纱妈妈开始厉声尖叫，"纱纱，那是你哥哥啊，他要是被抓，我们这个家就完了啊！"

夏纱妈妈的话表明了她已经知道真相，难怪他们进来的时候，夏纱妈妈一眼也没有看他们，并没有像之前一样大闹。

可知道了真相还阻止夏纱，孔桃桃一个外人听了都寒心。

"那我的人生呢？"夏纱声音有些缥缈，泪水一颗一颗地往外冒，"我的人生就可以因为他完了吗？"

"你怎么可以这样说呢？你哥哥就算找你要钱，动手打了你，你也不该跳楼的啊，这种事就算报警了，警察也不会管的，这是家事。"

孔桃桃气得血气上涌，正欲开口帮腔，被唐泽拉住了手。

夏纱在哭，声音却异常平稳，了无生气道："昨天你不在病房的时候，他过来了，他说如果我敢多说一个字，他就打死我。可我已经是死过一次的人了，还有什么好怕的？"

"……"

"妈妈，你真的以为他只是问我要钱、动手打我吗？"

"……"

"我来Z市上大学之前，在U市的每一天都是噩梦，他总有各种各样的理由把我像牲畜那样殴打，高二那年……他强奸了我。为了你一直想要的这个家，我不敢发出任何声音，我捂着自己的嘴巴哭了整整一晚，第二天依旧去上学。我知道只有考上大学，我才能离开U市。"

夏纱妈妈身子发软，差点没坐稳，伸手撑在床榻上，连连摇头："不……不可能……怎么会？不……不会的！"

"他却不放过我，哪怕我考上了Z大，离开了U市，他依旧不放过我。"夏纱说完重新转头看向唐泽，再次重复，"我要报警。"

当她从医院醒来的那一刻，当她尚不能言语，夏英男站在病床边一脸无所畏惧地恐吓威胁她时，她就知道，如果她再像以前那样隐忍，她将永远活在黑暗里。

不直面割断过往，她永远去不到新的未来。

"帮帮我……老师,帮帮我……"内心深入的呼喊终于破壁而出。

唐泽向前一步,郑重道:"好。"

唐泽表了态,孔桃桃更不用压抑自己了,倾身上前,小心翼翼地把手轻轻覆盖在夏纱的手背上:"不要怕,我们都会帮你,要证据我们帮你一起搜集证据,要打官司我们帮你找最好的律师,夏纱,正义会迟到,但绝不缺席。"

夏纱努力动了动手指头,试图回应孔桃桃温暖的手心:"谢谢……师母。"

"不用谢,这是勇敢者应有的嘉奖。"

·第四十章·
恭喜唐泽,喜提娇妻

孔桃桃根本不放心夏纱妈妈照顾夏纱,也为了防止夏英男会做出什么偏激的伤害夏纱的行为,她请了两个陪护,二十四小时照顾夏纱。

夏纱妈妈哭得声嘶力竭,重复哭喊着都是自己的错,劝夏纱不要报警:"你是女孩子啊,纱纱,要是被人知道你……你以后一定会被指指点点,你就完了啊!你哥也完了,大家都完了!"

有这样思想的母亲,难怪夏纱从不敢发声和反抗。

作恶的不仅仅是夏英男,夏纱妈妈亦是引起雪崩的雪花。

夏英男性侵夏纱的事发生在三年前,已经很难取证,他最终是以"恐吓罪"被起诉立案。

刘记者拍下的照片视频和录音以及夏英男出入医院的监控都是他罪行的证据,唐泽、孔桃桃以及医院的工作人员都成了人证,而那些之前和夏英男称兄道弟的狐朋狗友,在警察展开调查时,只怕惹祸上身,立刻供出了所有。

夏英男进了U市的看守所,侦查和审查起诉已经展开,证据确凿,就等着宣判结果。

夏纱身体的康复痊愈至少需要半年以上的时间,知道夏纱要休学回U市时,孔桃桃立刻联系了自家在U市的仁心医院,给夏纱办理转院手续。

这样没有收入的夏纱可以没有经济负担地安心疗养，也方便他们随时了解夏纱的近况。

离开 Z 市时，夏纱坐在轮椅上热泪盈眶，哽咽着道谢，仰头看向唐泽，问："老师……我还能回来吗？"

在她直面了过去，向大家揭开了伤疤后，她还能回到学校吗？

同学和老师……会接受她吗？

唐泽听懂她的忐忑，俯身有力地回答："当然，老师保证，你能回来，大家都会等你回来。"

孔桃桃半蹲下身子，握住她的手："纱纱，师母再强调一遍哦，你要记住你没有错，无论是三年前还是现在，只要你对犯罪说'不'，任何时候都不晚。"

"嗯。"

"真乖。"孔桃桃莞尔，鼓励道，"纱纱，加油好起来，要健健康康地出席师母的婚礼哦！"

夏纱重重地点头。

一路望着夏纱离去的车消失在视野里，孔桃桃叹了口气，感慨道："希望她以后一切都好，可别再遇到这些糟心事了。"

唐泽温暖的掌心在她的头顶摩擦，用动作安抚回应。

片刻后头顶的手下移落在她的肩膀上，他侧头道："桃桃长大了。"

"哎？"孔桃桃诧异地扬眉。

"你和夏纱说话的语气表情很……师母。"

孔桃桃：？？？

唐泽将她的神色尽收眼底，浅笑道："洋溢着母性的光辉。"

他是故意打趣想要缓和她之前稍显沉重和低落的心情，猜测着她接下来会气呼呼地皱鼻子，他已经开始酝酿着哄她的台词。

谁知道孔桃桃却不恼，顺势投入唐泽的怀里，圈住他的腰，仰头眉眼弯弯地看他："唐教授这是暗示我，想跟我生孩子了？"

"咳——"

喜欢我，请回答

"哎呀，我都明白，眼瞅你马上就要三十岁了，想要孩子非常正常。"

唐泽倒吸一口凉气，他这是被嫌年纪大了？

怀里的人下巴抵在他的胸膛，撒娇地蹭了蹭，眨巴着眼甜声道："唐教授，我很愿意给你生孩子的。"

唐泽默然与她对视了好几秒，最后无奈又宠溺地一笑。

唉——

他听到心底熟悉的叹息声，却不再只是无力，溢满了甜蜜。

经历了短暂的停课停职风波，再次恢复老师、医生身份的唐泽人气暴涨，在Z大的课无论是选修还是必修课堂都挤满了学生，而他在医院坐诊时候心理科全是慕名而来的求诊者。

十二月，唐泽在Z大开设了多节关于抑郁症的公开课，身体力行地诠释着夏纱离开时他说的那句"老师保证"。

转眼就到十二月底。

十二月三十一号，早就为这一天做足了准备的孔桃桃妆容精致，神清气爽地出现在了办公室。

"哇哦——"丽丽立即凑了过来，含笑调侃，"这么美，看样子桃桃晚上要和男朋友去跨年哦？"

孔桃桃配合地撩了撩头发，风情万种地落座："不出意外也会和你们一起跨年的。"

"啊？"

丽丽话音一落，另一个同事带着微喘地迈进办公室，激动道："我去——你们知道吗？公司门口停了辆红色的玛莎拉蒂，我们老板换新车了？"

大家的注意力立刻转移，有人起身往窗口走："我看看，我看看，在哪儿啊？大红色的吗？看不出我们老板这么骚气啊！"

有一个人带头，其余人也就都看热闹般围到了窗口："雷克萨斯换成玛莎拉蒂，我们老板赚得不少啊！"

"让老板给我们加年终奖！"

"对、对、对,可是老板车在,人为什么不在办公室?"

"说不定是给我们大家买早餐去了,喜提玛莎拉蒂,肯定要跟我们大家一起庆祝的嘛。"

同事们你一言我一语地聊开,唯有孔桃桃一个人淡然地坐在自己的工位上,与其他人形成鲜明的对比。

"桃桃——"丽丽唤她,"你不过来看看吗?豪车哎!"

孔桃桃头都没抬:"我自己的车有什么好看的?"

同事们:"哈哈哈——桃桃还是喜欢一本正经地说胡话。"

孔桃桃抬头,从包里掏出车钥匙,朝着窗外自己停车的位置按了解锁键后又按了锁车键,在玛莎拉蒂的鸣笛声中,大家动作统一地看看车再一脸蒙地看着孔桃桃。

画面像是被人为地按了暂停。

孔桃桃慵懒地撑着下巴,摇晃着手里的车钥匙,随手往距离她最近的男同事一扔:"不信的话你们自己按呀。"

男同事仿若机器人般地按着车钥匙,丽丽瞪大眼睛看着孔桃桃:"桃桃,你……你真是豪门啊?"

孔桃桃咧唇笑:"早就说过要开玛莎拉蒂带你们兜风的,我看今天挺合适。"

比"老板换了辆豪车"更让人震惊的无疑是"孔桃桃是豪门",大家再次动作统一地从窗口全部挪到了孔桃桃面前。

同事们默契地展开了头脑风暴,在脑海里疯狂地搜索着与姓"孔"有关的社会名人,有人期盼地问:"桃桃,仁心综合医院的院长孔有成和维美医美的院长孔敏敏是你的亲戚吗?叔叔堂姐之类的?"

孔桃桃摇头:"不是我叔叔和堂姐。"

同事失望地"哦"了声,嘀咕着:"Z市也没其他姓'孔'的豪门了吧。"

孔桃桃:"是我爸和我亲姐。"

同事:???

同事:!!!

丽丽:"那个……桃桃,那你来我们公司是来体验生活的?"

"不——"孔桃桃一脸严肃,"我来实现梦想。"

同事们嘴角抽了抽,面面相觑,眼里印满了:又来了,又来了,这位豪门千金又开始一本正经地说胡话了。

丽丽配合地问:"那梦想实现了吗?"

孔桃桃笑得灿烂:"嗯,实现了,感谢大家。"

抛掉"孔二小姐"带来的光环和偏见,她作为"孔桃桃"的工作能力已经得到认可和肯定。

在这个小小的广告公司上班的半年,她真的很快乐。

午休的时候,孔桃桃接到了唐泽的电话。

"喂?"全然不顾丽丽就在身边,孔桃桃的声音是面对唐泽时独有的甜腻,"怎么啦?"

"桃桃,晚饭九点前能结束吗?之后我想……"

"可以。"孔桃桃出声打断他,嗔道,"你有什么安排不要提前说,我们不是说好要保持神秘的吗?"

明天就是新年了,孔桃桃这么有仪式感的人自然不会放过今天这个日子,早就和唐泽约好了晚餐的地点,并卖关子说给他准备了份大礼,晚上的细节就不透露了。

在这样氛围的渲染下,她想当然地觉得刚刚唐泽没有机会说完的话,一定是为她准备的节日惊喜。

"你确定不要提前知道吗?"

孔桃桃斩钉截铁道:"确定一定以及肯定。"

今晚孔桃桃早就有了精心的策划和安排,除了早就说好来帮忙的张沁、蒋盛凯和张子恒,她还需要几位帮手。

同事们都很好说话,除了今晚有跨年安排的,其余三个都毅然决然地上了孔桃桃的玛莎拉蒂——咳,是决定帮孔桃桃的忙。

晚饭的地点选在城南咖啡店,是孔桃桃和唐泽第一次见面的地方。

当孔桃桃推开咖啡厅的玻璃门时,唐泽就坐在他们第一次见面时坐的单人沙发上,抬头朝她浅笑:"孔小姐辛苦了,请坐。"

"等很久了吗?"孔桃桃施施然落座,展示迷人的笑容,"路上有点堵,不好意思哦。"

"没有,我也刚到。"

默契地重现了第一次见面的台词,两人相视一笑。

他还记得他们初遇时的点点滴滴,孔桃桃十分满意,毕竟当初一见钟情的人是她。

"一到节假日就超级堵,看样子今晚大家要出门狂欢跨年。"孔桃桃一边扬手示意服务员过来一边感慨。

唐泽同意地颔首,随即环视了下除了他们俩再没其他人的店内,和街上拥挤热闹的现象一比,异常的冷清。

孔桃桃解释道:"我包场了。"

包场,很"孔桃桃"的行为。

唐泽忽地想到五月二十那天,孔桃桃订了他常吃的私房菜外卖,摆满了他们办公室的桌子。

孔桃桃眨巴眼:"难道你不想跟我过二人世界吗?"

话音一落,服务员已经立在桌旁了:"孔小姐,已经按您的菜单备好了食材,请问您还有其他要求吗?"

"没有,可以上菜了。"

"好的。"

菜单是孔桃桃按照两人的口味精心定下的,在这个初遇的咖啡店,氤氲的黄灯一如那日午后的阳光,两人都像是笼罩在温暖朦胧的滤镜里。

时隔六个月,面前的男人越发帅气迷人。

这顿晚饭在两人回忆着相识相恋以来的点点滴滴中变得温馨无比。

八点出头,晚饭吃得差不多了,孔桃桃道:"唐泽,准备好接受我为你准备的新年礼物了吗?"

唐泽下意识地看向孔桃桃放在一旁空座上的包:"准备好了。"

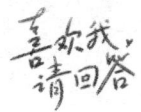

孔桃桃触了触手机屏幕,随后笑眯了眼,朝窗外指了指:"往上看,礼物在那儿。"

唐泽侧头的瞬间,透过落地玻璃窗,绚烂的烟花映入眼帘。

缤纷的颜色绽放在城市的夜空,最后组合成孔桃桃和唐泽名字的缩写,而缩写中间是两颗被箭射中的爱心。

视野里最近商场的显示屏撤下了广告,换上了简单显眼的字眼:恭喜唐泽,喜提娇妻。

唐泽愣怔地看着窗外声势浩大的烟花和让他有些头疼的巨幕,一时之间找不到合适的表情和言语。

很浮夸,很"孔桃桃"。

店里应景地放起了 *Taylor Swfit* 的 *Lover*,店员推着九百九十九朵鲜艳的红玫瑰走来。

孔桃桃一直凝神听着音乐,等到前半段音乐过后,她开口唤道:"唐泽。"

唐泽回过头,就跌入孔桃桃闪烁的眸光里,他只觉得万分璀璨,胜过窗外的烟火和星辰。

孔桃桃跟上了放的音乐,唱出声来:

"Take me out/And take me home/You are my,my,my,my lover."

在甜蜜的背景音里,孔桃桃从玫瑰推车上拿下备好的戒指盒。

唐泽的心莫名酸胀难受,他倏地伸手握住她去取戒指的手,心疼道:"傻瓜,这些事情应该我来做的。"

求婚已经在他的计划里,却没想到被她抢先一步。

"我说过了,在我的世界观里,男女平等,追求、送花、放烟火、求婚,女生也都可以做。"孔桃桃眼神炙热,大胆又直接,"唐泽,我能当唐太太吗?"

她要是一开始就矜持扭捏,她和他又怎么会有后来的故事?

唐泽调整了呼吸,如若至宝般将她的手握住,俯身垂首在她的手背落下一个轻柔虔诚的吻,复而抬头看她,温声道:"荣幸之至。"

孔桃桃心满意足,问道:"我们接下来去做什么?你给我准备了什么惊喜?"

白天,他在电话里询问晚饭能不能在九点前结束,肯定是做了安排的。

"去机场。"

"去机场做什么?"

"我父母九点五十五分的航班抵达Z市,你不是想见他们吗?他们也很想见你。"

"叔叔阿姨回来了?你怎么不早说?"

"桃桃,是你不让我说的。"

孔桃桃的脑子飞速运转消化着这个信息,下一秒开始穿外套拿包,戒指和鲜花都不管了,嘟囔着:"快穿衣服啊,这边去机场至少得四十来分钟,万一堵车怎么办,不能让叔叔阿姨等我们啊!"

人生真是比电视剧都刺激,孔桃桃怎么都没想到,自己这边刚深情求婚,下一刻就直接要去机场见"公公婆婆"了。

上了唐泽车的副驾,孔桃桃一边照镜子补妆一边哀怨道:"完了、完了,我什么都没准备,两手空空的,叔叔阿姨会不会不喜欢我。"

很少看她这样慌乱无措,唐泽觉得分外可爱,习惯性地揉揉她的头:"你就是最好的礼物。"

唐泽没有急着发动汽车,清了清嗓子,又道:"桃桃,你的礼物在你前面的抽屉里。"

孔桃桃的心思全在马上要跟唐泽父母见面上面,随手打开了抽屉,入目的是天蓝色的缎带蝴蝶结,她伸手拿了起来,这才看出来是绑在一把钥匙上。她把钥匙拽在手心,疑惑道:"你家的钥匙?"

唐泽探过身来,把被她无视的产权证书拿给她:"是我们家的钥匙。"

孔桃桃这才回过神来,把证书和钥匙都抱在怀里,乐呵呵地笑了起来。

唐泽满目宠溺,启动了汽车。

"唐泽,我们家什么时候装修?"

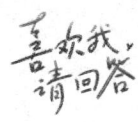

"你想什么时候装修都可以。"

"装修风格可以我来决定吗?"

"可以。"

"不管,我一定要大大的衣帽间,我有超级多的衣服包包要放的。"

"好。"

"是不是我想怎么样都可以啊?"孔桃桃故意闹他,"那我要把卧室刷成粉红色。"

"好。"唐泽无条件纵容。

爱情里的甜蜜安稳,无非就是他能一直笑着看待她没有道理没有逻辑地胡闹。

眼前的路不再是去机场的路,唐泽载着她驶向的,是属于他们两个的未来啊。

能嫁给他,她亦是荣幸之至。

· 后记 ·
他可以看穿你的逞强和脆弱,并细心地守护

2019年初的时候,我和闺密聚会喝下午茶,许久不见,话题天南地北漫无边际地飞。

说着说着,闺密像是忽然想到什么有趣的事情,眼睛睁大,用着新奇的口吻说道:"你记不记得我之前跟你说过我有个发小刚刚做了双眼皮手术不久?"

我是有印象的,于是点了点头:"记得啊。"

闺密接着道:"我跟你说哦,我早几天才知道,她割双眼皮那天哦还和相亲对象约了吃晚饭。"

我猜测道:"换日子了吧?"

闺密摇摇头,回道:"没有,她下午刚做完手术,就直接坐车去吃饭的地点相亲了。"

"什么?"我表示震惊,"那她相亲对象是什么反应?"

"反应蛮大的。你想啊,她顶着渗血的包扎就去了,一般人都会吓一跳,不太淡定吧?"

"没成?"

闺密点点头:"没成,听说那顿饭吃得挺不愉快的。主要是相亲对象反应太大了,简直把我发小当另类看,尤其知道她是割了双眼皮以后,臭着一张脸,说什么女孩子还是纯天然的好看之类吧啦吧啦的。虽然我

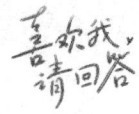

发小顶着包扎的伤口去相亲有些夸张,但这相亲对象也太'直男癌'了吧,拜托,现在什么时代了,女孩子没有追求美丽的自由吗?我看不成也挺好的。"

闺密说完顺着话题跟我吐槽了许多有关"直男癌"的话题。

那天聚会结束后,我忍不住想,如果闺密发小的相亲对象反应态度能够淡然一点,对待女生整容的行为可以冷静客观一点,是不是他们之间就会有后来?

在自己可承受的范围内,每个女生都应该有追求美丽的自由,而如今的时代,"人造美"已经很常见。

抱着这样的想法,加上我本科是心理学,一直很想写和心理学相关的题材,于是就有了这个故事。

有了追求美丽、一直都做着体重管理的桃桃,和尊重女性追求美的自由的唐泽。

桃桃和唐泽是两种个性截然不同的人,一个热热闹闹像是人间烟火,一个是遇事总是淡然处之,心理素质极佳。

在我看来,爱情就是相互吸引后的相互影响,桃桃和唐泽,都因为对彼此的喜欢,做出了改变,而能维持一段感情的,一定是互相欣赏。

唐泽身为老师和坐诊医生,他对病人、学生负责的态度和展现出来的职业操守,都让桃桃觉得他光芒万丈,而桃桃身上那种大胆追求自己认定的、喜欢的,不扭捏于男女性别带来的刻板印象,也让唐泽喜欢欣赏。

感情可以是"见色起意"的一见钟情,但最终让人沦陷的一定是人品。

其实生活中的我们,都或多或少会像桃桃一样,即便看起来开朗热情、活泼外向,内心也一定会有一处敏感柔软又容易被自己忽视的地方,希望每个像桃桃一般的女孩子,都可以遇到属于自己的那个唐泽,可以看穿你的逞强和脆弱,并细心地守护。

爱一定是让我们变得更好更强大的存在。

希望每个看到这里的读者朋友能从桃桃和唐泽的故事里吸取到温暖和力量，我会继续加油写更多的好故事，期待下次再和大家见面哦！

十桑

本书由十桑委托长沙大鱼文化传媒有限公司正式授权花山文艺出版社，在中国大陆地区独家出版中文简体版本。未经书面同意，本书的任何部分不得以图表、电子、影印、缩拍、录音和其他手段进行复制和转载，违者必究。